*Kaspar Wolfensberger*

Zanggers Seminar

Kaspar Wolfensberger

# Zanggers Seminar

*Roman*

Appenzeller Verlag

2. Auflage



Satz und Druck: Appenzeller Medienhaus, Herisau
Bindung: Schumacher AG, 3185 Schmitten
ISBN: 3-85882-331-7

Umschlaggestaltung unter Verwendung
von Werken von Amedeo Modigliani.

www.appenzellerverlag.ch

# I

Dieser ewige Trott! Vielleicht sollte ich einmal für längere Zeit ausspannen, dachte Zangger. Er liess sich auf einer Parkbank nieder und schaute in das Geäst der Bäume, in welchem sich erste Knospen zeigten. Dass ihn heute seine Patienten nicht bloss ermüdeten, sondern dass sie ihm regelrecht auf die Nerven gingen, das war etwas Neues. Das war ein Alarmzeichen. Den Grund dafür musste er bei sich selber suchen, nicht bei den Patienten. Schliesslich hatten sie jedes Recht, zu sein, wie sie waren, mit all ihren Schwächen und Störungen – deshalb kamen sie ja zu ihm! Wenn er ihre schwierigen Seiten nicht mehr aushielt, konnte er seinen Beruf gleich an den Nagel hängen.

Doktor Zanggers psychiatrische Praxis lag in der Nähe des kleinen Parks zwischen der Neptun- und der Minervastrasse. Andere nach Göttern benannte Strassen führten durch das Viertel, alteingesessene Zürcher nannten die Gegend im Stadtteil Hottingen deshalb das Götterquartier. Und im Götterquartier, das war allgemein bekannt, fanden sich die Psychiater, Psychotherapeuten und Psychoanalytiker seit eh und je fast Tür an Tür. Ausserdem waren hier verschiedene Ausbildungsstätten zu finden, darunter Zanggers kleines Institut, die Schule für Psychotherapie.

Zwei Jugendliche steuerten auf ihn zu, Lunchpakete in den Händen. Es war kurz vor Mittag. Zangger hatte sich in die Mitte der Bank gesetzt. Er legte den breitkrempigen Filzhut neben sich, knöpfte seinen Mantel auf und liess sich von der Frühjahrssonne bescheinen. Er breitete die Arme über die Rückenlehne aus, um anzudeuten, dass er keine Gesellschaft wünsche. Es waren links und rechts noch Bänke frei. An einem anderen Tag wäre er bereitwillig zur Seite gerückt und hätte mit den Burschen einen Schwatz abgehalten. Doch heute verspürte er nicht das geringste Bedürfnis, entgegenkommend zu sein. Dabei hatte der Tag, wie fast jeder Tag im Leben Lukas Zanggers, doch ganz gut begonnen.

Zangger stand stets als Erster auf und pflegte sich in aller Ruhe zu duschen. Während der Rasur strich ihm der Kater um die nackten Beine. Wohl oder übel musste er im Spiegel seine hängenden Augenlider, den faltigen Hals und die tiefen Furchen betrachten, die sich von den Nasenflügeln zu den Mundwinkeln zogen, doch der Anblick störte ihn heute nicht mehr als sonst.

Er trat vor die Haustür, um sich die Zeitungen zu holen, wie jeden Tag. Frühling, dachte er, als er die Luft schnupperte und die Vögel zwitschern hörte, und er freute sich darauf, über Land in die Stadt zu fahren. Er bereitete das Frühstück zu, zufrieden, als Erster am Tisch zu sitzen. Bald darauf hörte er es rumoren. Die Holztreppe knarrte.

«Tag, Papa», sagte Fabian, und wie fast jeden Morgen stellte er sich hinter ihn und schaute ihm über die Schulter. Er lehnte sich etwas an ihn – Zangger liebte dieses Überbleibsel kindlicher Zuneigung – und fragte: «Gibst du mir den Sportteil?» Fabian war siebzehn, ein wacher Junge mit kurz geschorenem, schwarzem Haar und fast schwarzen Augen. Er besuchte das Liceo artistico. Heute trug er ein eng anliegendes Poloshirt und roch nach Calvin Klein.

Die Zanggers waren Frühaufsteher: Lukas aus Passion – das behauptete er jedenfalls –, alle übrigen, weil sie mussten. Man konnte sie nicht als Morgenmuffel bezeichnen, denn niemand war grundsätzlich übel gelaunt. Aber gesprächig war keiner am frühen Morgen. Allmählich trudelten die andern ein: Zanggers Frau Tina, die neunzehnjährige Tochter Mona – die älteste, Claudia, war vor kurzem in eine Wohngemeinschaft gezogen – und als letzter Thomas, Fabians Zwillingsbruder. Die Zwillinge glichen sich kein bisschen: Thomas, der seit seinem Aufenthalt in den USA Tom genannt werden wollte, war ein schlaksiger, stoischer Bursche. Er war ein Stück grösser als Fabian und hatte einen wilden, dunkelblonden Haarschopf und grünbraune Augen. Die weit geschnittenen Hosen drohten wie immer hinunterzurutschen. Er besuchte das Gymnasium, aber er beschäftigte sich lieber mit dem Internet, in der warmen Jahreszeit auch mit der Zucht seiner Lieblingspflanze, die er in der hintersten Ecke des Familiengartens diskret hegte und pflegte. Es war nicht auszuschliessen, dass er demnächst von der Schule flog. Tom hatte sich Speck und Spiegeleier gebraten und damit zum Ärger seiner Schwester die Luft in der Küche verpestet.

«Morgen», brummte er, als er sich mit seinem Teller an den Tisch setzte. Alle ausser Mona hielten einen Bund der Zeitung in der Hand und assen ihr Frühstück. Die beiden Frauen legten Wert auf gesunde Ernährung und löffelten ihr Müsli.

«Pfui, das stinkt», sagte Mona zu Tom. Sie war Vegetarierin. Sie hatte die dunklen Augen der Mutter, aber nicht unbedingt deren fröhliches Wesen. In letzter Zeit machte sie jedenfalls einen unglücklichen Eindruck. Die schulterlangen Haare hingen ihr meistens ins Gesicht. Sie absolvierte ein Sozialpraktikum, denn später wollte sie Krankenschwester werden. Ihr linker Nasenflügel war gepierct.

«Lass ihn doch», mahnte Tina.

Der Zangger'sche Frühstückstisch entsprach nicht ganz der Familienidylle, die sich Tina und Lukas seinerzeit vorgestellt hatten. Als die Kinder noch klein waren, hatten sie viel Wert auf einen gepflegten Familientisch gelegt und dafür gesorgt, dass alle zu Wort kamen. Natürlich hatte es bei ihnen ebenso viel Krach und Sticheleien abgesetzt wie in jeder anderen Familie. Die Kinder wurden älter und verloren das Interesse an morgendlicher Harmonie, und jeder Versuch der Eltern, eine Frühstückskonversation in Gang zu bringen, scheiterte an verdriesslichen Reaktionen der Jungen. Schliesslich hatten sie kapituliert und sich in die mehr oder weniger friedliche Koexistenz bei der Frühstückslektüre geschickt. Im Grunde genommen kam Zangger dieser Modus jetzt ganz gelegen.

Zangger verabschiedete sich wie gewohnt mit einem Kuss von Tina. Er liebte es, den weichen Mund seiner Frau zu spüren. Es wäre kein gutes Zeichen, dachte er manchmal, wenn er dabei nichts mehr empfände, oder wenn sie sich bloss noch ein Wangenküsschen gäben.

Wie jeden Tag überwand er seine milden ökologischen Bedenken und setzte sich ins Auto, um die paar Kilometer in die Stadt zurückzulegen. Seine Töchter hielten ihm vor, dass er nicht mit Bahn oder Bus zur Arbeit fahre. Er fuhr immer noch den alten amerikanischen Familienwagen. Zur Freude von Tom hatte er ihn als Erinnerungsstück an das Sabbatical in den USA behalten. Das verhalten kraftvolle Geräusch des achtzylindrigen Motors klang angenehm in seinen Ohren. Zangger gestand es niemandem ein, aber er genoss seine tägliche Autofahrt wie ein heimliches Laster. Er gondelte in gemächlichem Tempo. Die Heizung in den bequemen Sitzen erzeugte eine behagliche Wärme im Kreuz. Die Lendenwirbelsäule war der Schwachpunkt in Zanggers sechsundfünfzigjährigem Körper, im Übrigen befand er sich in leidlichem

Zustand. Seit der Hund tot war, entfiel der tägliche Spaziergang, und da Zangger überdies einmal mehr das Rauchen aufgegeben hatte, war er übergewichtig geworden. Er machte deshalb jede Woche einen Waldlauf. Seine Augen waren noch scharf, und auf seinem etwas gross geratenen Kopf fand sich kaum ein weisses Haar. Allerdings lichtete sich der einst imposante, krause Schopf bedenklich, die Geheimratsecken würden sich demnächst zu einer ausgewachsenen Glatze gemausert haben. Nur die gewaltigen Brauen über seinen blauen Augen vermochten von dieser Tatsache etwas abzulenken.

Er hatte lange nach einem Parkplatz im Götterquartier suchen müssen. Aber daran konnte es auch nicht liegen, dass seine Stimmung gedämpft war, die Suche hatte nicht viel länger gedauert als üblich.

So weit war also alles wie gewohnt verlaufen. Vielleicht war *das* das Problem! Diese Routine, die öde Normalität seines Alltags.

Alles hat seinen Platz, dachte Zangger. Das macht alt.

Er fühlte sich seit Monaten ausgebrannt und müde. Während seiner Morgensprechstunde hatte er an den Titel des Buches denken müssen, das er kürzlich gelesen hatte: «What am I doing here?» Das Fernweh hatte ihn bei der Lektüre gepackt. Vor seiner Heirat war Zangger ein Globetrotter gewesen, er hatte die Sahara durchquert, die Serengeti erkundet, den Kilimandscharo bestiegen und die Felsenkirchen Äthiopiens besucht.

Lange her, dachte er. What am I doing here?

Er war in Nepal getreckt und durch Indien gepilgert, im Pickup-Truck quer durch Nordamerika gefahren, bis hinauf nach Alaska.

Ja, was tue ich hier?, hatte er sich gefragt, nachdem er sich eine Stunde lang mit einer Patientin abgegeben hatte, die mit ihrem Leben nicht zurechtzukommen glaubte, weil ihr Vater einst über eine ihrer Kinderzeichnungen gelacht habe: «Das soll ein Pferd sein?», habe er gehöhnt. «Das ist doch ein Dackel!» Heute klagte die Frau über die Kränkung, dass man sie im Salon Vittorio erst nächste Woche frisieren könne.

Mein Gott, dachte Zangger, auf dem Balkan werden Menschen gefoltert, im Sudan verhungern sie, und ich stehe für teures Geld einer Frau bei, deren grösste Not darin besteht, dass ihr Coiffeur keine Zeit für sie hat. Doch er brachte nicht die Energie auf, seine Patientin aufzurütteln. Die Frau behauptete nach der Stunde, sie fühle sich besser. Zangger ging es anders.

Danach musste er sich den Mann anhören, der das Syndrom der direkten Rede zeigte, wie es Zangger insgeheim nannte. «Da habe ich meine Mutter am Telefon gefragt: ‹Weshalb rufst du eigentlich an?›», so rapportierte der Mann, «da sagt sie zu mir: ‹Weil du ja nie von dir aus anrufst›, und da sage ich: ‹Aber das ist doch nicht wahr, erst vorige Woche habe ich dich angerufen.› ‹Vorige Woche›, macht sie, ‹da war ich in Bad Ragaz.› ‹Nein, Mutter›, sage ich,...›», und so weiter, und so fort. Menschen mit dem Zwang zum wörtlichen Zitat von Alltagsdialogen war mit therapeutischen Gesprächen praktisch nicht beizukommen. Das stand zwar in keinem Lehrbuch. Aber es entsprach Zanggers Erfahrung.

Sein dritter Patient war ein Griesgram, der mit sich selber und der Welt chronisch unzufrieden war. Er konnte sich zu keinerlei Entscheidungen durchringen und seine häufigste Antwort auf jedwede Frage war: «Ich weiss nicht.» Bei dieser Schwierigkeit hatte Zangger in der Regel eine humoristische

Intervention bereit, aber mit seinem heutigen Patienten kam er einfach nicht vom Fleck. Während der Stunde fragte Zangger: «Dass Ihr Chef Ihnen ein dickes Lob erteilte, das freute Sie, nicht wahr?» Der Mann zögerte eine Weile, wiegte den Kopf hin und her und sagte schliesslich: «J-ein.» Dabei schaute er seinen Therapeuten wie die meisten Jeinsager mit einem seltsam befriedigten Ausdruck an, ganz so als hätte er diese geniale Wortschöpfung soeben höchstpersönlich kreiert.

Der vierte Patient des Vormittags hatte seine Stunde zum Glück abgesagt. Zangger beschloss, die Zeit im Freien zu verbringen. Zuvor sah er noch seine Post durch: Neben den Reklamen für Psychopharmaka und den Anforderungen von Arztattesten war da der Bericht von Marco Vetsch. Dieser junge Arzt und angehende Psychiater war Ausbildungskandidat im zweiten Jahr an Zanggers Schule. Die Teilnehmer waren gehalten, nach jedem Seminar einen Bericht zu schreiben, in welchem sie ihre Einsichten wiedergaben, die sie aus den dreitägigen Kursen zogen. Vetschs Bericht war schnoddrig abgefasst. Er deutete an, dass er im Seminar nicht viel Neues erfahren habe und dass der persönliche und der berufliche Nutzen, den ihm der Kurs gebracht habe, gering sei.

Immerhin eine klare Stellungnahme, dachte Zangger, aber ein wenig wurmte ihn dieses Fazit schon. Das Seminar über Krisenintervention galt als einer der Eckpfeiler seiner Ausbildung.

Vielleicht will er mir bloss eins auswischen, argwöhnte er. Vetsch war seit langem das Sorgenkind unter den Teilnehmern des laufenden Lehrgangs. Manchmal zweifelte Zangger an Vetschs Eignung zum Psychotherapeuten, und er hatte schon daran gedacht, ihm die weitere Ausbildung an seiner Schule zu verweigern. Aber er sagte sich, dass niemand den jungen Arzt davon abhalten könne, seine psychiatrische Laufbahn weiterzuverfolgen, und dass es am Ende besser sei, ihn in der Ausbildung und damit im Auge zu behalten. Der schwierige Kandidat war ihm trotz seiner Widerborstigkeit ans Herz gewachsen. Zangger hatte es sich zur Aufgabe gemacht, ihn in seiner persönlichen Entwicklung zu fördern. Er begann sich allerdings zu fragen, ob er der Aufgabe gewachsen sei, denn seinen lehrtherapeutischen Bemühungen um Vetsch war bis anhin keinerlei Erfolg beschieden.

In drei Wochen werde ich ihm wieder im Seminar begegnen, dachte Zangger zwiespältig und legte den Bericht beiseite. Dann nahm er Hut und Mantel und ging ins Freie. Vor dem Hinausgehen suchte er aus alter Gewohnheit in seiner Pultschublade nach einer Zigarettenpackung, aber da war keine. Freilich! Er hatte seine Praxis und die Schulräume zur Nichtraucherzone erklärt, um der Gefahr eines Rückfalls in die alte Sucht vorzubeugen.

Auf seiner Parkbank sitzend, dachte er noch einmal über den Vormittag nach: Setzten ihm die harzigen Therapiestunden tatsächlich so zu? Belastete ihn die unerfreuliche Post vielleicht mehr, als er wahrhaben wollte? War es seine chronische Müdigkeit, die ihm heute mehr zu schaffen machte als sonst? Oder fehlte ihm einfach der Reiz des Neuen? Alles zusammen vermochte schon zu erklären, dass er sich nicht in bester Laune befand.

Aber da war ja noch etwas.

Wenn er ganz ehrlich war, so musste er sich eingestehen, dass ihn der Anruf, den er am frühen Morgen auf dem Anrufbeantworter gehört hatte, am allermeisten beschäftigte. Es war nur diese eine Mitteilung drauf gewesen: «Hallo. Hier spricht Ellen McGraw. Ich rufe vielleicht später wieder an.

Auf Wiederhören.» Als er die Stimme gehört hatte, war ihm ein Schauer über den Rücken gelaufen. Dabei kannte er die Frau doch kaum. Was sie ihm wohl mitteilen wollte? Ellen McGraw war eine der angemeldeten Teilnehmerinnen des neuen Psychotherapielehrgangs, der am nächsten Tag an seiner Schule beginnen sollte. Wollte sie am Ende ganz kurzfristig aussteigen? – Ja, das musste es sein! Sie war ja die einzige, die den Ausbildungsvertrag noch nicht unterzeichnet hatte. Was für einen andern Grund mochte sie haben, ihn anzurufen?

Schade, sehr schade, dachte er. Er hatte fest damit gerechnet, sie dabeizuhaben.

## 2

Zanggers Praxis befand sich in einem unscheinbaren, im englischen Stil erbauten Reihenhaus aus dem vorletzten Jahrhundert. Vor dem Haus war ein winziges Vorgärtchen, das man mit zwei, drei Schritten durchmass. Der Eingang war überdacht, von zwei etwas pompösen Säulen eingerahmt und von Efeu umrankt. Neben der taubengrauen Haustüre hiess es bloss «Dr. med. Lukas Zangger», es fand sich kein Hinweis auf die Schule für Psychotherapie, die er hier neben seiner Praxis betrieb.

Zangger bewegte sich heute weniger aufrecht und elastisch als sonst. Sein Rücken schmerzte. Als er das Haus betrat, fühlte er sich schwer wie Blei, es dünkte ihn, er müsse sich die Treppe hinaufschleppen. Er brauchte dringend einen Mittagsschlaf. Doch dafür musste er sich noch eine Stunde gedulden, bis seine Telefonzeit vorüber war. In der Küche nahm er eine einfache Mahlzeit ein, dann war er bereit, Telefonanrufe entgegenzunehmen. Es kamen nur wenige, und derjenige von Ellen McGraw, den er mit Bangen erwartet hatte, war nicht darunter. Keiner der Anrufe vermochte seine Stimmung zu heben.

«Doktor Zangger?», fragte eine Stimme, dabei hatte er sich doch laut und deutlich mit seinem Namen gemeldet.

«Ja. Bitte?»

«Sie sind Psychoanalytiker, nicht wahr?»

«Nein.»

«Nicht?»

«Nein, ich bedaure.» Eine Floskel, er bedauerte nichts.

«Was sind Sie denn, wenn ich fragen darf?»

«Ich bin Psychiater und Psychotherapeut.»

«Oh, ist das nicht dasselbe? Ich dachte, Sie seien Psychoanalytiker.»

«Ich verstehe. Aber ich bin kein Psychoanalytiker.»

«Ja, wie arbeiten Sie denn?»

«Ich rede mit den Leuten», sagte er.

«Ach so», erwiderte der Mann. Nach einer Pause fragte er: «Sie sind doch Arzt, nicht wahr?»

«Ja.»

«Gut», konstatierte der Anrufer. Jovial erkundigte er sich: «Kann ich Sie mal ausprobieren, für eine Stunde oder so?»

«Nein, tut mir leid, ich kann zurzeit keine neuen Patienten annehmen.» Das war glatt gelogen. Zangger hatte bloss keine Lust, sich ausprobieren zu lassen.

Der nächste Anruf kam von einer Frau. «Hätten Sie einen Therapieplatz für mich?», fragte sie. Das war für Zangger heute ein Reizwort. Wer «einen Therapieplatz» suchte, so glaubte er zu wissen, war bestimmt schon jahrelang in Psychotherapie gewesen und wünschte aus irgendwelchen Gründen einen neuen Unterschlupf. Vielleicht war sein Vorurteil, denn das war es natürlich, unfair, doch Zangger gab der Frau, innerlich gereizt, aber wenigstens bemüht, im Ton anständig zu bleiben, die gleiche Antwort wie dem Anrufer zuvor.

«Ja, aber was soll ich denn machen? Können Sie mir jemanden empfehlen?» Er empfahl ihr Frau Doktor Schimmel, von der er vermutete, dass sie gern eine weitere Patientin unter ihre Fittiche nehmen würde. Das war der Patientin gegenüber zwar etwas fies, aber Zangger war sich ziemlich sicher, dass diese Anruferin nicht bei ihm geblieben und dann vielleicht ohnehin bei Frau Schimmel gelandet wäre.

Da kann ich sie ja gleich zu ihr schicken, dachte er mürrisch.

Zangger empfand heute jeden einzelnen Patienten und jeden Anruf als eine Zumutung. Es gab ihm selber zu denken, wie schlecht motiviert er war und wie abweisend er reagierte. So kannte er sich nicht. Wo war der verständnisvolle und hilfsbereite Arzt geblieben, der er bis anhin gewesen war?

Eigentlich müsste er sich in einer solchen Motivationskrise einem erfahrenen Kollegen, einem Supervisor, anvertrauen, um sich über seine Reizbarkeit klar zu werden, dessen war sich Zangger bewusst. Doch beim Gedanken daran wurde sein Widerwille nur noch grösser. Da wollte er lieber wieder einmal mit Seidenbast reden und sich dessen unverblümte Meinung anhören. Das hatte bisher stets eine reinigende Wirkung auf ihn gehabt. Nur schade, dass sich sein Freund neuerdings für Psychologie interessierte. Das nahm seinen Kommentaren die Unverfrorenheit und gab ihren Gesprächen jetzt oft eine unwillkommene Wendung.

Vorderhand versuchte sich Zangger mit der Überlegung zu beruhigen, dass er bestimmt die richtige Haltung einnehmen könnte, wenn jemand anrufen würde, der tatsächlich Hilfe brauchte. Arzt und Psychotherapeut von Beruf, verstand sich Zangger als Helfer von Menschen, die krank oder in Not waren. Für Leute, die sich bloss aussprechen, und solche, die sich kennen lernen, sich finden oder verwirklichen wollten, standen in Zürich mehr als genug Psychotherapeuten zu Verfügung. Viele von ihnen, so fand er, nahmen ohnehin lieber die Stadtneurotiker an und wiesen die wirklich Kranken ab.

Er legte sich auf die Couch in seiner Bibliothek, stellte den kleinen Wecker und stopfte sich die Ohrstecker seines CD-Players in die Gehörgänge. Dann liess er eine Scheibe laufen, eine Klaviersonate von Händel, klare, geradlinige Musik mit einem ruhigen Swing, fast wie alter Jazz. Er versank in einen Kurzschlaf, wie er es sich in den letzten Jahren angewöhnt hatte. Nach einer knappen halben Stunde, noch bevor der Wecker ertönte, wachte er auf.

Er fühlte sich frisch und munter.

Genau genommen stellten sich die Frische und die Munterkeit ein, nachdem er in seinem Briefkasten einen Umschlag vorgefunden hatte, der einen unterzeichneten Ausbildungsvertrag enthielt. Ellen McGraw war offenbar hier gewesen, während er geschlafen hatte. Wahrscheinlich hatte sie also bloss angerufen, um ihre definitive Teilnahme mitzuteilen.

Mit neuem Elan machte sich Zangger an seine Nachmittagssprechstunde. Er sprach mit einem schwer kranken Mann, der von Verfolgungswahn geplagt wurde. Aus Angst, er würde vergiftet, hatte er seine Medikamente nicht mehr eingenommen. Es folgte ein Erstgespräch: eine verzweifelte, depressive Frau mit quälendem Waschzwang. Danach kam ein junger Mann mit Prüfungsangst und zum Schluss ein Ehepaar zum fünften und letzten Gespräch einer Paartherapie, in welcher es natürlich um Sex und um Geld und um die Kinder gegangen war. Die Eheleute hatten in den Gesprächen vieles offen angesprochen, einiges geklärt und für die nächste Zeit einen gangbaren Weg gefunden. Sie wollten die Beratung heute abschliessen, auch wenn sie sich nicht im siebenten Himmel fühlten. Das war nach Zanggers Einschätzung kein schlechtes Omen für die Beziehung.

Nun sass er in seinem Wagen und fuhr nach Hause. Die mittägliche Sinnkrise war vorbei, Zangger war mit seinem Tag ganz zufrieden und freute sich auf zu Hause. Vielleicht war Tina schon da. Sie war früher Lehrerin gewesen und arbeitete jetzt als Schulpsychologin in einer Seegemeinde. Er würde sie zur Begrüssung unter dem kurz geschnittenen schwarzen Haar im Nacken fassen oder den Arm um sie legen und ihren immer noch geschmeidigen Körper an sich ziehen. Wenn sie gut gelaunt war, würde sie ihn fröhlich begrüssen, ihm über Wange und Kinn streichen und einen Kuss auf die Lippen drücken.

«Na, Luc, wie gehts?», würde sie fragen.

«Gut», würde er antworten. «Feierabend. Und wie gehts dir?» Beim Kochen würden sie über ihren Arbeitstag reden.

Sie wohnten unweit der Stadt hinter der Forch. Vor ein paar Jahren hatten sie die Hälfte eines Bauernhauses erworben, das in einem Weiler stand, mit Blick auf den Greifensee und die Berge. Das Gebäude war zweckmässig und respektvoll umgebaut worden, jetzt liess sich in dem Fachwerkbau komfortabel leben. Zangger stellte sich vor, wie er in den Weinkeller hinuntersteigen und eine Flasche Sauvignon

Blanc holen würde. Oder einen Pouilly-Fuissé. Falls sie Pasta oder Risotto kochen würden, gäbe es dazu ein Glas von dem Nebbiolo, den er auf seinem letzten Ausflug ins Piemont mit Seidenbast zusammen eingekauft hatte.

«Du trinkst zu viel», würde Tina sehr sachlich zu ihm sagen, wenn er sich ein drittes Glas einschenken würde. Sie selber würde bestimmt nach dem zweiten Halt machen.

«Ich weiss», würde er lachend erwidern.

Fürs Abendessen fänden sich hoffentlich die Kinder ein; das war ja nicht mehr ganz selbstverständlich. Später würden sie noch ein wenig fachsimpeln oder über irgendetwas plaudern, bevor sie zu Bett gingen.

## 3

Vetsch riss seine Jacke von der Garderobe, sodass die metallenen Kleiderbügel klirrten. Polternd setzte er seinen Fuss auf die Holztruhe, um die Sportschuhe zu schnüren. Er schickte sich an, die Wohnung zu verlassen, ohne etwas zu sagen.

«Gehst du schon, Marco?», hörte er aus dem Wohnzimmer.

Dumme Frage, dachte er. Er gab keine Antwort.

«Wann kommst du zurück?», rief die Stimme.

Bin ich ein Prophet?

«Bring dann noch Kehrichtsäcke, bitte», trug sie ihm auf.

Hol die Dinger doch selber!

«Was ist eigentlich los mit dir?», fragte die junge Frau ärgerlich, als sie in den Flur trat. «Kannst du mir keine Antwort geben?»

«Frag lieber, was mit dir los ist!», zischte er.

«Was kann ich dafür, dass du dauernd schlecht gelaunt bist? Hab ich dir etwas zuleide getan?», fragte sie aufgebracht.

Gleich beginnt sie zu heulen, dachte Vetsch und warf ihr einen bösen Blick zu.

Die Tränen schossen ihr in die Augen.

«So geht es nicht weiter mit uns», beschwerte sich Stefanie. Sie wandte sich ab und ging ins Zimmer. Gleich darauf kam sie zurück. «Ich dachte, wir wollten zusammen in die Stadt», sagte sie schmollend, «heut ist doch Samstag. Und jetzt gehst du schon wieder arbeiten.»

Vetsch blieb stumm.

Nun machte sie den üblichen Versuch, neigte den Kopf etwas zur Seite und versuchte zu lächeln: «Gib mir wenigstens einen Kuss!»

«Ach, lass mich doch in Ruhe!», gab er zurück, riss die Wohnungstüre auf und schlug sie hinter sich zu.

Er verliess das Haus durch die Hintertür zum Hof. Dort stand sein Fahrrad. Ein Fussball lag neben dem Fahrradständer. Er kickte ihn weg. Dann bestieg er sein Rad und machte sich auf den Weg. An der ersten Strassenecke schnitt ihm ein Wagen den Weg ab.

«Arschloch!», brauste er auf und zeigte den ausgestreckten Mittelfinger. Das Arschloch hat zwar Vortritt, dachte er, aber trotzdem!

Eine alte Frau erklomm am Stock den Gehsteig.

«Lahme Ente», knurrte er.

Er preschte über die breite Strasse, obschon die Ampel rot zeigte. Eine Dame, die eben den Fussgängerstreifen überquerte, rief entrüstet: «He, Sie!»

«Schnepfe», sagte er laut, als er an ihr vorbeifuhr.

Auf der Höhe der Universität ging es ihm schon besser, und als er an seinem Arbeitsplatz ankam, stieg er mit angenehm erhöhtem Puls vom Rad, fuhr sich mit den Fingern durch das dichte, schwarze Haar, dann mit dem Handrücken über die verschwitzte Stirn und sagte: «Uff.»

Er grinste eine hübsche Krankenschwester an, die ihm über den Weg lief.

«Hallöchen», sagte er, drehte sich nach ihr um und ging mit schlenkernden Armen einige Schritte rückwärts, bis sie sich ebenfalls umwandte. Er warf den Kopf in den Nacken und wandte sich, indem er über die Schulter zurückschaute und ihren Blick kurz festhielt, wieder nach vorn. Im Weitergehen schlug er sich mit der flachen Hand auf den Schenkel und sagte: «Nicht schlecht, das Chick!»

Die Krankenschwester blickte noch einmal zurück.

Vetsch war ein nicht gerade blendend, aber nicht übel aussehender Mann Anfang dreissig. Die meisten hätten ihn wohl jünger geschätzt. Er war Assistenzarzt an der Psychiatrischen Poliklinik. Heute konnte er mit seiner Zeit anfangen, was er wollte, denn wie schon oft war er an seinem freien Tag mit dem Vorhaben hergekommen, schriftliche Arbeiten zu erledigen, die er verschlampt hatte. Er sass in seinem Sprechzimmer und zündete sich eine Zigarette an. Das war verboten. Er blickte auf den Berg der unerledigten Arbeiten. Er fand, er brauche ihn nicht gleich abzutragen, schliesslich sei er in erster Linie hergekommen, damit er von zu Hause abhauen konnte. Er beschloss, vorerst ein bisschen über seine berufliche Situation nachzudenken. Vielleicht kam ihm heute der entscheidende Einfall.

Vor einigen Jahren hatte er sein Staatsexamen abgelegt, daraufhin hatte er eine Zeit lang an einem chirurgischen Spital gearbeitet. Dort hatte er drei-, viermal versagt, als es darum ging, einen Schädelverletzten zu versorgen. Er dachte ungern daran, denn er hasste, nein, fürchtete das Bild, das sich ihm dabei stets aufdrängte.

Dieses Blut! Was kann ich tun? Nichts. Er stirbt!

Er fühlte sich hilflos wie ein Kind, eine alte Verzweiflung stieg in ihm hoch. Aber da war nicht nur das Erinnerungsbild aus dem Spital, nicht nur sein Versagen als Arzt. Eine Wunde in seiner Seele, die er längst vernarbt glaubte, begann zu bluten.

Er schob das Bild weg.

Eigentlich hatte er gar nie beschlossen, Psychiater zu werden. Er war einfach in diese Laufbahn hineingerutscht und stand jetzt mitten in seiner Facharztausbildung. Es frustrierte ihn, dass manche Studienkollegen die ihre bald abschliessen würden. Sonderlich erfolgreich war seine Karriere bis anhin nicht verlaufen, zumal er auch seine Dissertation noch nicht unter Dach hatte. Eine mühselige Angelegenheit, seit Jahren bastelte er an dieser Doktorarbeit herum! Sein Doktorvater dürfte schon etwas entgegenkommender sein. Er war jetzt längst Arzt, aber Doktor durfte er sich trotzdem nicht nennen. Es mopste ihn jedes Mal, wenn man ihn fragte: «Doktor Vetsch?», und wenn er dann sagen musste: «Nein, bloss Vetsch. Vetsch ist mein Name.»

Sollte er umsatteln und Dermatologe werden? Vielleicht eine Laserpraxis für kosmetische Medizin aufbauen? Das brächte wenigstens Moneten ein. Doch dann müsste er praktisch von vorne anfangen, er würde weit über vierzig werden, bis er es auf einen grünen Zweig brächte. Da blieb er doch lieber bei der Psychiatrie, obschon das weniger prestigeträchtig war. Aber wenn er einmal Facharzt wäre, bliebe es ihm ja unbenommen, etwas Besonderes anzubieten. Etwas,

was nicht jeder Feld-, Wald- und Wiesenpsychiater praktizierte. Hypnosesitzungen mit den Damen vom Zürichberg zum Beispiel oder Antistress-Training für Manager, irgend so was. Warum nicht Sex Therapy for the Rich and Beautiful? Er würde schon eine Marktnische finden.

Als er noch an seiner ersten Psychiatriestelle arbeitete, hatte er die psychotherapeutische Weiterbildung an Zanggers Schule begonnen. Seine Kollegen belächelten manchmal seine Wahl. Die Schule für Psychotherapie war nämlich das weitaus kleinste Ausbildungsinstitut auf dem Platz Zürich, und es vertrat keine der grossen Richtungen, weder Freud noch Jung noch Adler, auch nicht Szondi, nicht einmal Frankl. Es störte ihn, dass er immer wieder hören musste, das sei doch keine richtige tiefenpsychologische Schule, weit entfernt von einer klassischen Psychotherapieausbildung.

Er hatte in mehreren Instituten geschnuppert und sich schliesslich für diese Ausbildung entschieden, nachdem er an einem Vorkurs teilgenommen hatte. Zanggers Ausbildungskonzept hatte ihm zugesagt: Man konnte ihm während des Kurses nämlich zuschauen, wie er psychotherapeutisch arbeitete – er praktizierte und erklärte Psychotherapie live! Vetsch hatte sich vorgenommen, dem Mann all seine Kniffe und Tricks abzugucken.

Was er bis anhin als Therapeut gelernt hatte, war aber schwieriger anzuwenden, als er es sich vorgestellt hatte. Schon oft hatte er Dinge probiert, die Zangger getan hatte – wirklich genauso! –, aber es hatte einfach nicht recht geklappt.

Na, ich weiss ja nicht, dachte Vetsch, wie viel Erfolg Zangger hätte, wenn er mit *meinen* Patienten arbeiten müsste. Am Ende kocht er doch auch nur mit Wasser. Wer weiss, vielleicht ist er ein Blender, und keiner hat es bisher gemerkt.

Da hatte er doch ständig diese Ausbildung bei Kolleginnen und Kollegen angepriesen! Einer, Claude, hatte seiner Empfehlung folgend den Lehrgang angetreten. Wenn ihn nicht alles täuschte, hatte der neue Kurs gerade in diesen Tagen begonnen. Claude hatte sich nie für den Tipp bedankt und Zangger für die Empfehlung auch nicht. Dabei zockte er doch ganz ordentlich ab bei seinen Ausbildungskandidaten.

Jetzt war der junge Arzt bereits wieder schön wütend.

Vetsch fiel ein, dass in zwei oder drei Wochen wieder ein dreitägiges Seminar stattfand. Sollte er überhaupt teilnehmen? Was war das Thema? Er blätterte in seiner Agenda.

«Sexualität», las er. Das hatte gerade noch gefehlt!

Nimmt mich ja wunder, was Zangger auf dem Gebiet zu bieten hat, fragte er sich. Aber er beschloss hinzugehen. Vielleicht schaute ja wenigstens eine gerissene Strategie heraus, irgendetwas, womit er Stefanie rumkriegen konnte, wenn sie so verklemmt tat. Eine paradoxe Intervention zum Beispiel. Da hatte Zangger doch immer eine Idee auf Lager, das musste man ihm lassen.

Vetsch begann, Krankenakten nachzuführen und Schreibarbeiten zu erledigen. Gegen Mittag holte er sich ein Sandwich und ein Bier, legte die Füsse auf sein Pult und lehnte sich in seinem Bürostuhl zurück. Nachdem er seinen Lunch verschlungen hatte, dachte er an den Vormittag.

War das wieder ein Affentheater gewesen mit Stefanie! Musste das eigentlich immer sein? Er überlegte, ob er etwas falsch gemacht habe. Abgesehen davon, dass er die Türe nicht unbedingt hätte zuknallen müssen, fiel ihm beim besten Willen nichts ein. Aber Stefanie hatte wirklich ein

Problem, so viel stand für ihn fest. Die war, wenn er es sich als Fachmann überlegte, zweifellos hoch neurotisch. Und dann bestand noch eine depressive Komponente, die es zu berücksichtigen galt.

Sollte er ihr ein Antidepressivum aufschwatzen?

Nein, lieber nicht, wog er ab, denn erstens konnten diese Medikamente auf die Libido drücken, und zweitens bestand die Gefahr, dass die Leute an Gewicht zunahmen. Das wäre das Letzte, was er sich wünschte.

Psychotherapie?

Kam Psychotherapie für Stefanie in Frage? Theoretisch schon, aber konnte man ausschliessen, dass sie an einer Persönlichkeitsstörung litt? Dann würde die Behandlung eine uferlose Angelegenheit werden, und wer garantierte, dass sie sich nicht noch viel mehr zurückzog? Nein, keine Psychotherapie.

Zangger hätte zwar bestimmt etwas dagegen einzuwenden, aber am Ende war es das Beste, wenn er seiner Stefanie selber auf die Sprünge half. Irgendetwas musste geschehen, sonst würde diese Beziehung im gleichen Fiasko enden wie die letzte. Vetsch dachte an seine frühere Frau. Wieso machte die ihm in letzter Zeit das Leben schwer? Sie waren doch geschieden! Die war wohl eifersüchtig, weil er wieder eine Beziehung hatte und sie nicht. Oder ging es ihr wirklich um die läppischen paar Franken? Eine Riesenwut stieg in ihm hoch. Er nahm einen kräftigen Schluck Bier.

## 4

«Alles, was ihr hier hört, muss unter uns bleiben», betonte Zangger zum Schluss des dreitägigen Seminars mit den

Neuen. «Ich meine die persönlichen Dinge, die hier zur Sprache kommen.»

Einige Teilnehmer nickten.

«Wer glaubt, sich nicht daran halten zu können, möge es bitte sagen», forderte Zangger seine Kandidaten auf.

Er blickte in die Runde.

Zanggers Seminarraum zeigte keinerlei Ähnlichkeit mit einem Vorlesungssaal. Der Kurs fand in einem grossen, etwas verwinkelten, aber hellen Zimmer statt. Die Fenster gingen auf einen stillen Hinterhof. Die Einrichtung bestand einzig aus bequemen, modernen Sesseln, ein paar alten Fauteuils und einem Sofa. In einer Ecke stand ein Flipchart, an den Wänden hingen Grafiken eines amerikanischen und eines Zürcher Künstlers.

Hier sass die neue Ausbildungsgruppe, mit der Zangger die vergangenen drei Tage gearbeitet hatte: achtzehn zukünftige Psychotherapeuten, zehn Frauen und acht Männer, vor allem Psychologen und Ärzte, ausserdem zwei Sozialarbeiterinnen, eine Heilpädagogin und ein Pfarrer. Heute ging das erste Seminar des Lehrgangs zu Ende, der vier Jahre dauern würde.

Niemand meldete sich.

Es gab genügend Gründe, an diesem dritten Seminartag Verschwiegenheit zu vereinbaren. Bereits waren persönliche Probleme von Teilnehmern zur Sprache gekommen. Zangger hielt in seinen Seminaren nicht bloss Vorlesungen. Ein wichtiger Teil der Ausbildung bestand darin, dass sich die Ausbildungskandidaten mit ihren eigenen Schwierigkeiten auseinander setzten. Das gab ihm die Gelegenheit, psychotherapeutische Arbeit zu demonstrieren. Aber natürlich waren die Teilnehmer nur bereit, Persönliches vorzubringen, wenn sie wussten, dass nichts davon ausgeplaudert wurde.

Einige hatten von ihrer Schüchternheit und ihren Hemmungen gesprochen, sich in einem grossen Kreis zu persönlichen Dingen zu äussern. Andere hatten Sorgen, Ängste oder Stimmungsschwankungen offenbart, wieder andere einen Konflikt mit ihren Partnern, Kindern oder Eltern. Einer hatte ungeniert erklärt, er lebe in einer geheimen Dreiecksbeziehung. Die Sozialarbeiterin Myrtha, eine unauffällig gekleidete Frau mit aschblondem Haar, hatte mit gepresster Stimme und unsicherem Blick berichtet, sie leide an einem Autoritätskomplex, denn sie habe früher mit ihrem gewalttätigen Vater schlimme Erfahrungen gemacht.

Nun hatte Doktor Zangger eine für einen Psychiater ungewöhnliche Macke: eine Abneigung gegen psychologische Fachwörter. Wenn jemand bei der Schilderung seiner Schwierigkeiten psychologische Begriffe verwendete – Mutterbindung, Insuffizienzgefühle oder Kommunikationsprobleme –, dann fragte Zangger geduldig nach, bis ihm das Problem in Alltagssprache verständlich gemacht wurde. Er hatte mit den Jahren die Erfahrung gemacht, dass Patienten ihre Probleme gar nicht klarer sahen, sondern im Gegenteil vernebelten, wenn sie psychologische Fachbegriffe im Kopf wälzten.

Wenn Zangger unterrichtete oder seine therapeutische Arbeit erläuterte, dann liessen sich Fachwörter nicht ganz vermeiden. Aber wenn er mit einem Patienten oder Kandidaten im persönlichen Gespräch war, war ihm die Psychologensprache ein Gräuel.

Im Alltag war es ihm sogar zuwider, sich psychologische *Gedanken* zu machen. Schon oft hatten Bekannte oder Freunde zu ihm gesagt: «Jetzt analysieren Sie mich bestimmt!» oder «Du hältst mich für gestört, nicht wahr?»

Stets wehrte er dann ab: «Keine Sorge, das tue ich nicht», aber das hielten die meisten für eine Beschwichtigung. Tatsache war jedoch, dass Zangger sich hütete, nein, dass er sich unfähig fühlte, ausserhalb von Sprechzimmer und Seminarraum psychologisch zu denken, geschweige denn zu reden. Vielleicht war er auch einfach zu faul dazu. Wenn Tina und er über die Kinder sprachen, so war weder von Autonomie noch von Symbiose oder Ablösungsproblemen die Rede, sie orteten bei ihren Sprösslingen weder Anlehnungsbedürfnisse noch Verweigerungshaltungen. Sie fanden bloss, Claudia sei eine eigenständige Person, Mona dagegen scheine unzufrieden zu sein mit sich und der Welt, Fabian sei ein Schmusekater und Thomas manchmal ein Flegel.

Zangger hatte die Einsicht gewonnen, dass psychologisches Vokabular, wenn man es im Privatleben brauchte, rasch zur Waffe werden konnte. Er kannte mehr als genug Paare, Fachleute und andere, die sich mit psychologischen Überlegungen verletzten, mit Diagnosen beschimpften und mit Deutungen gegenseitig schachmatt zu setzen versuchten.

Autoritätskomplex hatte Myrtha ihr Leiden genannt. Fast wie Schuppenflechte. Oder Immunschwäche. Beschämend. Unheilbar.

«Autoritätskomplex?», fragte Zangger seine Kandidatin, als habe er das Wort noch nie gehört. «Was meinst du damit?»

Zangger war mit seinen Ausbildungskandidaten per Du. Er war noch nie versucht gewesen, seinen Patienten das Du anzubieten, aber ebenso wenig hatte er je erwogen, in den Seminaren per Sie zu verkehren. Da pflegte er den amerikanischen Stil. Mochten andere einwenden, ihm fehle die nötige Distanz zu seinen Kandidaten, so sah Zangger das anders: Ihm war schon eher die Klage eine Sorge, er sei ein unnahbarer und gar zu sehr auf Abstand bedachter Mensch.

Sie leide unter Minderwertigkeitsgefühlen, klagte Myrtha. «Wie äussern sich die?», erkundigte sich Zangger. Sie fühle sich blockiert, sagte sie. «In welcher Hinsicht?», wollte er wissen. «Gib mir ein Beispiel.»

Zangger bezeichnete sein Nachdiplomstudium für Psychotherapeuten manchmal scherzhaft als Berufslehre, denn er wolle seinen Kandidaten das Handwerk der Psychotherapie beibringen. So nahm er die Gelegenheit wahr, mit dieser Kandidatin ein Erstgespräch zu demonstrieren, wie er es als Psychotherapeut mit einer Patientin führen würde.

Es dünkte die Teilnehmenden allerdings, er rede gar nicht wie ein Psychiater oder Psychotherapeut. Er sagte nicht: «Ich verstehe dich gut», nie «Ich weiss, wie du dich fühlst», weder «Erzähl mir mehr», noch «Was kommt dir dazu in den Sinn?», auch nicht «Mhm, mhm» – nichts dergleichen hörten sie ihren Lehrer sagen. Manche Teilnehmer waren etwas ernüchtert, einige enttäuscht: Sie hätten von Zangger psychologische Auslegungen erwartet, tiefschürfende Betrachtungen oder wenigstens erhellende Erklärungen. Aber er stellte bloss seine simplen Fragen, liess ganz gewöhnliche Bemerkungen fallen: «Ja, klar», sagte er oder «Ach so!» oder «Wirklich?», dann wieder lachte er: «Na, komm schon!»

Es machte nicht den Anschein, als leiste Zangger Myrtha irgendeine Hilfe. Sie schien sich im Gespräch von alleine über ihre Gefühle, Gedanken und Verhaltensweisen klar zu werden, die sie als problematisch empfand. Auf einmal war aus dem beschämenden und unheilbaren Gebrechen, an welchem sie zeitlebens gelitten hatte, ein konkretes Problem geworden, das sich angehen und überwinden liess: Die Schwierigkeit nämlich, dass sie sich nicht traute, vor anderen

Menschen eine eigene Meinung zu vertreten und, noch viel weniger, einer so genannten Autoritätsperson zu widersprechen.

«Dann war es eine richtige Mutprobe, dich hier zu äussern, nicht wahr?», fasste Zangger zusammen.

Myrtha nickte.

«Bist du zufrieden mit dir?»

«Nein, ganz und gar nicht. Ich zitterte anfangs am ganzen Leib. Meine Stimme bebt noch immer, und bestimmt wurde ich puterrot», erwiderte sie. «Ich musste mich regelrecht überwinden, überhaupt etwas zu sagen.»

«Nun», meinte Zangger trocken, «gerade darum war es eine Leistung.»

«Ich weiss nicht ... Das ist doch keine Leistung.»

Nanu, dachte Zangger, sie hat mir eben ein bisschen widersprochen. Aber er liess die Frau in Ruhe, denn er fand, das sei fürs Erste gerade das richtige Mass an Selbstoffenbarung gewesen.

Claude, einen geschniegelten jungen Mann, durfte Zangger etwas forscher anfassen. Der frisch gebackene Familienvater war Arzt an der Psychiatrischen Poliklinik. Eben hatte er von seiner Dreiecksbeziehung berichtet, und einzelne Zuhörer fragten sich, ob er sich mit seiner Geschichte vielleicht ein wenig brüsten wolle.

«Ihr kennt jetzt meine Affäre», schloss Claude, und mit einem treuherzigen Blick auf Zangger meinte er: «Ich kann da einfach nicht raus.»

«Bist du sicher?», fragte Zangger. Eine ganz gewöhnliche Frage – aber wie ein feiner Hammerschlag: ein Schlag des Kunsthandwerkers, den Hammer mit einem weichen Tuch umwickelt. Ein wohlmeinender Schlag, der nichts beschädigte, sondern formte; er fixierte sozusagen, was Claude sagte.

«Nun, ich könnte natürlich schon …»

«Eben», quittierte Zangger, erneut sachte zuschlagend.

Claude nickte und schwieg eine Weile. «… aber ich weiss nicht, ob ich will.»

«So ists», kommentierte Zangger vollkommen sachlich, keine Spur von Kritik in seiner Stimme. «Vielleicht willst du nicht.»

«Ja», meinte Claude, «denn ich möchte weder meine Frau verlassen noch meine Geliebte aufgeben.»

«Du sagst es», bestätigte Zangger den Sachverhalt, denn jetzt hatte Claude die Angelegenheit selber auf den Punkt gebracht: Eigentlich war an seiner Situation nichts Schicksalhaftes, auch wenn es ihm so vorkommen mochte.

«Ich bin einfach so in diese Dreiecksbeziehung hineingerutscht», hatte Claude kurz zuvor nämlich behauptet.

Niemand rutscht in eine Beziehung hinein, hatte Zangger gedacht. Man sucht sie oder lässt sich bewusst auf sie ein.

«Oh – hineingerutscht?», hatte er lachend, aber ohne Spott wiederholt, «hin-ein-ge-rutschschscht…?», und dazu pantomimisch eine ausgleitend-haltsuchende Bewegung gemacht.

Zangger kannte die Macht von Sprachbildern. Wenn einer sagte, er sei in etwas hineingerutscht, dann entsprach das seinem Empfinden. Indem er es sagte, entstand eine Art von Wirklichkeit, und je öfter er die Metapher brauchte, und sei es nur in Gedanken, desto stärker verankerte sich die Überzeugung, er habe eigentlich nichts dazu beigetragen. Es sei einfach so geschehen. Ein Unfall. Er könne nichts dafür. Nicht, dass Zangger solche Redewendungen suspekt gewesen wären – im Gegenteil, er brauchte sie auch –, aber jetzt, wo er einen Auftrag als Therapeut hatte, musste er seinen Gesprächspartner auf seine Rede- und Denkweise aufmerksam machen.

«Was soll sich denn ändern?», fragte Zangger.

Fragen und nochmals Fragen, da und dort ein Kommentar: Darin bestand Zanggers Handwerk. Die Worte waren sein Werkzeug. Dass sie im richtigen Augenblick kamen, und dass sie sich einfach und selbstverständlich anhörten, das war die Kunst. Sie beschädigten nichts, die Schläge. Aber manche hinterliessen eine Delle, einen kleinen, bleibenden Eindruck.

«Ich weiss nicht recht», gestand Claude. «Am besten wäre mir geholfen, wenn ich kein schlechtes Gewissen mehr hätte», meinte er dann.

«Vergiss es», meinte Zangger ohne Häme.

«Dann muss ich wohl herausfinden, weshalb ich mich immer wieder auf Dreiecksbeziehungen einlasse. Das hat bestimmt einen tieferen Grund.»

«Und wenn du den tieferen Grund gefunden hast, was dann?», erkundigte sich Zangger freundlich.

«Nun, wenn ich meine unbewussten Motive kenne, werde ich solche Affären bleiben lassen können», meinte Claude.

«Verlass dich nicht drauf», erwiderte Zangger und zog eine Augenbraue hoch. Er kam langsam in Fahrt. «Ich rede aus Erfahrung», sagte er zweideutig. «Die Versuchung ist gross, die Dreiecksbeziehung weiterzuführen, während du deine unbewussten Beweggründe suchst.» Und mit maliziösem Unterton fuhr er fort: «Wenn du auf welche stösst, kannst du dir nämlich stets einreden, du hättest die wahren, die tiefsten Motive noch nicht ergründet.»

Einige der Teilnehmer waren konsterniert. Musste das nicht entmutigend sein für einen, der ehrlich in seiner Seele forschen wollte? Doch Zangger liess sich nicht beirren.

«Alibitherapie», stellte er fest. «Die kann Jahre dauern, und die Affären gehen hübsch weiter. Bequeme Sache, beruhigt das schlechte Gewissen. Man kann sich und dem Partner, wenn er es hören will, sagen, man arbeite an sich. Aber es bleibt alles beim Alten.»

Claude blickte verunsichert drein.

«Einem Trinker hilft es auch nichts», fuhr Zangger fort, «wenn er nach den Ursprüngen seiner Sucht forscht, während er weitertrinkt. Das ist reiner Selbstbetrug. Erst muss einer aufhören, *dann* soll er in seiner Seele suchen.» Er hielt inne. Claude mit einem Trinker, einem Süchtigen zu vergleichen, war vielleicht etwas starker Tobak. Doch dieser wehrte sich nicht dagegen. «Einsichten in Ehren», sagte Zangger, «aber manches Mal ist es wichtiger, etwas Entscheidendes zu tun, als nach verborgenen Motiven zu schürfen.»

Claude schaute ihn unglücklich an. «Was soll ich denn tun?», fragte er Zangger.

«Das weiss ich nicht», schloss Zangger ruhig. «Aber ich helfe dir gerne dabei, eine Entscheidung zu finden, wenn ich kann – und wenn du das wirklich willst.»

Jetzt entspannte sich Claude. Für ein paar Augenblicke war er sich nicht sicher gewesen, ob Zangger ihn ernst nahm.

Während seiner Erzählung hatte Claude zwei- oder dreimal in die Runde geschaut und gesagt: «Das bleibt doch alles vertraulich, ja? Ich möchte nämlich nicht, dass man an meiner Arbeitsstelle davon weiss.» Es war ihm natürlich bekannt, dass sein Kollege Vetsch an Zanggers Fortgeschrittenenseminar teilnahm.

Sicher war sich Zangger nicht, denn Claude hatte keinen Namen genannt, aber er wäre nicht überrascht gewesen, wenn es sich bei seiner Geliebten um Lea, jene femme fatale gehandelt hätte, die mit Claude zusammen am Vorkurs teilgenommen hatte. Das Geturtel der beiden war ihm damals aufgefallen. Sollte er das jetzt ansprechen oder nicht?

Nein, entschied er, denn die Frage war ohne therapeutische Bedeutung. Er wollte nicht aus Neugier fragen. Da hatte er einen sonderbaren Ehrgeiz: Zangger machte einen Sport daraus, sich aus Informationsbruchstücken, die ihm zufielen, ohne dass er danach fragte, ganze Lebens- und Beziehungsgeschichten zusammenzureimen. Er fand, er habe einen Riecher dafür entwickelt und zog jedesmal eine heimliche Befriedigung daraus, wenn sich so ein Puzzle zusammenfügte und sich seine Vermutungen bestätigten.

Jetzt wartete er auf die Antwort der Gruppe. Es ging um die Frage der Diskretion.

«Nun?», fragte er in die Runde.

Zangger wollte die Gewähr haben, dass niemand etwas von dem, was er hier über die anderen erfuhr, irgendwo preisgab.

«Kein Problem», sagte jemand.

«Das ist doch selbstverständlich», antworteten andere.

Zangger blickte in die Runde. Alle hatten etwas gesagt.

Nur Ellen McGraw noch nicht.

Er hatte diese Frau kurz entschlossen in die Ausbildung aufgenommen, obschon sie keinen Vorkurs besucht hatte. Der Besuch eines Vorkurses war eine Bedingung für die Teilnahme, und Ausnahmen hatte Zangger bis anhin nie gemacht.

Ellen McGraw war die Ausnahme.

Ellen McGraw betrachtete ihn ruhig und schwieg.

## 5

Vorige Woche hatte sie ihn angerufen. Sie hatte wissen wollen, ob noch ein Platz in der Ausbildungsgruppe frei sei. Tatsächlich war einer frei geworden, denn jemand hatte seine Anmeldung zurückgezogen.

«Tut mir leid, der letzte Vorkurs ist vorbei, es gibt keine Möglichkeit mehr einzusteigen», war Zanggers Bescheid.

«Aber wäre noch ein Platz frei?», fragte sie. Ihre Stimme klang aussergewöhnlich angenehm: klar, voll und rund, aber nicht laut. Und in ihrer Sprache schwang ein feiner, kaum hörbarer, charmanter Akzent.

«Es ist ein Platz frei geworden, aber ich werde ihn nicht mehr besetzen. Die Ausbildung beginnt bereits in einer Woche.»

«Ich kenne Ihre Bedingungen. Ich weiss, dass ich sie nicht ganz erfülle. Aber wissen Sie», sagte sie, und sie klang nicht aufdringlich, «es wäre mir sehr wichtig, an Ihrer Ausbildung teilnehmen zu können.» Sie schwieg einen Augenblick und fragte dann höflich: «Wäre es möglich, mit Ihnen persönlich darüber zu reden?»

«Wenn Sie darauf bestehen», hörte sich Zangger zu seiner eigenen Verwunderung antworten. Wenig später sass sie ihm in seinem Sprechzimmer gegenüber.

Sie sah hinreissend aus! Sommersprossen über und über. Entzückende kaffeebraune *freckles* auf heller, aber keineswegs bleicher Haut. Auch auf Armen und Händen. Kastanienbraune Haarpracht mit einem Schimmer von Kupfer, eine üppige Mähne, die ihr breit auf den Rücken fiel. Ein ebenmässiges, eher rundes, aber alles andere als molliges Gesicht mit einem orientalisch anmutenden – vielleicht indianischen? – Einschlag, ein Eindruck, der wohl durch die deutlichen Wangenknochen entstand. Klare, freie Stirn. Grosse, rehbraune Augen, weiche Lider, offener Blick. Lange Wimpern, schön geschwungene, dichte Brauen. Hübsche Nase, wohlgeformte Ohren. Volle rote Lippen, der Mund stets locker geschlossen, ausser wenn sie sprach. Blendende Zähne, wenn sie lachte. Schlanker Hals, die Schlüsselbeine unter geschmeidiger Haut im Ausschnitt ihres Kleides zur Hälfte sichtbar, ganz und gar symmetrisch. Dazwischen, dort wo sie sich unterhalb der Kehle trafen, eine wunderschöne kleine Vertiefung, wie mit Samt ausgeschlagen.

Eine Perle würde hineinpassen, fand Zangger. Oder eine Mittelfingerkuppe, musste er denken.

Sie war vielleicht einen halben Kopf kleiner als er. Gertenschlank, aber nichts an ihr wirkte mager. Ihr Alter war schwer zu schätzen: War sie über dreissig und sah noch jugendlich aus, oder war sie erst fünfundzwanzig und wirkte reifer?

Nimm dich in Acht!, sagte Zangger zu sich selber, er wusste bloss nicht wovor. Denn diese Frau hatte nichts Aufreizendes, nichts Kokettes an sich – darauf hätte er kaum angesprochen. Sie hatte einfach eine ganz besondere Ausstrahlung: Ruhe, Besonnenheit, Anmut. Oder durfte man von Schönheit reden?

Nein, keine erotische Ausstrahlung, beschwichtigte er sich. Vielleicht eine sinnliche Ausstrahlung, ja, aber erotisierend durfte man sie keinesfalls nennen. Auch die Kleidung: Gewiss, sie war schick, aber völlig unaufdringlich, schlicht. Und ein betörendes Parfum – aber sehr dezent, kaum wahrnehmbar.

Eine Waage. Sie muss eine Waage sein, ging es ihm durch

den Kopf, obschon er sich längst nicht mehr für die Astrologie interessierte.

Keine Schminke, weder Lippenstift noch Lidschatten, die Augenbrauen ungezupft. Schlanke Hände, gepflegte, aber unlackierte Fingernägel. Nichts Künstliches war an dieser Frau. Sie wirkte frisch und natürlich. Natürlich und sicher. Auf natürliche Weise sicher, aber nicht zu sicher, fand Zangger. Mochte sie eine zutiefst sichere Person sein, vielleicht an der Oberfläche auf ganz angemessene Weise etwas unsicher? Oder war es umgekehrt? Zangger konnte sich nicht entscheiden. Er war verwirrt, doch war ihm nichts anzumerken.

Auf einmal fiel es ihm ein: Monica Vitti.

Er hatte von allem Anfang ein Déjà-vu-Gefühl gehabt. Die Frau kam ihm bekannt vor, obschon er ihr noch nie zuvor begegnet war. Zuerst hatte er gedacht, sie gleiche der Venus von Botticelli. Aber Ellen McGraw hatte nichts Durchsichtiges, nichts Zerbrechliches an sich. Sie wirkte sanft und kraftvoll zugleich. Doch jetzt war ihm klar: Sie erinnerte ihn ganz einfach an einen Filmstar, für den er als Teenager geschwärmt hatte. Die hiess doch Monica Vitti, oder nicht? So ähnlich jedenfalls. Zangger war sich nicht mehr sicher, in welchen Filmen sie zu sehen gewesen war – Antonioni? Deserto rosso? –, aber das spielte jetzt keine Rolle. Jedenfalls beruhigte es ihn enorm zu wissen, was ihn so angerührt hatte. Nun konnte er sich dem sachlichen Gespräch mit dieser Bewerberin widmen.

Zangger führte das Gespräch so, wie er es gewohnt war, doch fühlte er sich eigenartig schwach dabei. Ellen McGraw beantwortete alle Fragen höflich und klar. Sie gab aber äusserst knapp Auskunft, sie sagte immer nur das, wonach er gefragt hatte. Es stellte sich heraus, dass sie bald achtundzwanzigjährig war und ihr Psychologiestudium erst vor kurzem abgeschlossen hatte. Sie arbeitete an der Psychiatrischen Universitätsklinik. Dort hatte sie die Aufgabe, im Rahmen einer wissenschaftlichen Untersuchung Klinikpatienten psychologisch zu testen.

«Ich möchte lieber therapeutisch arbeiten. Ich glaube, das liegt mir», erklärte sie.

Zangger wollte wissen, welche andern Ausbildungen sie bisher erwogen habe. «Ich biete ja nicht den einzig valablen Lehrgang an», sagte er.

Das war geheuchelt, spürte er sofort.

«Das weiss ich», entgegnete sie. «Aber so viel ich über Ihre Ausbildung erfahren habe, ist es genau das, was ich suche.» Sie sah sich im Sprechzimmer um. «Und ich fühle mich hier ausgesprochen wohl», sagte sie auf entwaffnende Art und blickte ihm ins Gesicht. Sie teilte ihm mit, sie habe bereits das Grundlagenjahr einer anderen Psychotherapieausbildung besucht und erwähnte ein weiteres Institut, an das sie gedacht habe.

In Zangger zog sich etwas zusammen.

Das will ich ihr ersparen, dachte er.

«Das wäre eine echte Alternative», log er.

«Nein», sagte Ellen. Sie schaute ihn ruhig an. «Ich bin hier, um mich für die Ausbildung an Ihrer Schule zu bewerben.» Sie machte eine Pause, und ohne auch nur im Geringsten schnippisch zu klingen, fügte sie an: «Glauben Sie mir, ich weiss genau, was ich will. Bitte überlegen Sie es sich.»

Dann machte sie Anstalten, das Gespräch zu beenden und erhob sich. Zangger versuchte, das Heft in der Hand zu behalten. «Sie sprechen nahezu akzentfreies Schweizerdeutsch, aber Sie tragen einen angelsächsischen Namen...», stellte er fest.

«Ja», sagte sie nur.

Es war ihm, er stehe im Regen. Vielleicht spürte sie seine Verlegenheit, vielleicht wollte sie nicht unhöflich wirken, jedenfalls ergänzte sie, ohne dass er weitergefragt hatte: «Ich bin Kanadierin. Aber ich lebe hier, seit ich zehn bin.»

Zangger sicherte ihr zu, er werde sich die Möglichkeit ihrer Teilnahme in aller Ruhe überlegen. Sie erhalte noch in derselben Woche Bescheid. Dann gab er ihr den Rat, auch sie solle noch einmal darüber schlafen.

Bist du verrückt? Und wenn sie es sich anders überlegt?

Er begleitete sie zur Haustüre und verabschiedete sie. Darauf begab er sich geradewegs in sein Büro und druckte einen vorbereiteten Ausbildungsvertrag aus, in welchen er nur noch ihre Daten einzufügen brauchte. Auf dem Anmeldebogen, den sie ausgefüllt hatte, sah er ihr Geburtsdatum.

Eine Waage, wusste ichs doch.

Er beschloss, den Vertrag erst in zwei Tagen abzuschicken, es sollte nicht übereilt aussehen.

Am selben Abend noch warf er ihn in den Briefkasten.

Da sass sie nun und schaute ihn an. Sie hatte in den drei Tagen nur wenig gesagt. Dennoch war sie offensichtlich interessiert, sowohl am Unterricht als auch an den andern Teilnehmern. Zangger spürte, dass man sie mochte, und er ahnte, dass sie in der Gruppe eine Sonderstellung einnehmen werde.

Die Schweigsame, stellte er fest. Er fragte sich, wie lange sie diese Rolle in der Gruppe beibehalten werde. Zangger versuchte stets, zu Beginn einer neuen Ausbildung die Rollen zu erahnen, welche die Mitglieder einer Gruppe bewusst oder unbewusst einnahmen. Oft beanspruchten sie, freilich ohne es selber zu merken, eine Stellung, wie sie sie schon in ihrer Familie, in der Schule oder bei den Pfadfindern innegehabt hatten: die Rolle des Musterschülers, der Primadonna, der Verführerin, der Trösterin, des Witzbolds und wie sie alle hiessen. Ob sie sich ihrer Rollen bewusst wurden und wie rasch sie sie ablegen konnten, war gewöhnlich ein Mass für die persönliche Entwicklung der Teilnehmer. Marco Vetsch im Fortgeschrittenenseminar beispielsweise hielt eisern an seiner Rolle des Tunichtguts fest und legte sich ständig mit irgendjemandem an – ein untrügliches Zeichen für einen Entwicklungsstillstand.

Sie sass da und schwieg, als ob sie ein Geheimnis zu wahren hätte. Was mochte es sein? Und wie lange würde sie es hüten? Die Faszination, die von ihr ausging, hatte sich in den drei Tagen um nichts verringert.

Die Geheimnisvolle, dachte Zangger.

Fragend sprach er sie an: «Ellen?»

Er bemühte sich, ihren Namen so auszusprechen, wie sie es tat: Ellen, mit zwei kurzen, offenen E. Es störte ihn ein wenig, dass einzelne der Anwesenden E-llen sagten, mit einem hellen E am Anfang, wie in Ellbogen; wieder andere sogar E-lle-n mit zwei geschlossenen E, wie in Helen – sehr unschön. McGraw war ganz weich auszusprechen, kein K-Laut, ein fast unausgesprochenes A in der ersten und ein dunkles Å in der zweiten Silbe.

«Ja?»

«Wie hältst du es mit unserer Vereinbarung?»

«Ich werde mich daran halten.»

«Gut zu wissen. Aber», fügte er an, und er versuchte, weder zu streng noch zu freundlich zu klingen, denn er war fest entschlossen, diese Frau nicht mit Samthandschuhen anzufassen, sondern sie genau gleich zu behandeln wie alle andern, und in diesem Fall bedeutete das, sie mit ihrer Passivität, mit ihrem beharrlichen Schweigen zu konfrontieren, «weshalb sagst du es dann nicht?»

«Oh, entschuldige», entgegnete sie und schien eine Spur verlegen. «Aber du sagtest, es sollten sich diejenigen melden, die sich *nicht* daran halten können.»

Zangger gab ihr lachend Recht.

Umwerfend, diese Frau!, dachte er.

## 6

Der dreitägige Kurs war wie gewohnt am frühen Samstagnachmittag zu Ende. Es war ein prächtiger Frühlingstag. Zangger hatte sich vorgenommen, durch das Götterquartier zu spazieren, ehe er nach Hause fuhr. Da klingelte das Telefon.

«Hier spricht Frau Herrliger», sagte eine Stimme. «Ist dort Doktor Zangger?»

«Ja.»

«Herr Doktor, Sie müssen mir helfen! Ich mache mir Sorgen um meinen Mann. Er ist depressiv. Das ist bestimmt wegen meines Sohnes. Der macht ihm nämlich arge Schwierigkeiten.»

«Wir können gern in der Sprechstunde darüber reden. Kommen Sie doch …», hob Zangger an.

«Nur so viel zu Ihrer Information, Herr Doktor», überfuhr ihn die Frau, «der Junge zieht sich zurück. Er hat …»

«Frau … », versuchte Zangger sie zu unterbrechen.

«Er hat den Kontakt fast völlig abgebrochen, er … ehm, er lehnt uns ab. Das ist doch keine Art …»

«Wie alt ist denn Ihr Junge?», wollte Zangger wissen.

«… für einen, der in diesem Beruf arbeitet.»

«Ach so, er ist ein erwachsener Mann? Dann …»

«Wissen Sie, Herr Doktor, eine Mutter fühlt als Mutter, auch wenn das Kind erwachsen ist.»

Mit einem Mal spürte Zangger den Widerwillen von neuem, den er vor drei Tagen empfunden hatte. Schon überlegte er, ob er der Frau einen Korb geben solle.

«Mein Sohn hat uns Ihren Namen genannt, aber …»

«Ach? Kenne ich Ihren Sohn?»

«Er kennt Sie beruflich. Aber offenbar will er nicht in Ihre Sprechstunde kommen …»

Er kennt mich beruflich? Patient oder Kollege?, fragte sich Zangger. An einen Patienten Herrliger erinnerte er sich nicht, aber da war sein Gedächtnis nicht unfehlbar. Dass ein Berufskollege, selbst wenn er ihn vielleicht gar nicht persönlich kannte, lieber in einer anderen Stadt einen Psychiater konsultierte, dafür hatte Zangger allerdings Verständnis.

«… jedenfalls nicht mit uns. Er weiss nicht, dass ich jetzt anrufe. Wissen Sie, er hat Schlimmes erlebt in seiner Jugend. Aber es ist doch nicht unsere Schuld, wenn …»

«Nun, Frau Herrliger, ich möchte Sie nicht nötigen, mir am Telefon alles zu sagen. Wir kennen uns ja noch gar nicht.»

«Ich weiss aber genau, wer Sie sind», behauptete die Frau. «Mir ist bekannt, wie Sie arbeiten. Bestimmt wäre ich bei Ihnen am richtigen Ort. Und dann leiten Sie doch auch diese Schule …», wusste Frau Herrliger.

«Ja», erwiderte Zangger und fuhr rasch weiter: «Ich schlage Ihnen trotzdem vor, dass wir unter vier Augen reden. Kommen Sie doch bitte am …» Er warf einen Blick in seine Agenda: «Mittwoch um neun Uhr. Geht das?»

«Ja. Danke. Herr Doktor, ehm – nur noch eine Frage.»

«Ja?», sagte Zangger knapp.

«Kennen Sie eine Frau Megràh? Oder Magròh? Irgendso ein Name.» Sie sprach mit übertriebener Betonung, als wolle sie sich über den ungewohnten Namen mokieren.

Zangger erschrak. Sollte das McGraw heissen?

«Gibt es eine Ärztin dieses Namens? Führt eine, die so ähnlich heisst, in Zürich eine Praxis? Ich würde gerne …»

«Ein Ärztin? Nicht, dass ich wüsste. Tut mir leid.»

«Oh, keine Ursache. Bis Mittwoch also», sagte die Frau.

Der Anruf gab Zangger ein Weilchen zu denken: Frau Herrliger hatte einen Sohn, der ihn kannte; sie kannte seine Schule und behauptete, seine Arbeitsweise zu kennen; möglicherweise kannte sie Ellen McGraw, oder sie wollte etwas über sie erfahren. – Nun, da hatte er wieder ein Puzzle vor sich. Er würde geduldig warten, bis er die Teile beisammen hatte und sich alles ineinander fügte.

Bald darauf schlenderte Zangger durch die Strassen. Er betrachtete die riesigen Bäume im Park und die Fassaden der Jugendstilhäuser mit den bunt verglasten Veranden, als ob er alles zum ersten Mal sähe. Die Sonne schien warm für die Jahreszeit. Zangger genoss die Strahlen, die er auf Wangen und Nacken spürte. Er traute seinen Ohren kaum: Da klopfte doch mitten in der Stadt ein Specht! Zangger schaute sich um. Wirklich sah er den Vogel am Stamm eines Kirschbaumes draufloshämmern. Der Baum stand in einem Hinterhof und zeigte sich wundervoll in weisser Blüte. Ganz entgegen seiner Gewohnheit blieb Zangger lange stehen und schaute und lauschte. Nun nahm er auch die Kinderstimmen wahr, die vom Spielplatz im Park herüberdrangen. Bewusst atmete er die frische Luft.

Beschwingt ging er weiter.

Musik perlte durch seinen Kopf, das Allegretto aus einem Klavierkonzert von Mozart. Er fing an, die Melodie zu trällern.

Zum ersten Mal nahm er die skurrile Frauenfigur wahr, die der Sprayer von Zürich oder einer seiner Nachahmer mit ein paar schwungvollen Linien auf ein Garagentor gesprayt hatte. Was Zangger gestern noch als fragwürdiges Werk bezeichnet hätte, wenn er davon Notiz genommen hätte, erschien ihm heute als künstlerischer Ausdruck reiner Lebensfreude.

Aus einem Garten kam eine grauweisse Katze auf ihn zugelaufen, als ob sie ihn kennte. Sie verlangsamte ihren Schritt, als er näher kam, beobachtete ihn ruhig, und als er sich etwas vornüberbeugte und die Hand ausstreckte, kam sie mit hoch gestelltem Schwanz näher, schmiegte sich an sein Hosenbein und liess sich schnurrend streicheln. Die Strassen im Quartier waren gesäumt von Bäumen mit zartgrünem Laub, in fast jedem Garten schlugen Sträucher aus, und aus manchem Blumenbeet guckten Narzissen. Die rote Blütenpracht eines japanischen Kirschbaums erinnerte ihn an die Strasse, durch welche er jeweils mit dem Velo zu seinem Institut geradelt war, damals während des Sabbatjahres in den USA.

Alles, was Zangger sah, alles, was er hörte, alles, was er roch, löste ein Gefühl des Wohlbefindens, ja des Glücks in ihm aus. Eben kam eine Frau daher, mit Einkaufstaschen beladen, neben ihr ein Kind, das an ihrem Mantelzipfel hing – der Anblick stimmte ihn froh. Ein alter Mann sass auf einer Bank, las Zeitung und stopfte sich betulich die Pfeife, sein Enkelkind spielte neben ihm im Sand – ein Bild des Friedens. Ein anderer Alter, ein Stadtoriginal mit einer Trage voller Glasscheiben auf dem Buckel, schlurfte durch die Strasse und rief tatsächlich, genauso wie Zangger es als Kind gehört hatte, laut in die Frühlingsluft hinaus: «Glaaa-seee!» Zangger geriet schier aus dem Häuschen, so heftig schwappte in diesem Augenblick eine Welle nostalgischen Glücksgefühls über ihn weg.

Er wagte es sich selber kaum einzugestehen, aber es war nicht mehr zu unterdrücken: Er fühlte sich rundum zufrieden. Er war gesund, seine Praxis lief gut, seine Kinder bereiteten nicht mehr Sorgen als andere, und mit Tina hatte er es seit langer Zeit gut. Die Schule für Psychotherapie blühte, der neue Lehrgang hatte verheissungsvoll begonnen.

Ellen McGraw, durchzuckte es seinen Kopf. Er versuchte, sie sich vorzustellen, aber eigenartigerweise gelang es ihm nicht. Dafür war in seiner Brust ein wohltuender Schmerz zu verspüren.

Aber etwas beunruhigte ihn, tief in seinem Innern. Ein Schatten. Ein Schatten aus längst vergangener Zeit. Ein Echo. Ein unerwarteter Nachhall nach langer Stille. Er wollte es nicht hören. Er durfte nicht. Konnte nicht.

Ellen, dachte er stattdessen.

## 7

Vetsch betrat seine Wohnung und merkte sofort, dass sich Stefanie zusammennahm. Sie bedrängte ihn nicht mit Fragen und Vorwürfen. Er grüsste kurz ins Wohnzimmer hinein, ohne seine Partnerin aufzusuchen, und begab sich in sein Zimmer. Er war nach seiner Arbeit in der Poliklinik noch da- und dorthin gegangen, aber die ganze Zeit hatte er an seine verflixte Berufssituation denken müssen.

Und an Zangger. Er war sich einfach nicht sicher, was er

von ihm halten solle. Er fühlte sich hin- und hergerissen. Bald verehrte und bald hasste er seinen Lehrtherapeuten. Vielleicht kam sein innerer Zwist daher, dass er nicht wusste, was Zangger von ihm hielt. Respektierte oder verachtete ihn dieser eigentlich? Nahm er überhaupt Notiz von ihm? Auf alle Fälle dünkte es ihn, er finde bei ihm weniger Beachtung als andere. Aber was konnte er dafür, dass er weniger Probleme hatte als die andern und dass er sich im Seminar deshalb weniger einbrachte? – Sich einbringen, wenn er nur schon an dieses Psychowort dachte! – Bedeutete es für Zangger vielleicht eine Kränkung, weil er sich mit ihm weniger in Szene setzen konnte? Ein paarmal hatte er ja ein persönliches Anliegen vorgebracht. Aber das hatte entweder in Gefühlsduselei ausgeartet oder zur intellektuellen Analyse seines Lebensplans geführt. Das hatte ihm rein nichts gebracht. Erwartete der Schulleiter etwa, dass er in der Kaffeepause um ihn herumscharwänzelte? Da konnte er lange warten! Er zollte ihm doch mehr als genug Respekt, indem er sich für seine Ausbildung entschieden hatte. Er hatte Zangger im Vorkurs um den Finger gewickelt und behauptet, es sei ein Privileg, bei ihm lernen zu dürfen, und dergleichen mehr. Aber Zangger hatte es ihm bisher in keiner Weise gedankt.

Was Vetsch aber am allermeisten an Zangger ärgerte, das war dessen verdammte Sicherheit.

Was tut der bloss immer so souverän, hält er sich eigentlich für unfehlbar?, fragte sich Vetsch. Kommt er selber etwa nie ins Schleudern?

Und dann diese Allüre von moralischer Integrität! Wenn er nur an das erste Seminar dachte, damals vor zwei Jahren: diese übertriebene Haltung in Sachen Berufsethik – du meine Güte! Glaubte Zangger denn, ein Psychotherapeut müsse ein Heiliger sein? Würde jedenfalls gut zu seinem

Nichtraucher-Haus passen. Er und die übrigen Raucher wurden in den Pausen auf die Terrasse verbannt! Es würde ihn nicht überraschen, wenn Zangger auch Abstinenzler wäre. Und Vegetarier. Man durfte wirklich gespannt sein, was er zum Thema Sexualität zu sagen hatte.

Aber vielleicht war er ja gar kein solcher Saubermann! Konnte man denn wissen, ob er nicht eine Leiche im Keller hatte? Dem müsste man auf die Spur kommen! – Nun, er könnte doch ein wenig recherchieren! Warum nicht ein bisschen spionieren? Schade, dass er nicht früher daran gedacht hatte. Aber vielleicht liess sich das ja später am Abend noch nachholen. So viel er wusste, konnte man jederzeit mühelos in Zanggers Praxishaus gelangen. Und wo er mit seiner Familie wohnte, war bestimmt nicht schwer herauszufinden.

Vetsch war von seiner Idee ganz angetan. Bald würde man wissen, wie es um den Heiligen namens Zangger wirklich stand. Mit der einen oder anderen Peinlichkeit durfte man gewiss rechnen. Vielleicht kam ja auch ein handfester Skandal zum Vorschein.

Eine Weile blieb Vetsch in seinem Zimmer, dann verspürte er Lust, mit Stefanie zu plaudern. Er schlenderte ins Wohnzimmer hinüber, legte sich aufs Sofa und blickte an die Decke. Aus dem Augenwinkel konnte er feststellen, dass sie ihn besorgt beobachtete, um seine Stimmung zu erkunden. Gut so!, dachte er.

«Bringst du mir ein Bier?», sagte er an die Decke hinauf.

Stefanie erhob sich und ging in die Küche, glücklich, dass ihr Chéri gesprächsbereit war. Sie kam mit einer Bierdose zurück.

«Willst du ein Glas?», fragte sie.

«A-a», machte er.

Was mochte das heissen? Stefanie tippte auf nein, und tatsächlich öffnete Vetsch die Büchse mit einem Knall und sog das Bier aus der Öffnung.

«Gibts keine Snacks?»

«Doch, gleich.» Stefanie brachte ein paar Crackers.

«Was hast du heute gemacht?», fragte sie.

«Aach, gearbeitet – und so», gab er zur Antwort. Dass er nach der Arbeit zuerst noch ein wenig in der Stadt gewesen war und dann mit dem Zug einen Ausflug nach Baden gemacht hatte, um dort einen Spielsalon zu besuchen, darüber mochte er jetzt nicht reden. Aber andeuten konnte er es ja trotzdem.

«Und du?»

«Oh, ich?», antwortete sie, erfreut, dass er fragte. «Ich habe studiert. Für das Diplom.» In wenigen Wochen war die Schlussprüfung ihrer Ausbildung zur Fitnesstrainerin.

«Soso, studiert? Seit wann studierst du denn?» Er sprach ganz sachlich, vorläufig wollte er noch keinen sarkastischen Ton anschlagen.

«Du weisst schon, was ich meine. Ich habe auf die Prüfung gelernt.»

«Ja, aber du hast ein Problem.» Vetsch setzte sich auf und sah Stefanie an. Dabei blickte er ihr nicht wirklich in die Augen, das war ihm zu anstrengend. Er fixierte ihre Nasenspitze, doch das konnte sie auf die Distanz nicht erkennen. Sie glaubte, dass er ihr in die Augen sah und getraute sich nicht, den Blick abzuwenden, denn dafür hätte er sie getadelt: «Schau mich an, wenn ich mit dir rede!» Mit diesem kleinen Trick hatte er sie ganz schön an der Leine, das hatte er längst entdeckt.

«Dein Problem ist, dass du ums Verrecken studiert haben willst. Deshalb redest du ständig von Studieren. Dabei absolvierst du doch bloss deine Kurse. Du hast einfach einen Komplex in dieser Hinsicht, einen echten Minderwertigkeitskomplex hast du. Warum stehst du nicht dazu, dass du keine Akademikerin bist? Das ist ja keine Schande.»

«Gewiss ist das keine Schande, das weiss ich selber. Ich steh schon dazu, dass ich nicht studiert habe. Keine Sorge, ich mache bestimmt keine Konkurrenz gegen dich.»

«Konkurrenz gegen dich», äffte er sie nach, «das kann man nicht sagen. Sprich doch nicht so geschwollen! Das ist jetzt genau der Komplex, siehst du? Fremdwörter brauchen, aber falsch. Red doch normal! Verstehst du, ganz normal, ganz gewöhnlich reden – capisch?»

Er erhob sich und tätschelte ihre Wange.

Ärgerlich schob sie seine Hand weg.

«Also hör mal, ich will es dir erklären», holte Vetsch aus. «Unbewusst willst du mir Konkurrenz machen, verstehst du? Du merkst es nicht einmal, aber das beweist bloss, dass du diesen Wunsch verdrängst. Nur deshalb sperrst du dich so gegen mich: weil du keine Matura hast, kein Studium, nichts. Dein Minderwertigkeitskomplex und dein unbewusster Wunsch, besser zu sein als ich, das ist dein Problem. Daran musst du arbeiten.»

«Das stimmt doch alles nicht. Du bist gemein!»

«Na, das sind feine Einwände, wirklich.» So, jetzt konnte er zynisch werden: «Gratuliere! ‹Das stimmt doch alles nicht› und ‹Du bist gemein›, sind das deine Argumente? Sehr überzeugend. Echt schlagend. Maturitätsreif!»

Vetsch fühlte sich wunderbar und miserabel zugleich. Er spürte den unbändigen Wunsch, seine Partnerin fertig zu machen. Er fühlte die Macht eines Insektenforschers über sein zappelndes Opfer. Er konnte Stefanie sezieren, wenn er wollte – bei lebendigem Leib seelisch sezieren. Doch gleichzeitig hatte er das vage Gefühl, dass das, was er eben tat, für ihre Beziehung nicht wirklich gut war und dass auch mit ihm selber etwas faul war.

Eine schallende Ohrfeige riss ihn aus seiner Selbstanalyse. Im ersten Augenblick wollte er zurückschlagen, aber er konnte den Impuls unterdrücken. Er war echt verdutzt – das Insekt wehrte sich! Das hätte er nicht gedacht. Er hielt sie fest und drückte sie an sich. Sie schluchzte heftig. Zuerst wollte sie sich losreissen, doch dann schmiegte sie sich plötzlich an ihn. Das war ja ganz was Neues! Er küsste sie, sie liess es sich gefallen. Dann küsste sie zurück, und wie! Er packte sie. Bald lagen sie auf dem Sofa und wühlten sich in einem heftigen Kampf in die Kissen, die darauf aufgeschichtet waren. Er schlug sie ein bisschen – nicht ins Gesicht, bloss auf den Hintern –, schliesslich hatte sie ihm auch eins gehauen. Die Kleidungsstücke flogen durch das Zimmer.

Nach einer halben Stunde setzte er sich auf und steckte sich eine Zigarette an. Er sass nackt auf dem Sofa. Stefanie fragte: «Ist dir nicht kalt?»

«Keine Spur! Ich bin heiss – auf dich, Baby! Komm, wir machen noch eine Runde», sagte er und fing gleich wieder an, mit ihr zu rammeln. Zuerst wehrte sie sich zwar – «Nein, Marco! Warte doch. Hör auf!» rief sie –, aber das kannte er. Er brauchte nicht viel Widerstand zu überwinden, bis sie mitmachte.

«Na also!», keuchte er und warf sich über sie. Nach wenigen Augenblicken wälzte er sich von ihr weg und setzte sich auf den Boden.

Das ist ja eine Sensation!, dachte Vetsch. Solchen Sex hatte es schon lange nicht mehr gegeben mit ihr. Er hatte sogar einige Dinge gemacht, die sie nicht unbedingt mochte, ohne dass sie gleich ausgeflippt war. Hatte er seine Freundin am Ende mit dieser Tour kuriert? Was er da inszeniert hatte, das war wohl, ginge es nach Zangger, ein so genanntes psychologisches Spiel. Na wenn schon, sie hatte ja mitgespielt. So destruktiv, wie so ein Beziehungsspiel angeblich sein sollte, war es also doch nicht. Wenn es sein musste, dann würde er wieder davon Gebrauch machen.

Er setzte sich vor den Fernseher, und Stefanie hatte ausnahmsweise rein nichts dagegen einzuwenden. Vielleicht besteht doch noch eine Chance für unsere Beziehung, dachte er.

Wenig später schlenderte Vetsch durch das Götterquartier. Er ging zweimal vor Zanggers Praxis auf und ab. Nichts deutete darauf hin, dass jemand da war. Er trat an die Haustüre und drückte wiederholt auf die Klingelknöpfe, indem er jedesmal zwei gleichzeitig betätigte. Beim fünften oder sechsten Versuch hörte er den Türöffner.

«Briefträgertrick», murmelte er und trat ein.

Vetsch hatte keinen bestimmten Plan, er wollte sich einfach in aller Ruhe umsehen. Den Seminarraum kannte er, den liess er aus. Er trat in Zanggers Sprechzimmer und machte Licht: ein wohlproportionierter Raum mit altem Parkett, ein moderner Fauteuil, ein Zweiersofa, ein alter Sessel, zwei antike Möbelstücke, ein Schreibtisch, ein Schrank; gegen die Strasse ein breiter englischer Erker und ein grosser Ficus.

Ziemlich hausbacken, fand Vetsch. Er setzte sich auf den Drehstuhl hinter Zanggers peinlich aufgeräumtem Schreibtisch und wirbelte ein paarmal herum. Dann steckte er sich eine Zigarette an. Die Vorstellung, selber einmal eine eigene Praxis zu führen und, wer weiss, Psychotherapeuten auszubilden, gefiel ihm auf einmal ausgesprochen gut. Er zog eine der Schreibtischschubladen auf: ein Haufen Krimskrams!

Aussen fix, innen nix, dachte er und wühlte in den Sachen herum, aber da war nichts, was ihn interessierte. Nun öffnete er den Schrank: ebenfalls ein Tohuwabohu, eine komplette Videoausrüstung, Kameras, Tonbandgeräte, Mikrofone, eine Menge Video- und Tonbandkassetten, Stecker und anderes Zubehör. Vetsch sah, dass auf beiden Seiten des Schranks Kabel austraten, die in der Zimmerecke im Boden verschwanden. Die mussten in andere Räume führen.

Interessant, dachte Vetsch. Machte Zangger vielleicht geheime Aufnahmen seiner Therapiestunden? Oder zeichnete er die Seminarrunden auf, ohne dass er es publik machte? Das wäre ein Skandal! Vetsch nahm eine Tonband- und eine Videokassette an sich, die würde er bei Gelegenheit einmal anhören und ansehen. Dann stieg er ins obere Geschoss hinauf.

In einem kleinen Lichthof oben an der Treppe stand eine Palme, daneben ein Gartenstuhl. Zangger pflegte während des Seminars seinen Kittel oder Mantel über diesen Stuhl zu hängen und den Hut obendrauf zu legen.

Wieso trägt er wohl ständig einen Hut?, dachte Vetsch. Will er damit auffallen? Ist er ein Narzisst?

In dem kleinen Büro, das niemand ausser Zangger betreten durfte, waren wohl die Patientenakten abgelegt. Und die Fichen über die Ausbildungskandidaten?, fragte sich Vetsch. Es war abgeschlossen. Schade, wäre vielleicht aufschlussreich gewesen, dachte er.

Der Küchen- und Wohnraum mit Terrasse, den die Ausbildungsgruppe jeweils in der Pause benützte, bot auch nichts Neues. Vetsch betrat Zanggers Bibliothek und setzte sich auf die Couch. Dahinter, in einem Bücherregal, stand ein CD-Player – uraltes Modell, konstatierte er –, daneben lagen ein paar wenige CDs: Albinoni, Bach, Händel und Keith Jarrett – nicht gerade aufregend! Vetsch stand auf und öffnete eine schrankartige Kommode.

«Oho!», machte er. «Da haben wir ja eine kleine Überraschung.» Im Fuss des kleinen Schranks standen eine angebrochene Flasche amerikanischer Bourbon, Cognac, Kirsch, offensichtlich ein Eigenbrand mit von Hand angeschriebener Etikette, und Ramazotti, in Griffnähe zwei Gläser.

«Soso», sagte Vetsch vor sich hin. Ob sich Doktor Zangger wohl zwischen den Therapiestunden hier zu laben pflegte? Vetsch genehmigte sich einen Schluck aus der Whiskyflasche, dann begab er sich wieder nach unten. Er überlegte, ob ihn das, was er bisher gesehen hatte, weitergebracht habe. Nein, fand er, er müsste schon in Zanggers Heim einen Augenschein nehmen und auch sonst einigen Dingen nachgehen. Vielleicht wäre er in ein paar Wochen, wenn das Sex-Seminar stattfand, in seinen Recherchen einen Schritt weiter.

Aber für heute war es genug.

An der Haustüre fiel ihm ein, dass sein Zigarettenstummel irgendwo liegen musste. Er bemühte sich nicht, noch einmal nachzuschauen. Im Flur packte er einen Kaugummi aus und warf das Papier in den Schirmständer.

## 8

Das Seminar über Sexualität war zu Ende. Vetsch fand, es sei nicht übel gewesen. So richtig sexy war es freilich nicht geworden. Er hatte jedoch einiges gehört, was ihm als Arzt nützlich sein konnte. Dieses Mal hatte er sich auch eingebracht, schliesslich war es um Dinge gegangen, in denen er Erfahrung hatte. Einige hatten wohl gestaunt, wie frei er sich mitteilte und wie unverklemmt sein Sexualleben war. Nur Rita hatte zickig auf ihn reagiert. Offenbar war die viel prüder, als er gedacht hatte. Und Zangger hatte ihn in seiner pingeligen Art wegen eines angeblichen Übergriffs zurechtgewiesen.

Na ja, typisch, dachte er. Der Heilige. Beinahe wäre er wieder ausgerastet.

Den ersten Tag hatte Zangger der normalen Sexualität gewidmet. Ob man ihm die liberale Haltung abnehmen konnte, die er da vertreten hatte? Vielleicht hatte er sich mit seiner Einstellung bloss beliebt machen wollen, bei den Schwulen und Lesben in der Gruppe zum Beispiel. Und was die Untreue anging: Sollte man ihm das glauben, dass er keine moralischen Vorbehalte habe, wenn einer fremdging? Er hatte bloss gefunden, es handle sich bei den meisten Affären um problematische Beziehungsspiele. Da bestehe das Risiko, dass sich früher oder später jemand ausgenützt oder seelisch verletzt fühle. Zangger hatte behauptet, er mache sich lediglich therapeutische Überlegungen, und Affären seien für eine bestehende Beziehung in der Regel nicht gesund.

Vielleicht ist er einfach ein monogamer Spiesser, mutmasste Vetsch.

Gestern war es um Störungen der Sexualität gegangen. Er war angenehm überrascht gewesen, dass Zangger nicht auf unbewussten Konflikten und frühkindlichen Traumata herumgeritten war. Er hatte die Dinge sogar recht pragmatisch angepackt. So pragmatisch zwar doch wieder nicht: Er hatte ja rein nichts über erogene Zonen, Stellungen, G-Punkt und solche Dinge gebracht. Nichts, was irgendwie antörnte. Es hätte ihn auch erstaunt, wenn Zangger auf dieser Ebene ins Detail gegangen wäre. Nun, in dem Bereich musste er halt mal eine andere Weiterbildung besuchen, einen Tantrakurs vielleicht.

Vetsch beschloss, an den See zu gehen. Es war an diesem sonnigen Maitag bereits frühsommerlich warm. Da würde es sich bestimmt lohnen, nach Chicks Ausschau zu halten.

Mittlerweile hatte Zangger seine Kursräume aufgeräumt. Das Seminar war so verlaufen, wie er es geplant hatte. Er hätte zufrieden sein können. Aber die Sache mit Vetsch beschäftigte ihn noch immer.

Dieser unverschämte Kerl!, empörte er sich aufs Neue.

Vor drei Tagen, am Vorabend des Seminars, hatte Seidenbast rasch hereingeschaut und gesehen, dass Zangger sich im Seminarraum vorbereitete.

«Was steht auf dem Programm?», hatte er gefragt.

«Sexualität», hatte Zangger geantwortet.

«Du meine Güte – drei Tag lang Sexualtheorien? Ist das nicht öd?»

«Da machst du dir falsche Vorstellungen, Marius. Ich präsentiere in einem Seminar nicht drei Tage lang Theorie.»

Zangger brachte nicht mehr viel Begeisterung dafür auf, psychologische Lehren zu dozieren. Natürlich musste er seinen Schülern die Theorien über die Persönlichkeitsstruktur und die innerseelische Dynamik beibringen, auch jene über die Beziehungsgestaltung und die unbewussten Lebensentwürfe. Aber es war für ihn eine Pflichtübung. Er tat es, weil ein angehender Therapeut in einer bestimmten psychologischen Richtung sattelfest sein musste. Später, fand Zangger, müsse man die Theorien wieder vergessen. Seiner Meinung nach brauchte man sie bloss, um Psychotherapie zu lernen, nicht um sie zu praktizieren.

Ein Psychotherapeut darf keine Theorien im Kopf haben, wenn er mit seinen Patienten spricht, dachte er manchmal, das stört den persönlichen Kontakt. Wenn er im Nachhinein über den Patienten und über seine Arbeit mit ihm nachdenken will, dann kann er die Theorie heranziehen.

«Das gibt ein praxisbezogenes, nicht ein Theorieseminar», hatte Zangger seinem Freund erklärt.

«Ein praxisbezogenes Sex-Seminar», hatte Seidenbast gelacht, «was darf ich mir darunter vorstellen?»

Zangger hatte den Kurs mit seiner Woody-Allen-Klausur begonnen. Unter dem Motto «Alles, was ihr schon immer über Sex wissen wolltet, aber nicht zu fragen wagtet» schickte er Frauen und Männer getrennt in zwei Räume. Dort durften sie einander nach Lust und Laune befragen. Das war natürlich nur mit einer Gruppe von Leuten möglich, die sich, wie die Teilnehmer dieses Fortgeschrittenenseminars, bereits gut kannten und einander vertrauten. Zangger gab ihnen verbindliche Regeln mit: Erstens, alle Fragen waren erlaubt. Zweitens, niemand durfte zu einer Antwort genötigt werden. Und drittens, das Gespräch musste in Umgangssprache geführt werden, psychologische Überlegungen und Auslegungen waren nicht erwünscht.

Bald waren in den Räumen gedämpfte Stimmen zu hören, bald herrschte Stille, dann wieder erscholl befreiendes Lachen. Mit diesem Einstieg kam Zangger seinem Seminarziel bereits einen grossen Schritt näher: Die Teilnehmer verloren einen Teil ihrer Angst und sahen ihre eigenen Probleme in milderem Licht. Nach drei Stunden kamen alle zusammen, und nun unterbreiteten die Frauen den Männern, die Männer den Frauen ihre Fragen. Zangger war dabei nur Zuhörer. Er wachte diskret darüber, dass die Grenzen zwischen Offenheit und Exhibitionismus und jene zwischen mitmenschlichem Interesse und Voyeurismus gewahrt blieben.

Er war mit dem Verlauf des ersten Seminartags zufrieden: Ballast wurde abgeworfen, Mythen wurden in Frage gestellt, fixe Ideen aufgeweicht. Die Teilnehmer befreiten sich von überholten Glaubenssätzen – darüber, was erlaubt sei, was man tun oder lassen, hinnehmen oder dulden müsse –, legten Vorurteile ab, überprüften Normen und übernommene Wertvorstellungen, hinterfragten oft gehörte Propaganda: Propaganda für oder gegen bestimmte Beziehungsformen zum Beispiel, Normen für Spielformen und Häufigkeit von körperlicher Liebe, Glaubenssätze über Wert oder Unwert von Treue und Ungebundenheit, Mythen über die unabdingbare Verbindung oder die Unvereinbarkeit von Sex und Liebe, Vorurteile über Nutzen und Nachteile zu reicher oder zu spärlicher Erfahrung, fixe Ideen von allein seligmachender Körperbeschaffenheit, Ammenmärchen über die Erlebnis- und Leistungsfähigkeit von Frauen und Männern, Lobpreisungen und Verteufelungen von Praktiken und Gewohnheiten, Sagen von angeblichen Perversionen und andere von so genannt normalem Liebesleben – manches wurde über den Haufen geworfen, vieles wenigstens relativiert.

Fantasien und Wünsche, Neigungen und Lüste kamen ebenso zur Sprache wie Ängste und Hemmungen. Tabus wurden gebrochen, namentlich jenes, das einem verbot, über Dinge zu reden, die man gar nicht getan, sondern erlitten hatte. Die freieren und erfahreneren unter den Teilnehmern hatten am Ende mehr Verständnis für die Hemmungen und Vorbehalte der andern. Die Zurückhaltenderen – und die

Jungfräulichen, denn das gab es auch – waren weniger beschämt und verängstigt und empfanden ihre vermeintliche Störung als weniger krankhaft als zuvor. Viele der Teilnehmer fühlten sich durch diesen erfrischenden Beginn des Seminars ermutigt. Einige meldeten sich am zweiten Tag mit ihren persönlichen Anliegen oder Nöten. Bald kamen neben den gewöhnlichen Ängsten, Unsicherheiten und Hemmungen auch ein paar Störungen zur Sprache, bei denen Zangger spezifische Behandlungsmethoden einsetzte. Über die Therapie besonders delikater Probleme berichtete er anhand von Fallbeispielen, von therapeutischen Erfolgen und Misserfolgen aus seiner Praxis.

Nach einem solchen Referat sprach ihn einer unverblümt an: «Wie stehts eigentlich mit dir selber, Lukas?»

Zangger blickte fragend auf. Es war Vetsch.

«Hast du auch sexuelle Fantasien?»

Typisch Vetsch, dachte Zangger. Er überlegte den Bruchteil einer Sekunde, ob er therapeutisch oder pädagogisch reagieren solle. Doch die Antwort lag ihm schon auf der Zunge.

«Wieso?», fragte er mit todernster Miene. «Gibts auch andere?»

Es dauerte eine Überraschungssekunde – dann war schallendes Gelächter. Zangger gedachte nicht, darüber hinaus irgendetwas von sich preiszugeben. Nicht aus Scheu oder Überheblichkeit, sondern deshalb, weil er in keiner Weise Massstäbe setzen wollte – und als das wären seine persönlichen Äusserungen womöglich aufgenommen worden. Die meisten hatten nach dem ersten Tag eine neue, erweiterte Vorstellung von Normalität gewonnen, und dieses Ergebnis wollte er nicht beeinträchtigen.

«Na gut», fuhr Vetsch fort, als sich das Lachen gelegt

hatte. «Ich habe nämlich welche, und die will ich nicht länger verschweigen.» Er wandte sich an Rita, eine attraktive Psychologin italienischer Abstammung. «Ich träume manchmal von dir», teilte er ihr in vertraulichem Tonfall mit.

Rita blitzte ihn aus feurigen Augen an, doch Vetsch legte ihren Blick nicht ganz richtig aus. Er lächelte schief. «Echt feuchte Träume», berichtete er weiter und begann, ihr Einzelheiten aufzutischen.

«Das interessiert mich einen Dreck!», fauchte Rita ihn an. «Behalt deine schweinischen Fantasien für dich!»

Vetsch sass da wie ein begossener Pudel.

Zangger konnte sich gut vorstellen, was in ihm vorging: Da bringt man sich ein, offen und ehrlich, so dachte Vetsch vermutlich, und bezieht Schläge. Zangger nahm die Gelegenheit wahr, ihn mit seinem Verhalten zu konfrontieren.

«Gedanken sind frei», sagte er, «das ist meine felsenfeste Überzeugung. Und Fantasien auch. Welche Gedanken und Bilder einer im Kopf hat, dafür ist er niemandem Rechenschaft schuldig.»

Vetsch warf Rita einen triumphierenden Blick zu, als hätte Zangger ihn rehabilitiert.

«Gedanken sind frei», wiederholte Zangger, «aber wenn ich sie jemandem mitteile, ist das eine Handlung. Reden ist manchmal Handeln, und für unsere Handlungen sind wir, besonders wenn sie auf andere abzielen, schon Rechenschaft schuldig.» Er hielt inne und sah Vetsch an. «Wenn du eine sexuelle Fantasie oder einen erotischen Traum erzählst, dann ist das, je nachdem, wem du ihn anvertraust, eine sexuell motivierte Tat. Sie kann einer Empfängerin willkommen sein – das will ich nicht ausschliessen – oder auch nicht. Damit wir uns richtig verstehen: Deine Träume kann niemand beanstanden. Du darfst, wachend oder schlafend, fantasieren, was du willst. Aber Rita empfindet deine Äusserung mit Recht als zudringlich.»

Vetsch wollte aufbegehren, doch Zangger liess ihn nicht. «Du wolltest vielleicht offen und ehrlich sein», fuhr er fort. «Aber Offenheit ist nicht immer gut, oft ist sie bloss verletzend.»

In seinen Paargesprächen hatte er es immer wieder mit Offenheitsfanatikern zu tun, die voneinander verlangten, sich offen und ehrlich alles zu sagen, was sie dachten und empfanden, und die sich damit gegenseitig das Leben schwer machten. Es gab solche, die vorgaben, bloss offen und ehrlich sein zu wollen, wenn sie in Tat und Wahrheit seelische Grausamkeiten begingen. Häufig äusserten sie zwar offen und ehrlich, was sie dachten und fühlten, verheimlichten oder leugneten aber, was sie taten. Er hatte in einer Ehetherapie erlebt, dass ein Mann seiner Frau offen und ehrlich gestand, dass er jeweils an eine andere denke, wenn er mit ihr schlafe – was für eine Gemeinheit und welche Dummheit obendrein, ihr das unter die Nase zu reiben! –, dafür verschwieg er ihr, wie sich später herausstellte, dass es eine Dritte gab, der er jeden Monat Geld schickte, weil sie ein Kind von ihm hatte.

«Das war eine Belästigung», sagte Zangger. Er bemühte sich, bestimmt, aber nicht zurechtweisend zu klingen. Er war sich jedoch nicht sicher, ob es ihm gelungen war.

«Lächerlich», maulte Vetsch nämlich, «so spricht nur ein Pharisäer!» Er sah seinen Lehrer halb trotzig, halb verächtlich an.

Zangger geriet in Rage. «Nimm dich in Acht, Bürschchen!», hätte er beinahe gesagt, und nur mit Mühe konnte er seine Wut unterdrücken.

Die alte Schwäche! Fast hätte seine Neigung dreinzufahren die Oberhand gewonnen. Zangger hatte lange an sich gearbeitet, um diesen Wesenszug zu zähmen. Jähzornig war er nie gewesen, und im Grossen und Ganzen galt er als ausgeglichene Person, bestimmt hätte ihn niemand als Choleriker bezeichnet. Aber wenn er sich oder andere zu Unrecht angegriffen oder respektlos behandelt fühlte, brauste er auf. Auch als Vater war er früher gelegentlich unbeherrscht gewesen. Mit Tina, das musste er sich vorwerfen, war er heute noch ab und zu ungehalten. Im Freundeskreis kannte man seine manchmal barsche Art; die einen schätzten, andere fürchteten sie. Zangger vermochte längst nicht in allen Lebenslagen Ruhe zu bewahren, aber er bildete sich ein gelernt zu haben, in jeder Therapiesituation gelassen zu bleiben. Jetzt wurde er eines Schlechteren belehrt.

Pharisäer!, zürnte er. Die biblische Bezeichnung verlieh Vetschs Einwand eine unverdiente Würde, ganz anders, als wenn er ihn einen Spiessbürger genannt hätte. Eigentlich war das die Aufforderung, er solle seine Haltung überdenken. Was nahm sich der Kerl da heraus? Zangger musste sich zusammennehmen, nicht aufzustehen und ihn des Raumes zu verweisen. Er blieb sitzen, aber innerlich stand er auf, und gewiss sah man ihm die Empörung an.

«Du musst noch einiges lernen», brummte er abwiegelnd, um die Sache abzuschliessen. Vetsch hob das Kinn und blickte ihn herausfordernd an. Zangger versuchte, ruhig zu bleiben, aber in seinem Innern bebte es.

Er war heilfroh, dass eine Teilnehmerin wissen wollte, wie es denn mit Liebesgefühlen stehe, die ein Therapeut einer Patientin gegenüber empfinde. Ob das nicht bereits ein Missbrauch sei, wenn einer solche Regungen spüre.

«Es kommt darauf an, wie er damit umgeht», antwortete Zangger und setzte sich innerlich wieder. «Mit Gefühlen ist es wie mit Gedanken: Sie sind frei, man darf sie haben. Für Gefühle, sei es Liebe oder Hass, müssen wir uns weder rechtfertigen noch schämen. Höchstens für die Handlungen, die wir aus ihnen heraus begehen. Das gilt erst recht für Patienten, die sich in ihre Therapeuten verlieben. *Sie* dürfen ihre Liebesgefühle natürlich aussprechen», sagte er und hielt einen Augenblick inne. «Aber wir Therapeuten haben kein Gegenrecht.»

«Willst du damit sagen, ein Therapeut könne sich in seine Patientin verlieben, er dürfe es ihr bloss nicht sagen?», fragte sie skeptisch zurück.

«Genau», bestätigte Zangger, und natürlich war er auf Widerspruch gefasst. «So sehe ich es.»

«Aber warum denn nicht?», fragte einer. Es war der Pfarrer in der Gruppe. «Entspräche es nicht dem Gebot der Wahrhaftigkeit dazu zu stehen, wenn ich einer Patientin gegenüber Liebesgefühle habe?»

«Damit brächtest du sie bloss in Verlegenheit. Vielleicht würdest du ihr schaden», sagte Zangger. «Denk doch mal nach, weshalb du ihr deine Gefühle offenbaren willst: Hoffst du, sie erwidere sie? Willst du Anerkennung finden für deine Offenheit? Möchtest du beichten? Nun, *du* fühlst dich vielleicht erleichtert, aber deine Patientin wird sich belastet und verunsichert fühlen. In allen Fällen willst du ja etwas von ihr, entweder Gegenliebe, Bewunderung oder Absolution. Aber, um es etwas pointiert zu sagen: Deine Patientin schuldet dir nichts. Nur dein Honorar, sonst gar nichts.»

«Wenn ich aber meine Gefühle ignoriere, kommen sie mir da in der Therapie nicht in die Quere?»

«Doch, da hast du vollkommen Recht. Du sollst die

Gefühle auch gar nicht ignorieren, du sollst sie aussprechen. Aber nicht der Patientin gegenüber. Dafür gehst du in die Supervision. Du besprichst dich mit einem Experten oder einem Kollegen.»

Der Pfarrer hatte noch eine weitere Frage: «Wenn die Patientin aber wissen will, was ich für sie empfinde? Wenn sie ausdrücklich danach fragt? Hat sie da nicht ein Recht auf eine ehrliche Antwort?»

«Schon. Drum sag ihr die Wahrheit, nichts als die Wahrheit – aber nicht die ganze Wahrheit», schmunzelte Zangger. «Sag ruhig, sie sei dir sympathisch. Sag ihr, was dir an ihr gefällt. Sag, dass du an eure Gespräche denkst. Sag auch, es sei dir wichtig, wie es ihr gehe. Sag all das und auch noch mehr, wenn es stimmt. Aber sag *nicht*, dass du verliebt bist, sag nicht, du fändest sie sexy, sag nicht, dass du dich nach ihr sehnst oder von ihr träumst. Das alles sagst du nur deinem Supervisor.»

Zangger zog die Praxistüre ins Schloss. Die unrühmliche Auseinandersetzung mit Vetsch beschäftigte ihn. Es war nicht etwa die indiskrete Frage, auch nicht Vetschs unflätige Zudringlichkeit gewesen, die ihn empört hatte. Es war die rebellische Antwort an ihn, seinen Lehrer. Seine eigene heftige Reaktion auf eine Bemerkung, die er doch gelassen oder mit Humor hätte quittieren können, gab ihm zu denken. Irgendetwas kickte der Bursche in ihm an, dem musste er auf den Grund gehen. Höchste Zeit also für ein Gespräch mit Seidenbast, am besten schon nächste Woche.

## 9

Im feudalen Treppenhaus mit den schmucken Fensterscheiben stand unübersehbar ein Stapel von zwölf Kisten St. Emilion. Alles Crus Classés, die offenbar eben angeliefert worden waren.

«Eigenbedarf?», fragte Zangger seinen Freund augenzwinkernd, als er eintrat.

«Nein, Geschäft. Die sind für den Laden. Dort herrscht Platzmangel, ich brauche den Keller hier als Lager.»

Seidenbast wohnte in der Nähe von Zanggers Praxis, in einem der schönsten Jugendstilhäuser des Götterquartiers. Seine Etagenwohnung zeugte von exquisitem Geschmack. Hohe, helle Räume, stilsicher möbliert mit wenigen auserlesenen Stücken: schnörkellose Antiquitäten, Regale aus Glas und Metall, im weiten Entrée eine schlanke, kubische Skulptur aus Stein und ein Möbel im Mondrianstil mit gelben, blauen und roten Quadraten. Im Wohnzimmer schlichte Sessel aus schwarzem Leder und Chromstahl, an den Wänden grossflächige avantgardistische Kunst, in einer Zimmerecke eine filigrane Drahtplastik. Alles raffiniert beleuchtet mit diskreten Spotlights und perfekt platzierten Lampen.

Der Eindruck von Wohlstand und Luxus trog, das wusste Zangger. Das Buchantiquariat, das Seidenbast seinerzeit vom Vater hatte übernehmen müssen, lief nicht besonders gut. Jedenfalls hatte er den Laden an der Kirchgasse nicht halten können. Nachdem er Anfang Jahr neue Lokalitäten im Seefeld bezogen hatte, hatte Seidenbast die lang gehegte Idee verwirklicht, ins Weingeschäft einzusteigen: Er hatte seinem Antiquariat eine kleine Vinothek angegliedert. «Buch und Wein» hiess der neue Laden, doch Zangger hatte keine Ahnung, ob dieses Geschäft florierte.

Sein Freund hörte ihm geduldig zu. Er äugte über die fein gefassten Brillengläser hinweg, rieb sich mit dem Zeigefinger nachdenklich die leicht gerötete Nase, fuhr dann mit der Hand behutsam über das kurz geschnittene, silbergraue Haar. Seidenbast war ein Mann von gesunder Gesichtsfarbe. Zangger fragte sich, ob er das Solarium besuche. Er war stets tadellos, aber lässig-elegant gekleidet, seine Anzüge und Hemden waren von italienischem Schick – und dennoch, trotz der Finesse seiner Umgebung, bei aller Eleganz seiner Erscheinung strahlte er etwas Bodenständiges aus.

«Nun ja, der steckt in der Übertragung, nicht wahr?», meinte er bedächtig, als Zangger ihm von dem Zwischenfall mit Vetsch – natürlich ohne dessen Namen zu nennen – erzählt hatte. «Und du bist nicht minder deutlich in der Gegenübertragung, habe ich Recht?», befand er. Zangger hatte ihm die Regungen eingestanden, die er selber dem Kandidaten gegenüber empfunden hatte.

So etwas hatte Zangger fast erwartet. Aber er dachte gar nicht daran, auf den Kommentar einzugehen, den Seidenbast da in Frageform präsentierte. Erhofft hatte er sich von ihm nämlich etwas anderes. Er hatte das Gespräch nicht gesucht, um seine psychologische Einschätzung zu erfahren. Nein, er hatte mit ihm reden wollen, um seine ungeschminkte Meinung zu hören. Aber es schien in jüngster Zeit Seidenbasts Bedürfnis zu sein, ihn mit psychologischem Wissen zu überraschen, das er sich offenbar angelesen oder, wer weiss, in einer Psychotherapie als Patient angeeignet hatte.

Will er mich damit beeindrucken?, fragte sich Zangger. Das hat er doch weiss Gott nicht nötig.

Seidenbast haderte manchmal damit, nicht studiert zu haben. Doch Zangger kannte keinen beleseneren, scharfsinnigeren und klarer denkenden Menschen. Was er an seinem

Freund ganz besonders bewunderte, war dessen Fähigkeit, die komplexesten Dinge in einfache Worte zu fassen. Oft schockierte Seidenbast einen geradezu mit prägnanten Kommentaren oder scheinbar naiven Fragen, die einem gehörig zu denken gaben. Es gab kaum ein Gebiet, auf welchem er nicht mitreden konnte. Wahrscheinlich war es wirklich echtes Interesse, dass er sich nun auch mit Psychotherapie befasste. So nahm es Zangger auf sich, Seidenbasts psychologische Überlegungen anzuhören – früher oder später würde er seinem gesunden Menschenverstand und seinen spontanen Einfällen freien Lauf lassen. Gewöhnlich geschah dies erst, nachdem er etwas getrunken hatte. Es war Zangger deshalb nur recht, dass sein Freund einen Sherry – einen trockenen, fast salzigen Fino – kredenzt hatte. Dass er, ohne im Geringsten Rücksicht auf ihn zu nehmen, auch noch eine Zigarette rauchte, machte ihn hingegen nervös. Seidenbast hatte ihm wie immer eine angeboten, und als Zangger abgelehnt hatte, hatte er nur gesagt: «Ach so, ja.»

Übertragung, Gegenübertragung – nein, so was!, dachte Zangger. Wenn er sich wenigstens für modernere Theorien interessierte! Aber natürlich musste er Seidenbast im Stillen beipflichten: Vetsch reagierte auf ihn tatsächlich wie ein rebellischer Junge auf seinen Vater. Er übertrug offensichtlich Gefühle und Erwartungen, die zu einer anderen Zeit einem anderen Menschen, eben dem eigenen Vater, gegolten hatten, unbewusst auf ihn. Mit diesem Vorgang, der Übertragung, musste ein Psychotherapeut in angemessener Weise umgehen können. Aber angemessen war es nicht gerade, wie er sich hatte provozieren lassen. Dass er den Drang verspürt hatte, Vetsch zu massregeln, das konnte er sich noch nachsehen. Doch dass er diesen Impuls kaum hatte im Zaum halten können, zeugte von ungenügender professioneller Distanz.

«Du hättest die grösste Lust, ihm eine Tracht Prügel zu verpassen, nicht wahr?», fragte Seidenbast seelenruhig.

Schon besser, dachte Zangger, jetzt kommt er in Fahrt. Er stimmte ihm lachend zu.

«Nach allem, was du mir bislang über ihn erzählt hast», fasste Seidenbast zusammen, «ist der Mann doch ein Ekel. Er ist ein verantwortungsloser Egoist. Er nimmt keinerlei Rücksicht auf andere.»

«So ist es», bestätigte Zangger.

«Nimmt mich nur wunder, weshalb du ihn dann zum Psychotherapeuten ausbildest», bemerkte Seidenbast kühl. Er hatte sich mittlerweile nachgeschenkt, sog an seiner französischen Zigarette und blies den Rauch mit vorgestülpter Unterlippe nach oben.

Zangger schwieg betreten.

«Wenn etwas schief geht in seinem Leben, dann gibt er andern die Schuld, nicht wahr?», fragte Seidenbast weiter.

Zangger nickte.

«Er versteht es, andere auszutricksen oder an die Wand zu spielen, stimmts? Aber vielleicht hat er auch gewinnende Züge», vermutete Seidenbast.

Auch da gab Zangger ihm Recht.

«Bestimmt brachte er dir zuerst mal den Schmus.»

So war es gewesen.

«Und jetzt, nach mehr als zwei Jahren in deinen Seminaren, ist er immer noch der Gleiche? Er hat keine Entwicklung durchgemacht?», stellte Seidenbast fragend fest. «Deine therapeutischen Bemühungen haben überhaupt nichts gebracht?»

«Ganz und gar nicht», bestätigte Zangger.

«Dann hör doch auf, ihn so zu verwöhnen!», zog Seidenbast vom Leder.

«Na hör mal, ich verwöhne niemanden», wehrte sich Zangger. Nun begann er an der Auseinandersetzung mit Seidenbast Gefallen zu finden. Wenn sein Freund in Form war, dann sagte er ätzende Dinge, gegen die er sich zur Wehr setzen musste, von denen er aber gleichzeitig ahnte, dass sie stimmten oder dass sie ihn irgendwie inspirieren würden.

«Doch, das tust du, wenn du ihn zwei Jahre lang mit Therapie fütterst, ohne dass er dafür bezahlt.»

Es war ein sonderbares Vergnügen, halb Pein, halb Lust – fast wie wenn er sich in der Sauna der angenehm quälenden Hitze und anschliessend den entsetzlich erquickenden kalten Güssen aussetzte.

«Stimmt doch gar nicht», widersprach Zangger. «Er bezahlt seine Seminargebühr ...»

«Davon rede ich doch nicht», entgegnete Seidenbast. «Er engagiert sich nicht wirklich, das meine ich. *Seelisch* bezahlt er nicht. Er investiert nichts, er will bloss konsumieren. Aber er profitiert nicht wirklich, er nimmt nichts Bleibendes mit.»

Zangger schwieg nachdenklich.

«Ich kenne diese Klientel», fuhr Seidenbast fort. «Die kommen in den Laden, und du erkennst auf den ersten Blick, dass sie nur auf den Büchertischen herumstöbern, aber bestimmt nichts kaufen wollen. Wenn sie eine Degustation besuchen, kosten sie sämtliche Weine, aber sie nehmen keine einzige Flasche nach Hause.»

«Wenn man es so betrachtet ...», begann Zangger.

«So wird einer natürlich nie glücklich», grinste Seidenbast.

«Wenn man es so betrachtet, dann ...»

«... dann ist es höchste Zeit, dass du dem undankbaren Kerl Mores lehrst und ihm beibringst, was er zu tun hat.»

«Das geht doch nicht. In der Psychotherapie darf man nicht …»

«Doch, das geht – weisst du nicht mehr?»

«Ach so», lachte Zangger. «Handlungstherapie, meinst du?»

«Na klar», bestätigte Seidenbast. «Wandlung durch Handlung. Heilung durch die Tat.»

Seidenbast spielte auf eine therapeutische Sternstunde an, zu welcher er ihn im letzten Jahr inspiriert hatte.

Schön wärs!, dachte Zangger, doch davon kann ich bei Vetsch keinen Gebrauch machen.

«Das wird nicht gehen», wandte er ein. «Der Mann nimmt ja nichts von mir an, schon gar keine Anweisungen.»

«Widerstand, hm?», erkundigte sich Seidenbast.

Was soll das jetzt schon wieder?, fragte sich Zangger, leicht verärgert, dass sein Freund ihn erneut mit psychologischen Kommentaren behelligte. Aber er musste ihm ein weiteres Mal Recht geben.

«Ja, ja», bestätigte er unwillig, «da ist Widerstand im Spiel.»

«Bei wem eigentlich?», fragte Seidenbast.

Zangger schaute überrascht auf.

«Das vom Widerstand sagt ihr Psychotherapeuten doch immer, wenn ihr nicht weiterkommt», meinte sein Freund.

Zangger war platt.

«Mir ist das suspekt. Anstatt anzunehmen, dein Kandidat leiste unbewusst Widerstand, könnte man doch genauso gut behaupten, du hättest den Zugang zu ihm nicht gefunden, das Hindernis liege also bei dir.»

Zangger widersprach nicht.

«Ich will dir sagen, was ich von ihm halte», sagte Seidenbast. «Irgendwie ist er ein vaterloser Geselle.»

«Nun», versuchte Zangger seinen Eindruck zu korrigieren, «sein Vater lebt noch, er erwähnte ihn mehrmals – auf respektlose Art, wie du dir vorstellen kannst.»

«Trotzdem», beharrte Seidenbast. «Innerlich ist er ein vaterloser Geselle, das spüre ich doch.» Zangger wagte nicht mehr zu widersprechen, denn er hatte oft genug erfahren, dass Seidenbast mit seinen intuitiven Ahnungen ins Schwarze traf. «Vielleicht musst du ihm einmal den Meister zeigen, damit er dich überhaupt an sich heranlässt», sagte Seidenbast.

«Na, weisst du», lachte Zangger, «als Psychotherapeut darf ich natürlich nicht ...».

«Zeig ihm den Meister, sage ich! Wenn du ihn ordentlich beeindruckst, nimmt er schon etwas von dir an», behauptete Seidenbast. «Spring doch mal so mit ihm um, wie er mit andern. Das wird ihm eine Lehre sein.»

«Marius», hielt Zangger ihm entgegen, «das sind keine besonders therapeutischen Vorschläge ...»

«Wer redet denn immer von Widerstand und Abwehr, von Interventionen, therapeutischer Taktik, Behandlungsstrategien und solchen Dingen? Bei eurem martialischen Vokabular könnte man fast glauben, ihr Psychotherapeuten führtet gegen eure Patienten Krieg. Wohlan!», fuhr Seidenbast unbeirrt weiter. «Dann schlag ihn mit seinen eigenen Waffen.»

«Aha», gab Zangger zurück, als ob er verstanden hätte und auf Seidenbasts Idee einginge, «ich soll den Kandidaten fertig machen, so wie er andere fertig macht, ja?»

«Na klar! Nenn es meinetwegen ein verbales Gegenmanöver. Das wird dir doch nicht schwer fallen, oder? Darin warst du doch früher ein Meister.»

Die beiden waren zusammen aufs Gymnasium gegangen. Lukas Zangger hatte als Schüler und Student den Ruf, überraschende, witzig-böse Aussprüche zu machen. Er hatte schon als Bursche entdeckt, wie man das Wort wirksam einsetzte. Seine Stärke war die kurze, scheinbar emotionslos platzierte Bemerkung, die den andern verblüffte oder blossstellte und die im Klassenzimmer oder im Vorlesungssaal Gelächter auslöste. Seidenbast erinnerte Zangger daran, wie er sich über ihn, seinen Freund, einmal lustig gemacht hatte: Zu einer Zeit, als die Gymnasiasten, jedenfalls die Maturanden, noch in Kittel und Krawatte im Klassenzimmer erschienen, hatte Marius eines Tages den Mut, mit einem verwegenen, besonders modischen Accessoire aufzukreuzen. Er hatte sich einen weissen, seidenen Schal um den Hals geschlungen, der lässig aus dem offenen Hemdkragen hervorquoll. Als Lukas ihn ins Klassenzimmer treten sah, hob er nur kurz den Blick, tat, als wolle er ihn auf ein peinliches Missgeschick aufmerksam machen und raunte ihm zu, laut genug, dass alle es hören konnten: «Marius, deine Unterhose schaut oben raus.»

Mit dieser Reminiszenz sah sich Zangger schon wieder mit einer alten Schwäche konfrontiert. Oder war es eine Stärke, die er mittlerweile verloren hatte? Sein Hang zum Zynismus war es, sein Sarkasmus. Diese Seite fürchtete man früher mehr als seine gelegentliche Heftigkeit, denn sie konnte schneidend sein. Seine Neigung zur Heftigkeit hatte Zangger bekämpft und nahezu bezwungen, den Zynismus hatte er mit fortschreitendem Alter einfach verloren. Nachdem er erfahren hatte, dass er geliebt wurde – von einer Frau geliebt, um es genauer zu sagen –, brauchte er ihn nicht mehr. Vor zwanzig oder dreissig Jahren hörte er schlicht damit auf. Tina kannte ihn kaum von der zynischen Seite, die

Kinder noch weniger. In Gesellschaft konnte er witzig sein, vielleicht auch mal spitz; sarkastisch war er fast nie. In seiner Arbeit nutzte er die alte Fähigkeit in sublimierter Form: Wenn er als Therapeut knapp, trocken und präzis reagierte oder in der Ausbildung ab und an eine witzige oder ironische Bemerkung machte. Er hatte aber keine Übung mehr darin, richtig zynisch oder sarkastisch zu reden. Und jetzt forderte ihn Seidenbast auf, die frühere Unart als therapeutisches Mittel einzusetzen!

Natürlich konnte er Seidenbasts Vorschlag nicht ernst nehmen. «Du findest also, ich solle meinen Ausbildungskandidaten blossstellen, ich solle ihn für die restlichen zwei Jahre der Ausbildung demütigen?»

«Wer redet denn von zwei Jahren?», entgegnete Seidenbast. «Nein, nur ein einziges Mal! Du weisst doch: einmal ist keinmal.»

«Dummes Zeug», ärgerte sich Zangger. Jetzt fühlte er sich auf die Schippe genommen.

«Nur ein einziges Mal», wiederholte Seidenbast, und er klang dabei vollkommen ernst, «ein einziges kleines Mal behandelst du ihn ein bisschen fies, dann nie mehr.»

Zangger sah ihn verständnislos an.

«Ich will dir was erzählen», holte Seidenbast aus. «Ich war ein Beisser.»

«Was?», fragte Zangger.

«Als Kind war ich ein Beisser. Klein und eifersüchtig, so mit vier oder fünf Jahren, biss ich meine ältere Schwester und erst recht meinen jüngeren Bruder immer wieder, bis sie bluteten.»

«Soso.»

«Meine Eltern wussten sich nicht mehr zu helfen. Sie

hiessen mich aufhören, sie baten und sie schalten mich, einmal schlugen sie mich sogar – aber ich biss weiter. Da suchten sie professionelle Hilfe. Der Mann, den sie um Rat fragten, sagte ihnen, was sie tun sollten. Als ich das nächste Mal meine Schwester biss, kam mein Vater auf mich zu. Er hielt mich fest, blickte mich an, weder wütend noch strafend noch böse; er blickte mich ganz ruhig an. Dann biss er mich in den Arm. Er sagte nur: ‹Das tut weh, nicht wahr?›, ohne Tadel in der Stimme, auch nicht hämisch, er stellte es einfach fest. Natürlich hatten mich meine Geschwister auch schon zurückgebissen, ich wusste wohl, dass es weh tat. Doch das war etwas anderes. Mein Vater biss nicht besonders fest, aber es tat weh. Und es war ein Schock. Ein heilsamer Schock, ich kann es nicht anders nennen. Nach dem Biss hielt er mich lange und fest in seinen Armen, bis ich mich beruhigt hatte. Ich habe danach nie mehr im Leben einen Menschen gebissen.»

«Das glaube ich», sagte Zangger betroffen. «Ein origineller Ratgeber, das muss ich sagen. Wer war es denn?»

«Meine Eltern hatten unseren Kinderarzt um Rat gefragt.»

«Aber in eurer Familie ...», überlegte Zangger, und gleich zog er selber den Schluss: «Dann war das mein Vater?»

«Bist du überrascht?», fragte Seidenbast.

## 10

Zangger war eine gute Stunde bei seinem Freund geblieben, jetzt befand er sich auf der Heimfahrt. Er hatte sich auf einen lauen Juniabend gefreut, aber ein Kälteeinbruch vergällte ihm die Feierabendstimmung. Er beschloss, trotz Wind und

Regen einen Waldlauf zu machen und anschliessend die Sauna zu benützen.

Er merkte nicht, dass ihm ein Wagen folgte, zu sehr war er mit seinen Gedanken beschäftigt: Da hatte ihm Seidenbast einen schönen Floh ins Ohr gesetzt – und erst noch einen seines eigenen Vaters! Der alte Doktor Zangger war ein beliebter Kinderarzt gewesen und hatte sich einen Namen als Erziehungsberater gemacht. Ständig ging Zangger jetzt die Frage durch den Kopf, auf welche Weise er die schräge Idee seines Freundes verwirklichen könnte. Die Sache reizte ihn, obschon er dabei ein schlechtes Gewissen hatte. Denn was er da halbwegs zu planen begann, widersprach einer korrekten therapeutischen Haltung. Er musste sich eingestehen, dass ihm die Vorstellung gefiel, dem flegelhaften Vetsch im übertragenen Sinn einmal eine Tracht Prügel zu verabreichen. Zwar war er jeder Gewalt abhold, da war ihm sein eigener Vater stets ein Vorbild gewesen. Aber als Vater zweier Söhne wusste er auch, dass es manchmal notwendig war, energisch zu werden. Nun hatte ihm Seidenbast allerdings nicht geraten, ein energisches Wort zu sprechen, sondern ausdrücklich nahe gelegt, einmal – denn einmal sei keinmal – richtig unfair zu sein, um seinem Schüler den Meister zu zeigen. Freilich, auch ein Psychotherapeut konnte auf versteckte Weise, oft unbewusst, seinen Patienten gegenüber fies sein. Das wusste Zangger, und er kannte als Lehrtherapeut Mittel und Wege, den angehenden Psychotherapeuten diese Schattenseite aufzuzeigen, damit sie sie in der therapeutischen Arbeit nicht auslebten. Ahnte Seidenbast vielleicht, dass auch er, der erfahrene Psychotherapeut, diese gemeine Seite noch in sich hatte? Wollte er ihm den Spiegel vorhalten?

In seinem Weiler angekommen, parkte Zangger den Wagen, ging ins Haus und kam bald darauf im Jogginganzug und mit einer Mütze auf dem Kopf wieder heraus. Den Hausschlüssel versteckte er wie gewohnt hinter dem Pflanzentrog neben der Türe. In einer Stunde würde er zurück sein. Vielleicht waren die andern dann schon zu Hause, aber er würde trotzdem noch einen Saunagang machen. Die Heimsauna hatte er bereits angestellt, sie heizte rasch auf und würde längst betriebsbereit sein, bis er zurückkam. Er ging zügigen Schritts zum Waldrand, dort nahm er den Parcours unter die Füsse, der ihn zu der Finnenbahn mitten im Wald führte. Er trabte vor sich hin, zufrieden, dass es mit seiner physischen Kondition stetig aufwärts ging.

Derweil verschaffte sich Vetsch Zutritt zum Hause Zangger. Er hatte Stefanies Wagen in der Nähe abgestellt und hatte dann unweit des Hauses hinter einem Baum gewartet. Eigentlich hatte er vermutet, Zangger würde so früh am Abend noch einmal wegfahren. Dann wäre er ihm weiter gefolgt. Als er ihn weglaufen sah, packte er die Gelegenheit beim Schopf: Er ging ums Haus herum, um zu sehen, ob jemand daheim war, dann fischte er den Hausschlüssel hinter dem Trog hervor, schloss auf und trat ein. Für den Fall, dass er überrascht werden sollte, trug er ein Psychiatriebuch aus Zanggers Praxisbibliothek bei sich, das er sich einmal ausgeliehen hatte. Oh, Verzeihung, die Tür stand offen, würde er sagen, ich wollte nur rasch dieses Buch zurückbringen, da ich eh hier vorbeifuhr.

Vetsch konnte sich sein Verhalten selber nicht erklären: Er wusste zwar, dass nicht in Ordnung war, was er tat, aber er hatte keine Gewissensbisse. Er empfand es als sein Recht, in diesem Haus zu sein und sich umzusehen. Er war schon verschiedentlich hier gewesen – dass die Zanggers hinter der Forch wohnten, hatte er bald herausgefunden – aber er war noch nie eingedrungen. Bisher hatte er sich damit begnügt, in der Dunkelheit ums Haus zu schleichen und hineinzuspähen. Stets war er von einem eigenartigen Gefühl beschlichen worden, wenn er die Familie bei Tisch gesehen hatte. Sie sitzen so traulich beisammen!, hatte er jeweils gehöhnt, doch in seine neidische Wut hatte sich eine unerklärliche Trauer gemischt.

Es war ihm in letzter Zeit zur Gewohnheit geworden, hie und da vorbeizukommen, dazustehen und zu schauen. Schon zweimal war er an einem Wochenende hergefahren, anstatt seinen Spielsalon in Baden aufzusuchen. Suchtverschiebung, dachte er und lachte innerlich über seine psychiatrische Erkenntnis. Ja, in Zanggers Familienleben Einblick zu nehmen, war fast zu einem Zwang geworden. Es war nicht etwa der Reiz des Verbotenen oder des Ungehörigen, der Vetsch dazu trieb, es war etwas anderes: Es war das Bedürfnis, Zangger nahe zu sein, an seinem Leben teilzunehmen, irgendwie dazuzugehören. Sein ursprünglicher Wunsch, etwas Peinliches über ihn herauszufinden, war dem Verlangen gewichen, zu erfahren, wie er lebte, wer er wirklich war.

Er war auch schon einmal tagsüber da gewesen, während Zangger ein Seminar gab, und hatte die restliche Familie beobachtet, als sie das Haus verliess. So hatte er sich die Gesichter einprägen können. Frau Zangger sah sympathisch aus, aber sie interessierte ihn nicht weiter. Anders die Junioren: Der ältere Sohn war bestimmt ein Kiffer, das hatte er schon geahnt, bevor er die Hanfplantage im Garten entdeckt hatte. Der kleinere Bruder war vermutlich schwul, jedenfalls hatte er ihn in der Stadt einmal Arm in Arm mit einem dunkelhäutigen Schönling aus einem einschlägigen Lokal kommen sehen. Das Mädchen schien die älteste zu sein. Sie gefiel ihm gar nicht schlecht, irgendwie passte sie nicht in diese gutbürgerliche Familie. Offenbar ging sie mit einem Junkie. Er, Marco, war ihr einmal nachgestiegen, als sie am Feierabend in der Nähe der Poliklinik vorbeigegangen war. Da hatte er sie am See mit einem seiner Drogenpatienten herumhängen sehen.

Vetsch streifte durch das Haus.

Von aussen kannte er fast alle Räume. Vielleicht war das der Grund, dass es ihn irgendwie anheimelte. Als Erstes ging er rasch nach oben, er wusste ja nicht, wie lange er ungestört blieb, und trat in jedes Schlafzimmer. Im einen sah er eine Baseballmütze liegen und setzte sie sich auf. Im andern legte er sich kurz aufs Bett – einfach so, um zu erleben, wie es sich anfühlte. Er besah sich die CDs der beiden Burschen, er fand ihren Geschmack nicht übel. Im Zimmer des Mädchens war alles mit indischen Seiden- und Baumwolltüchern dekoriert. Es roch nach Räucherstäbchen. Im Schlafzimmer der Eltern sah er nach, was für Bücher auf den Nachttischchen lagen: Frauenliteratur auf der einen Seite – na ja, dachte er – Reisebücher und neuere Romane, Schweizer, Italiener, Amerikaner auf der andern.

Keine Psychologiebücher? Aber, aber!

Dann stöberte er im Büchergestell herum. In den oberen Regalen standen antiquarische Bände, im untersten drei Ausgaben des Kamasutra mit sehr expliziten indischen Miniaturen und mehrere Bände französischer und altchinesischer Erotika.

Nanu, Herr Zangger, weshalb haben Sie uns das denn vorenthalten im Sex-Seminar? Das hätte der Sache doch etwas Pep verliehen, warf er seinem Lehrer in Gedanken vor. Es reizte ihn, sich einen Band auszuborgen, doch liess er es bleiben.

Auch das Badezimmer war einen Besuch wert. Alles voll

gestellt mit Utensilien, Fläschchen und Tuben – es sah beinahe so chaotisch aus wie bei ihm zu Hause. Er versuchte herauszufinden, was für Aftershaves oder Duftwässer die Männer benützten, aber er konnte sich keinen Reim darauf machen, was zu wem passte. Dann stellte er sich vor den Spiegel und betrachtete sein Gesicht: Was mochte Zangger daran missfallen? Die dunklen Augen etwa? Zangger hatte blaue, die Augenfarbe seiner Söhne hatte er nicht mit Bestimmtheit feststellen können – aber war der Kleine nicht auch dunkeläugig? War es die markante und leicht schief im Gesicht stehende Nase? Zanggers Nase war ja auch nicht ohne, und ganz gerade war sie bestimmt nicht! Sah er zu wenig intelligent aus? Oder unreif? Ja, das musste es sein – unreif sah er wohl aus. Vetsch schnitt ein paar Grimassen und versuchte, reifer in den Spiegel zu gucken, und für einen Augenblick glaubte er, es gelinge ihm. Doch auf einmal verspürte er den überwältigenden Wunsch, dass Zangger ihn akzeptieren möge, wie er war: mit dunkeln Augen, markanter und etwas schiefer Nase und einem vielleicht etwas unreifen Ausdruck – als Marco Vetsch. Einfach so, als Marco. Oder ging das gar nicht? War er jemand, den man nicht lieben konnte, so wie er war? Wer war er überhaupt?

Eine empfindliche Stelle tief in seinem Inneren fing an zu schmerzen. Ein ferner, ziehender Schmerz. Aber das war nicht die alte Wunde, die er vernarbt geglaubt hatte. Diese Stelle lag tiefer. War da eine noch ältere Verletzung?

Weiter, trieb er sich an, mach weiter!

Im Erdgeschoss ging er durch die modern ausgestattete Küche und betrat den grossen Wohn- und Essraum. Er konnte sich nur schwer ausmalen, wie es gewesen wäre, zu sechst, mit Vater und Mutter und mit drei Geschwistern bei Tisch zu sitzen. Er liess sich aufs Sofa fallen, betrachtete das

Cheminée und stellte sich vor, als Kind mit den Eltern abends am Feuer zu plaudern.

Plötzlich fuhr er erschreckt zusammen – etwas Schwarzes war von irgendwoher auf seinem Schoss gelandet. Reflexartig verscheuchte er es, doch gleich sprang die Katze, die er zuvor gar nicht wahrgenommen hatte, wieder auf seine Knie und begann, aufdringlich schnurrend den Kopf an ihm zu reiben. Er erhob sich. Er musste noch das Untergeschoss in Augenschein nehmen, danach aber schleunigst verschwinden, bevor Zangger oder die Familie eintraf.

Alle Achtung, Herr Zangger, dieser Weinkeller!, dachte er nach einem Blick in das Gewölbe.

Und was haben wir denn hier? Er öffnete die Holztüre. Ach so, eine Sauna! Sehr gesundheitsbewusst. Er schloss die Türe. Dass die Katze ihm gefolgt und in den bereits angewärmten Raum hineingeschlüpft war, war ihm entgangen.

Fürs Erste hatte er genug gesehen und machte sich davon. Auf der Rückfahrt in die Stadt grübelte er darüber nach, weshalb er diese Dinge tat, doch kam er zu keinem Schluss. Er spürte einfach, dass sein Lehrer ihn anzog, dass er ihm nah sein und alles Mögliche über ihn wissen wollte. Gleichzeitig wusste er ganz genau, dass er dann, wenn er wieder im Seminar mit ihm zusammen war, in der gewohnten Art gegen ihn rebellieren würde. Er musste einfach widerborstig sein und konnte den Mann nicht an sich heranlassen, obschon er es gleichzeitig wünschte. So viel war ihm als angehendem Psychotherapeuten klar: Es handelte sich um eine Übertragungsproblematik und hatte etwas mit der belasteten Beziehung zu seinem eigenen Vater zu tun. Doch darüber sollte sich sein Lehrtherapeut den Kopf zerbrechen, nicht er.

Zangger nahm sich vor, das Training in den kommenden Wochen zu steigern. Gewiss konnte er es wöchentlich auf zwei einstündige Läufe bringen. Das würde sich vorteilhaft auf seine physische Erscheinung und Ausstrahlung auswirken.

Auf der Finnenbahn drängten sich ihm die stets wiederkehrenden Fragen auf: Er stellte sich vor, wie es wäre, wenn er beim Laufen einen Herzinfarkt erlitte. Würde es weh tun? Wäre er sofort tot? Oder bloss bewusstlos? Wie lange würde er liegen, bis man ihn fände? Würde man ihn wiederbeleben? Falls er im Koma läge oder klinisch tot wäre und Tina im Spital bei ihm sässe – würde er sie auf irgendeine Weise wahrnehmen, so wie es Menschen berichten, die eine Nahtoderfahrung gemacht hatten? Würde er alles daransetzen zurückzukommen? Oder wäre er im Gegenteil froh, abtreten zu können? Würde er es ihnen gar übel nehmen, wenn sie ihn zurückholten?

Die Gedanken und Bilder konnten ihn während mehrerer Runden beschäftigen. Sie stellten sich ein, seit er im letzten Jahr einen Toten im Wald liegen gesehen hatte. Es waren Rettungssanitäter bei dem Mann gewesen. Die hatten versucht – erfolglos, wie sich herausstellen sollte –, ihn zu reanimieren. Diese Erfahrung hatte ihn erschüttert, obwohl oder gerade weil es sich bei dem Toten um Doktor Schiffelberger gehandelt hatte, einen Psychiaterkollegen, den er nicht ausstehen konnte. Er hatte ihn zwei-, dreimal auf der Finnenbahn getroffen, und jedesmal hatte ihn Schiffelberger nach dem Lauf oder während einer Verschnaufpause auf seine salbungsvolle Art in ein Gespräch verwickeln und mit ihm fachsimpeln wollen. Daraufhin hatte Zangger die Finnenbahn, wenn er ihn dort vermutete, gemieden. Seit er ihn an jenem Sonntagmorgen tot hatte liegen sehen, konnte er wieder hingehen, wann er wollte. Aber zur Strafe für seine Pietätlosigkeit, so sagte er sich, plagten ihn seither diese Gedanken.

Er trabte seine Runden zu Ende, dann joggte er gemächlich nach Hause.

«Oh, du bist schon da?», sagte er gut gelaunt, wenn auch noch etwas ausser Atem, zu seiner Tochter. «Wie gehts?»

«Schon recht», antwortete Mona gereizt, wie meistens in den letzten Monaten. Das Praktikum auf der Drogenberatungsstelle setzte ihr zu, aber sie wollte nicht darüber reden. Immer, wenn Tina oder er sie etwas fragten, wich sie aus oder wies die Fragen schroff zurück. War es, weil ihre Geschwister – Claudia und Tom – Freund und Freundin hatten, sie aber nicht? Zangger wusste, dass er diese Frage nicht stellen durfte.

«Ich geh noch in die Sauna», sagte er und ging nach unten. Heisse Luft schlug ihm entgegen, als er die Holztüre öffnete.

«Um Gottes willen!», entfuhr es ihm.

In der Kabine, gleich neben der Türe lag Whopper, der junge schwarze Kater, lang ausgestreckt und mit weit aufgerissenem Maul.

«Mona!», brüllte Zangger, und sie kam heruntergerannt. «Hast du …?»

«Nein!», schrie sie, als sie ihren Liebling erblickte, und stürzte sich auf den leblosen Körper. Sie hob das heisse Pelzbündel hoch, Kopf und Beine fielen schlaff herunter. Sie drückte den Kater an sich und versuchte hilflos, ihm Atem einzuhauchen. Sie begann zu weinen, Zangger stand ohnmächtig daneben. Schliesslich legte er ihr behutsam den Arm um die Schulter und hielt sie tröstend fest. Doch sie schüttelte ihn ab und riss sich los.

«Lass mich ...!», schluchzte sie. «Wieso ...», aber sie brachte die Frage nicht heraus. Das tote Tier im Arm, lief sie nach oben.

Nach und nach trafen die andern ein, und Zangger musste ihnen von der Tragödie berichten. Er konnte sich das Unglück nicht erklären. Er nahm doch das Tier stets wahr, wenn es in der Nähe war. Hatte er sich durch irgendetwas ablenken lassen? Oder war es Monas Schuld? War sie, als er fort gewesen war, hinuntergegangen und hatte die Saunatüre geöffnet?

Betreten sass die Familie später bei Tisch. Kaum jemand brachte einen Bissen hinunter, nur Tom kaute seinen Hamburger.

«Dass du jetzt essen kannst», meinte Fabian vorwurfsvoll. «Macht es dir nichts aus, dass Whopper tot ist?»

«Klar macht es mir was aus. Du weisst doch, dass ich ihn mag. Scheisse!» Tom verdrückte eine Träne. «Aber ich habe trotzdem Hunger.»

«Wie konntest du nur ...», sagte Tina zu ihrem Mann und wischte sich mit dem Arm über die Augen.

Schuldbewusst und verschwitzt sass Zangger im Bademantel da. Er schob den Teller von sich und liess das Weinglas unberührt. Er hatte nach seinem Waldlauf noch nicht einmal geduscht, in dieser Situation erlaubte er sich keine Annehmlichkeiten. Es drückte ihm schier das Herz ab, wenn er an den verspielten, neugierigen und liebeshungrigen Kater dachte. Was für Qualen musste das arme Tier gelitten haben! Vor Jahren war ihnen schon einmal eine Katze gestorben, doch das war etwas anderes gewesen. Piero war an Altersschwäche eingegangen. Es war Claudia gewesen, die als zwölfjähriges Mädchen sein Sterben miterlebt und verzweifelt geweint hatte, und damals konnte Zangger seine Tochter in die Arme schliessen und trösten.

«Ich kann es mir nicht erklären», sagte er und schaute seine Frau hilflos an. «Ich weiss, es ist schrecklich», wandte er sich an seine Tochter, «ich …»

«Mörder!», schleuderte sie ihm ins Gesicht und stürmte in ihr Zimmer.

11

«Doktor Zangger?», fragte die Stimme auf dem Anrufbeantworter. «Ich weiss gar nicht, ob ich zu dem Gespräch kommen soll, für das Sie mich eingeschrieben haben.» Die Sprecherin nannte keinen Namen, doch Zangger war rasch klar, dass es sich um Frau Herrliger handeln musste, die ihn vor einiger Zeit wegen ihres Familienproblems angerufen hatte. Sie war nicht zum vereinbarten Gespräch erschienen und hatte später einen neuen Termin verlangt. «Es betrifft ja eigentlich meinen Mann. Vielleicht sollte *er* kommen, finden Sie nicht? Der Junge macht ihm nämlich ständig Vorwürfe. Mein Mann war halt wirklich kein besonders guter Vater …»

Es ging eine ganze Weile so weiter. Zangger wurde ärgerlich. Ein Anrufbeantworter war doch nicht dazu da, dass ihm jemand seine Lebensprobleme anvertraute. Die Frau berichtete, ihr Sohn habe sich mit dem Vater überworfen, er halte ihm vor, was er in der Erziehung alles falsch gemacht habe. Es scheine fast, er wolle den Kontakt abbrechen, und das setze ihrem Mann zu. Er sei noch depressiver geworden und hintersinne sich, was er tun könne, um den Sohn zurückzugewinnen. Aber da könne sie ihm auch nicht helfen, da müsse er sich schon selber bei Doktor Zangger Rat holen, und so weiter. Ob er so freundlich wäre zurückzurufen.

Doktor Zangger war nicht so freundlich. Er fand, wenn die Dame wirklich etwas wolle, dann werde sie sich wieder melden. Auf seinem Anrufbeantworter waren klar und deutlich die Zeiten genannt, zu denen er Anrufe persönlich entgegennahm. Überdies hatte er jetzt wirklich keine Zeit, denn das Fortgeschrittenenseminar war noch im Gang, er hatte bloss in einer Pause den Beantworter abgehört.

Die Seminargruppe sass im Kreis. Der Unterricht war vorbei, doch war noch Zeit zum Aufräumen: Zangger riet seinen Studenten stets, Dinge, die sie störten oder die sie einem andern übel nahmen, am Schluss des Tages auszusprechen, anstatt die Ärgernisse heimlich nachzutragen. Nicht alle gingen konstruktiv mit dieser Empfehlung um.

«Weshalb schaust du mich eigentlich dauernd an?», fragte Vetsch Rita gereizt. «Willst du mir ein schlechtes Gewissen machen?»

«Ach wo», meinte Rita, denn sie hatte überhaupt nicht an die Sache im letzten Seminar gedacht. Sie fand bloss die Aufmachung unpassend, in welcher Vetsch heute im Seminarraum sass. Die kam ihr reichlich pubertär vor.

«Na, wahrscheinlich bist du immer noch sauer», argwöhnte Vetsch, und als sie nicht reagierte, sagte er süffisant: «Dabei fehlt dir doch einfach ein Mann, deswegen schaust du so. – PMS, wenn du weisst, was ich meine.»

Rita schaute ihn verständnislos an. Sie war zwar keine Ärztin, aber PMS hatte sie schon gehört. Hatte es nicht etwas mit der Menstruation zu tun? Das wäre ja völlig daneben!

Vetsch klärte sie über seine Diagnose auf: «Penismangelsyndrom», übersetzte er, auf Studentenart mit einer medizinischen Abkürzung Schindluder treibend. «Aber natürlich stehst du nicht dazu. Du wirst es gleich abstreiten.»

Rita war sprachlos.

Da beisst er wieder, der Manipulator!, dachte Zangger. Das war nicht die unbewusste, saugende Manipulation des leidenden Neurotikers, mit dem man als Therapeut behutsam umgehen musste. Er wollte Rita schlicht und einfach schikanieren.

Warte, mein Lieber, jetzt erteile ich dir eine Lektion!, beschied Zangger seinem Kandidaten innerlich.

«Hör mal, Marco», sagte er, noch bevor Rita reagieren konnte, «wieso hast du eigentlich die Sonnenbrille auf?» Zangger hätte auch nach der Baseballmütze fragen können, die Vetsch in Teenagermanier auf dem Kopf trug.

«Ist etwas nicht in Ordnung damit?», gab dieser trotzig zurück. Er konnte nichts dagegen tun – wenn Zangger ihn ansprach, dann stellten sich bei ihm gleich die Stacheln.

«Die Sonne scheint ja nicht herein.»

«Na und?», motzte Vetsch. «Es passt mir eben. Stört sie dich?»

«Ja», gestand Zangger. «Aber ich weiss schon, weshalb du sie auf hast.»

«So? Wieso denn?»

«Weil du dich verstecken willst.»

«Ich? Mich verstecken? Wieso sollte ich?»

«Das frage ich mich auch. Jedenfalls versteckst du deine Augen, dein Gesicht, dich selber hinter dunklen Gläsern. Wovor hast du Angst?»

«Ich habe keine Angst.»

«Du versteckst dich, also hast du vor irgendetwas Angst. Du getraust dich nicht, dich zu zeigen. Und du stehst nicht mal dazu.»

«Ach was!», machte Vetsch und nahm die Sonnenbrille ab.

Zangger betrachtete ihn unverwandt.

Soll ich?, fragte er sich. Soll ich weitermachen? Soll ich zubeissen?

«Was ist?», fragte er. «Wieso nimmst du sie jetzt ab?»

«Du hast doch gesagt ...»

«Ich sagte, du versteckst dich. Aber du behauptest ja, es stimme nicht, du hättest keine Angst. Du hast gesagt, du hättest die Brille auf, weil es dir passe. Und jetzt nimmst du sie ab? Ich sage dir, was dein Problem ist: Du weisst nicht, was du willst», erklärte ihm Zangger, und er gab seiner Stimme einen verächtlichen Klang.

«So ein Quatsch!»

«Doch, doch. Aber jetzt hast du sie abgenommen. So ist es recht.»

«Sind wir eigentlich im Kindergarten?», schnaubte Vetsch. Er warf den Kopf in den Nacken und versuchte, herausfordernd zu blicken. Es gelang ihm nicht. Unsicher sah er auf Zangger, dann schaute er geradeaus, die Sonnenbrille in der Hand. Er zögerte, sagte: «Ich tu, was ich will», und setzte sie wieder auf.

«Du tust, was du willst?», fragte Zangger, scheinbar sachlich. «Oh nein, du tust, was *ich* will. Wie eine Marionette. Schau, wie das funktioniert: Wenn ich will, dass du die Brille aufsetzt, dann sage ich ‹Nimm sie ab!›, und schon setzt du sie auf. Wenn ich will, dass du sie abnimmst, sage ich bloss ‹Setz sie auf!›, dann nimmst du sie ab.»

Zangger wartete.

Vetsch kochte.

Verdammt!, dachte er, was macht der mit mir? Aber irgendwie war ihm die Stimmung vertraut. Denn es gab neben den alten, tief sitzenden Wunden in Marcos Seele eine jüngere, die jetzt wie eine böse Schürfwunde zu brennen begann. «Ach, der Herr weiss, wos lang geht, soso? Der junge Mann entscheidet selber? Na, dann wollen wir mal sehen ...», in diesem Tonfall hatte sein Vater zu ihm gesprochen, wenn sie aneinander geraten waren, als Marco in der Pubertät steckte und rebellierte.

«Nimm die Sonnenbrille ab», sagte Zangger ruhig.

Vetsch hob die Hand, fasste die Sonnenbrille am Bügel, stutzte, überlegte, liess sie dann auf der Nase. «Fällt mir nicht ein», raunzte er.

«Siehst du? Genau, wie ich gesagt habe.»

Vetsch wusste nicht, ob er lachen oder heulen sollte. Die Wunde juckte.

«Nimm sie ab!»

Teufel auch!, dachte Vetsch verwirrt, hob die Hand, liess sie sinken, hob sie schliesslich wieder und nahm die Sonnenbrille ab.

«So ist es gut», machte Zangger. «Brav!»

Vetsch hätte ihn erwürgen können.

Zangger genoss die Szene, und gleichzeitig war sie ihm zutiefst zuwider. Seidenbast hatte Recht gehabt: Richtig bös manipulieren, das konnte er immer noch. Er hatte sogar dazugelernt: die Doppelbindungsfalle. Da konnte einer tun oder lassen, was er wollte, es war immer das Falsche.

Das tut weh, nicht wahr?, dachte Zangger und sah Vetsch an. Er liess ihn noch eine Weile schmoren.

Vetsch schwankte zwischen ohnmächtig-wilder Wut und dem Impuls, über das Ganze zu lachen wie über einen Witz. Die angehenden Therapeuten hatten ungläubig mitverfolgt, was vor ihren Augen und Ohren ablief. Die einen gönnten

Vetsch die Demütigung, die anderen wollten sich für ihn einsetzen, das spürte Zangger wohl. Aber er liess es nicht dazu kommen.

«Pause», verkündete er und erhob sich als Erster.

Es brodelte in der Teilnehmergruppe. Viele waren empört über ihren Lehrer, andere mutmassten, dass es sich um eine bewusste Provokation gehandelt habe und waren neugierig darauf, wie Zangger alles zu einem therapeutischen Ende bringen würde. Niemand kümmerte sich um Vetsch, der in einer Terrassenecke stand und rauchte.

«Wir haben beide ein fieses Spiel getrieben, du und ich», sagte Zangger zu Vetsch, als die letzte Kaffeepause des Tages vorbei war. «Du mit Rita und ich mit dir. Ich finde, wir sollten es beide in Zukunft lassen. Ich jedenfalls werds nie mehr tun.»

Einzelne atmeten erleichtert auf.

Vetsch schaute verdutzt drein, ja, wenn man in sein Gesicht sah, hätte man meinen können: enttäuscht.

«Wir brauchten beide den gleichen Dreh: die Masche der psychologischen Unterstellung», sagte Zangger. «Ihr kennt das, nicht wahr?», sprach er jetzt in die Runde der Seminarteilnehmer. «‹Das sagst du bloss, weil du eifersüchtig bist›, unterstellen wir dem andern. ‹Das tust du nur, um mich zu ärgern›, behaupten wir. ‹Dass du so wütend wirst, beweist nur, dass du dich schuldig fühlst›, glauben wir zu wissen. Manche sagen zu ihrem Partner oder ihrem Kind: ‹Wenn du mich respektiertest, dann würdest du dieses tun› oder ‹Wenn du mich wirklich liebtest, dann müsstest du jenes lassen.› Es ist uns gar nicht bewusst, dass es sich eigentlich um einen faulen Zauber handelt, wenn wir solche Dinge sagen oder zu hören bekommen. Wir sagen es meistens, wenn der andere nicht so ist oder tut, wie wir wollen. Wenn wir enttäuscht oder frustriert sind, dann ziehen wir den Schluss: ‹Du liebst mich eben nicht.› Und wenn wir noch eins draufsetzen wollen, dann sagen wir: ‹Du stehst nicht einmal dazu› oder ‹Du verdrängst es eben.›»

Vetsch sah ihn gross an, die Sonnenbrille in der Hand.

«Immer dann», schloss Zangger, «wenn wir dem anderen ein fragwürdiges Motiv unterstellen oder ein bestimmtes Gefühl zuschreiben oder eines absprechen, dann spielen wir eine Variante dieses fiesen Spielchens.»

Mit zwiespältigen Gefühlen ging Vetsch aus dem Seminar. Er hatte eine Mordswut auf Zangger, und gleichzeitig imponierte es ihm, wie sein Lehrer mit ihm umgesprungen war. Es erging ihm fast wie damals, als sein Vater ihn kritisiert oder mit schneidenden Bemerkungen fertig gemacht hatte, bloss um nachher versöhnlich zu sagen: «Hast dus jetzt kapiert?» Genau wie damals hatte er sich heute wütend und ohnmächtig gefühlt, und zugleich verspürte er wie ein geschlagener Hund den Drang, seinem Meister die Hand zu lecken. Er hatte es fast ein wenig bedauert, dass Zangger seine Manipulation aufgedeckt und damit abgeschwächt hatte.

Von dem Mann kann ich was lernen, dachte er und beschloss, ihm fortan nicht nur über die Schulter zu schauen und seine Arbeit als Therapeut zu beobachten, sondern sich ihm auch als Patient anzuvertrauen. Wenn ich beherzige, was der mir sagt, dann *muss* einfach etwas herausschauen, und ich bekomme die verdammten Probleme in meinem Leben vielleicht in den Griff.

Ja, er bewunderte Zangger. Aber eine Wut, eine Mordswut hatte er auch.

Als er nach Hause kam, stand Stefanie in der Küche.

«Wie gehts?», fragte er, ohne sie anzusehen.

Sie blickte unsicher zu ihm hinüber.

«Es geht so», antwortete sie, und sogleich stieg ein Ärger in ihm hoch.

«Was ist denn?», fragte er gereizt und bereute, sie überhaupt gefragt zu haben.

«Ach nichts», sagte sie, «bloss Kopfschmerzen.»

Kopfschmerzen, verdammt nochmal, dachte er, es war wie ein Reflex. Das sagt sie doch nur, damit sie heute Nacht nicht mit mir schlafen muss!

«Das sagst du doch ...», hob er an, doch gleich hielt er inne. «Das ... äh, das ..., das tut mir leid», stammelte er.

Stefanie sah ihn entgeistert an.

## 12

Zangger freute sich auf den Abend in der Tonhalle. Seit die Kinder gross waren, gingen Tina und er wieder öfter ins Konzert. Heute allerdings war Tina verhindert.

Auf der Heimfahrt werweisste er noch mit sich, was das Rencontre mit Vetsch wohl bewirken würde. Es war ihm bei der Sache nicht ganz geheuer. Er fragte sich, ob er den Bogen nicht überspannt habe, als er ihn vor der Gruppe demütigte. Er hatte seinen Zorn wohl bemerkt.

Es bereitete Zangger indes keine Mühe, nach einem Arbeitstag abzuschalten und sich auf feierabendliche Genüsse einzustellen. So grübelte er denn auch nicht lange über Vetsch nach. Lieber dachte er an die Anfängerseminare. Ein Grübeln war das nicht, es war ein angenehm anregendes Erinnern.

Es waren mittlerweile drei Seminare vorbei, an denen Ellen McGraw teilgenommen hatte. Aber es war überhaupt nichts vorgefallen. Nicht mit Ellen. Nicht wirklich. Bloss, dass Zangger zwei, drei Dinge erfahren, gesehen, gehört hatte, die ihn ein wenig beschäftigten.

Das letzte Seminar war der zwischenmenschlichen Kommunikation und Beziehungsgestaltung gewidmet gewesen. Zangger hatte kommunikationspsychologische Theorien und Betrachtungen über gesunde und problematische Interaktion präsentiert, Übungen und Rollenspiele zur Illustration des Stoffes angeregt und schliesslich über reife und unreife Beziehungsformen gesprochen. Dann war wie immer Gelegenheit gewesen, persönliche Probleme zu bearbeiten.

Claude klagte wieder über seine Ehe und legte erneut die Freuden und Leiden dar, die seine Dreiecksbeziehung mit sich brachte. Zangger sagte dieses Mal nichts, er wollte den Teilnehmern Gelegenheit geben, sich zu äussern. Wenn sie ihm den Spiegel vorhielten, würde das bei Claude vielleicht einen Entscheidungsprozess in Gang setzen. Tatsächlich reagierten viele sehr emotional. Die einen zeigten Verständnis, die anderen lehnten sein Verhalten ab. Drei Frauen lasen Claude entrüstet die Leviten und ergriffen für seine betrogene Ehefrau Partei. Zwei Männer nahmen ihn gegen die Angriffe in Schutz.

Da meldete sich Ellen.

«Es geht nicht nur um dich und deine Frau, Claude», sagte sie. «Ich kenne die Situation. Ich habe sie selber erlebt, nur stand ich im Dreieck in der anderen Ecke: Mein Freund war verheiratet, ich war die andere Frau. Ich betrachte deine Affäre aus der Sicht der Geliebten.»

Aus der Sicht der Geliebten?, wiederholte Zangger innerlich. Sie ist eine Geliebte gewesen!

Der Gedanke besetzte ihn derart, dass er gar nicht recht mitbekam, was sie weiter zu Claude sagte. Erst als sie über ihren Liebhaber sprach, hörte er wieder hin. Ellen deutete an, dass ihr früherer Freund eine angesehene Person und bedeutend älter gewesen sei als sie. Sie gab nicht preis, wessen Geliebte sie gewesen war, aber einmal entschlüpfte ihr beim Erzählen ein französisch klingender Name, Roman oder Romain oder so ähnlich.

Sie hatte eine Affäre mit einem älteren, verheirateten Mann!, dachte Zangger.

In der Pause herrschte dann trotz der brisanten Gesprächsrunde eine unbeschwerte Stimmung. Als Zangger den Pausenraum betrat, standen die Teilnehmer, Kaffeetassen oder Gläser in den Händen, herum, die meisten zu zweit oder zu dritt. Auf der kleinen Terrasse sass eine Gruppe schwatzend beisammen, ein paar andere standen um sie herum.

Er hörte ein Lachen. Wie Glockenklang. *Ihr* Lachen – fast ein Gesang. Ob sie Sängerin war? Gewiss, ganz bestimmt – dafür hatte er ein Ohr.

Lied oder Oper?, fragte er sich. Was singt sie wohl?

Sie stand bei der Gruppe auf der Terrasse, lachte und legte dabei den Kopf aufs Anmutigste in den Nacken. Dabei entblösste sie ihren Hals, die Sängerinnenkehle und die wunderschöne kleine Vertiefung über dem Punkt, wo sich die Schlüsselbeine trafen. Oberhalb waren etwas weniger, darunter wieder mehr *freckles* zu sehen.

Welch ein Privileg, diese Frau dabeizuhaben. Sie wird der Gruppe bestimmt gut tun, dachte Zangger.

Er stand in der Küche, schaute durch die Terrassentüre und betrachtete sie aus der Entfernung. Da sah sie auf und blickte ihm ins Gesicht.

Diese Augen!

Sie schien einen Augenblick überrascht, dann huschte ein feines Lächeln über ihr Gesicht. Sie sah kurz weg, dann wieder zu ihm herüber. Etwas Forschendes war jetzt in ihrem Blick, sie kniff die Augen ganz leicht zusammen. Zangger wollte wegsehen, aber er konnte nicht. Fasziniert behielt er sie im Auge, bis sie sich verlegen abwandte.

Etwas durchzuckte ihn: Déjà-vu!

Das, genau das, was jetzt eben war, hatte er schon einmal erlebt! Verwirrt suchte Zangger in seiner Erinnerung. Nein, nichts. Nur das Gefühl, das Wissen fast, dass da etwas Bekanntes war, etwas Vertrautes. Aber was?

Esel, wies er sich zurecht, sie hat schöne Augen, das ist alles. Monica Vitti, deserto rosso, nichts weiter.

Selbstverständlich musste er sich ihr gegenüber vollkommen neutral verhalten. Gerade deshalb beschloss er, sie nach der Pause aus dem Busch zu klopfen. Ellen war zwar in den beiden bisherigen Seminaren eine aufmerksame Zuhörerin gewesen. Hie und da hatte sie auch ihre Meinung geäussert. Einige Male hatte sie Bemerkungen von hohem therapeutischem Wert gemacht – gewiss würde sie eine feine Therapeutin werden, dessen war sich Zangger jetzt schon sicher –, und heute hatte sie zum ersten Mal aus ihrem Leben erzählt. Aber im grossen Ganzen hielt sie sich immer noch zurück. Ein persönliches Problem, mit dem sie sich auseinander setzen wollte, hatte sie bis anhin nicht vorgebracht.

«Ellen, was ist eigentlich dein Anliegen?», fragte Zangger deshalb, nur um sie nicht anders zu stellen als die übrigen Teilnehmer. Alle andern hatten sich ein persönliches therapeutisches Ziel gesetzt: Myrtha beispielsweise wollte ihre Hemmungen überwinden, Claude sein Beziehungsproblem bereinigen, andere hatten sich vorgenommen, einen inneren

Konflikt zu klären, wieder andere litten unter depressiven Stimmungen, Angstzuständen oder einem Suchtverhalten, das sie angehen wollten. Nichts von alledem war offenbar Ellens Schwierigkeit.

Eine ausgeglichene Person, vermutete Zangger, ganz und gar mit sich im Reinen.

«Nun», antwortete sie, «ich möchte meine berufliche Kompetenz ...»

«Nein», unterbrach Zangger, «das meine ich nicht. Selbstverständlich sind alle hier, um sich beruflich weiterzubilden. Ich frage nach deinen persönlichen Zielen.»

«Oh», erwiderte Ellen, und es schien Zangger, sie erröte ein wenig. «Nun, ich ... also, um ehrlich zu sein: Ich suche einen Mann.» Sie blickte auf und sah ihm ins Gesicht.

Nicht ungern erinnerte sich Zangger des wohligen Schrecks, der ihn in diesem Moment durchfahren hatte.

Zu Hause angekommen, fragte er Mona, ob sie ihn ins Konzert begleiten wolle. Früher war Claudia jeweils mitgekommen, und auch Fabian sprang als Konzertbesucher ein, wenn Vater oder Mutter verhindert waren, aber heute hatte er etwas anderes vor. Zangger hoffte, seine Tochter schätze es, von ihm ausgeführt zu werden. Ausserdem hatte er noch die Sache mit dem Kater auszubaden. Auf der Fahrt in die Stadt versicherte er ihr, wie leid es ihm tue, dass das Tier habe sterben müssen. Er glaube aufgepasst zu haben, aber offenbar habe er trotz allem zu wenig Vorsicht walten lassen. Whoppers Tod sei seine Schuld. Mona sagte bloss, es sei ihr unbegreiflich, wie so etwas habe passieren können. Er sagte darauf: «Mir ist es passiert, und ich schäme mich dafür.» Da meinte sie traurig: «Das arme Kerlchen», und Zangger wurde es etwas wohler.

Brahms stand auf dem Programm. Die Akademische Festouvertüre war mit Getöse verklungen, jetzt wurde das Violinkonzert gegeben. Hingerissen lauschte Zangger dem virtuosen und kraftvollen, dann wieder feinfühligen Spiel des Solisten. Nicht nur das Spiel, auch die Erscheinung des Geigers zog Zangger in seinen Bann, vielleicht deswegen, weil er ihn ein wenig an Vetsch erinnerte: ein glutäugiger Mann mit den Zügen eines Osteuropäers oder Zigeuners.

Lukas Zangger war ein nüchterner Mensch, doch wenn er Musik hörte, konnte er in Verzückung geraten. So liess er sich von den brahmsschen Klängen berauschen, von den wehmütigen Weisen bewegen. Seine romantische Ader pulsierte. Er schwelgte. Das Glücksgefühl war wieder da, vermischt mit einer seltsamen Sehnsucht – wie sie sich eben einstellt, wenn man Brahms hört.

Applaus erscholl. Zangger kam zu sich.

In der Pause lud er Mona zu einem Glas Champagner ein und versuchte, mit ihr ins Gespräch zu kommen. Es wollte nicht recht gelingen. Als die Glocke ertönte, fragte sie, ob sie für die zweite Hälfte des Konzerts bleiben müsse. Zangger, enttäuscht und erleichtert zugleich, war schon darauf vorbereitet, sie ziehen zu lassen. Da entschied sie sich halbherzig zum Bleiben.

Nun wurde die zweite Sinfonie intoniert, und gleich war Zangger wieder entrückt. Es war ihm, die Geigen und Celli würden ganz allein für ihn gestrichen. Die Hörner bliesen göttlich, weich und satt, und an der Stelle, auf die er erwartungsvoll hingefiebert hatte, dort, wo sich vor seinem inneren Auge jeweils der Himmel über einer Frühlingswiese auftat, wäre ihm gewiss der erwartete Schauer über den Rücken gerieselt, und er hätte sich träumen können, Hand in Hand mit einer schönen Frau über diese Wiese zu wandeln – hätte ihn in diesem Augenblick Mona nicht ungeduldig mit dem Ellbogen angestossen. Mit stummem Quengeln und vorwurfsvoll fragendem Blick deutete sie auf ihre Armbanduhr. Die Aufführung dauerte ihr bereits zu lange, und offensichtlich konnte sie mit der Musik nichts anfangen. Zangger gab ihr zu verstehen, dass es noch eine Weile dauern würde und dass er gern in Ruhe lauschen möchte. Er fühlte sich empfindlich gestört, liess sich aber nichts anmerken.

Seine Tochter dagegen auferlegte sich weniger Zurückhaltung: Mit betont gelangweilter Miene rutschte sie auf ihrem Sitz hin und her und verdrehte jedesmal die Augen, wenn nach einem Satz nicht applaudiert, sondern weitergespielt wurde. Schliesslich sackte sie in ihrem Sitz zusammen, liess die Haare übers Gesicht baumeln und begann, indem sie himmelwärts schielte, einzelne Strähnen zu Haarschnüren zu drehen und um den Finger zu wickeln.

Zangger sass wie auf Kohlen. Seine romantische Stimmung war gründlich verdorben.

## 13

Das nächste Seminar der Fortgeschrittenen fand an einem prächtigen Sommertag statt. Zangger hatte des fabelhaften Wetters wegen den Stundenplan geändert und eine längere Mittagspause anberaumt, damit alle, die wollten, an den See, in die Stadt oder in den Wald gehen konnten. Er selber guckte sich im Quartier in Buch- und Musikalienläden um, schritt zügig zum Obergericht, bummelte, den federleichten, strohgelben Borsalino auf dem Kopf, durch den Neumarkt und das Oberdorf und betrachtete die Schaufenster von Spezereien, Confiserien und Antiquariaten. An der Torgasse wechselte er die Richtung. Er kaufte sich im Vorbeigehen ein Schokolade- und Pistazieneis, spazierte über die Schiffllände, verweilte dann unter dem kühlen Gewölbe des Helmhauses.

Er hatte sich auf einen der klobigen Bänke gesetzt. Auf einmal sah er gegenüber, am Limmatquai, seine Söhne: Toms hoch geschossene Gestalt, fast bedächtig schreitend, neben ihm Fabian, schlank und agil. Er erhob sich, um sie besser sehen zu können, dann ging er weiter, unschlüssig, ob er versuchen solle, sie einzuholen. Sie waren vielleicht dreissig Schritte von ihm entfernt. Jetzt waren sie unter den Bögen bei den Zunfthäusern und blieben stehen. Aus einer Gasse kam ein junger dunkelhäutiger Mann, hob den Arm zur Begrüssung und trat auf sie zu. Zangger hielt seinen Schritt an. Der Schwarze schüttelte Tom die Hand, dann umarmte er Fabian und küsste ihn auf beide Wangen. Ob die beiden Freunde waren – oder mehr? Tina hatte jüngst die Vermutung geäussert, dass Fabian sich wohl eher für Burschen als für Mädchen interessiere. Aber jetzt erschrak Zangger doch, als er die Szene sah. Es berührte ihn seltsam, dass er in der Stadt auf seine Söhne gestossen war, ohne ihnen wirklich zu begegnen, und dass er sich unversehens in der Position des Voyeurs befand, der beobachtete, was nicht für seine Augen bestimmt war.

Dass Tom und Fabian zusammen durch die Stadt flanierten, freute ihn. Er hatte vermutet, es gebe mehr Trennendes als Verbindendes zwischen den Söhnen, aber offensichtlich hatte er sich getäuscht. Wenn Tom über die Neigung seines Bruders Bescheid wissen sollte, aber davon zu Hause kein Aufhebens machte, durfte er ihm das nicht übel nehmen. Eher wollte er es als brüderliche Loyalität oder noch lieber als Ausdruck einer natürlichen Unbefangenheit betrachten. Aber ein bisschen wurmte es ihn schon, dass Tina und er nicht mit der gleichen Selbstverständlichkeit eingeweiht wurden.

Er beriet mit sich, ob er weitergehen und wie zufällig zu ihnen stossen sollte. Da sah er Vetsch neben dem Eingang einer Boutique stehen. Er befand sich präzis zwischen ihm und seinen Söhnen, lehnte gegen die Hauswand, und wenn nicht alles täuschte, so blickte er zu den drei Jungen hinüber. Jetzt gingen die drei weiter, Fabian in der Mitte. Der Schwarze, schlaksig-schlenkernden Ganges, legte ihm den Arm auf die Schulter, liess ihn wieder baumeln, fasste Fabian aber immer wieder an, mal am Arm, mal am Nacken und sprach gleichzeitig mit Tom, der auf der anderen Seite ging. Eine eigentümliche Intimität ging von den dreien aus. Vetsch hatte sich ebenfalls in Bewegung gesetzt. Er ging, immer in gleicher Distanz zu der Dreiergruppe, unter den Bögen weiter und bog wie diese in die Marktgasse ein.

Der eigenartige Zufall amüsierte Zangger.

Wie der grosse Bruder, der auf sie aufpasst, fantasierte er. Er lachte innerlich über das Hirngespinst, das er wob. Aber die Szene, die er da beobachtete, erweckte genau diesen Eindruck oder vielmehr diese Erinnerung: Zangger entsann sich, dass er als Jüngling selber einmal im Auftrag des Vaters hinter zwei seiner jüngeren Geschwister hergegangen war, als sie sich zum ersten Mal allein in die Stadt wagten. Er hatte sich, ohne deren Wissen, bereitzuhalten für den Fall, dass sie sich nicht mehr zurechtfinden sollten.

Plötzlich machte er kehrt. Würde er ihnen nachsteigen, so könnte er sich nicht mehr darauf berufen, er sei ein unfreiwilliger Zeuge ihrer Begegnung gewesen. Er setzte seinen Bummel über die Gemüsebrücke fort, ging über die Schipfe der Limmat entlang und stieg dann zum Lindenhof empor. Dort liess er sich auf der Mauer nieder. Man hatte von hier eine schöne Sicht auf die rechte Limmatseite und das Grossmünster.

Doch Zangger blickte in die Ferne. Die eigentümliche Nicht-Begegnung mit seinen Söhnen beschäftigte ihn. Die Episode hatte ihm vor Augen geführt, dass die beiden, genau wie seine Töchter, eigenständige Personen waren. Sie führten ihr eigenes Leben. Er hatte nicht mehr in jeder Hinsicht daran teil. Bald würde es ihn überhaupt nichts mehr angehen. Wie gern würde er manchmal teilhaben – nicht unbedingt am jungen Erwachsenenleben seiner Kinder, sondern am Leben der Jungen überhaupt.

Doch das war vorbei. Unwiderruflich vorbei.

Er gehörte nicht mehr dazu, da konnte er sich lange einreden, es sei einer so jung, wie er sich fühle.

Wieder in der Praxis, hörte er auf dem Beantworter einmal mehr einen Anruf der wunderlichen Frau Herrliger. Mit der schien wirklich etwas nicht zu stimmen: Meistens rief sie an, wenn er nicht da war. Sie bombardierte ihn mit Nachrichten über ihren depressiven Ehemann, lamentierte, wie schlimm ihr «Junge» sich benehme, bat entweder für sich oder für ihren Mann um einen Gesprächstermin, sagte ihn aber Mal für Mal wieder ab. Zangger hatte sich schon fast an die Anrufe gewöhnt, aber es störte ihn, dass er das Rätsel, wenn es überhaupt eins gab, noch nicht gelöst hatte.

Um sicherzugehen, dass er für den zweiten Teil des Seminars frisch war, legte er sich in der Bibliothek für einen Mittagsschlaf hin.

Er lag auf seiner Couch, einschlummernd. Plötzlich schnupperte er. Was war das? Ein Duft streifte seine Nase. Ein Parfum. Unbekannt. Es musste von einer Frau stammen. Er drehte seinen Kopf und roch an einem der Kissen. Ja, da kam der Duft her. Hier hatte eine Frau gelegen, hier auf seiner Couch. Warum nicht, schliesslich stand die Bibliothek, wenn er sie nicht selber benützte, offen. Aber die Person hatte ihren Duft hinterlassen.

Nun fiel es ihm wieder ein: Auf seinem Schreibtisch hatte am Morgen eine Blume gelegen, eine kleine Rose. Er hatte insgeheim gehofft, Ellen habe sie hingelegt, weil er ihrem Wunsch entsprochen hatte. Aber dieses Parfum stammte nicht von Ellen, dessen war er sich leider sicher. Was er hier roch, duftete anders, ganz anders – vergleichsweise billig, eher unangenehm. Jemand, nicht Ellen, sondern irgendjemand hatte sich auf seine Couch gelegt, während er weg gewesen war. Eine höchst unangenehme Vorstellung.

Bevor er einschlief, fielen ihm die andern Dinge ein: der Zigarettenstummel in seinem Sprechzimmer, die Spuren und Zeichen, die er vor einiger Zeit zwei- oder dreimal in seinem Praxishaus vorgefunden hatte. Was ging da vor? War da ein Zusammenhang? Wollte ihm jemand einen Streich spielen? – Sollte er es im Seminar ansprechen? Nein, er durfte noch nicht. Er musste warten, bis er mehr wusste. Irgendwie, irgendwann würden ihm auch die Teile dieses zweiten Puzzles zufallen.

Die Nachmittagsrunde war persönlichen Anliegen und Problemen gewidmet. Gleich zu Beginn meldete sich Dorothee, Familienberaterin an einer kirchlichen Beratungsstelle, fünfundvierzig Jahre alt, unverheiratet.

«Lukas», sprach sie ihn an, und es war spürbar, wie gehemmt sie sich fühlte, «ich muss etwas loswerden.»

«Worum geht es?», fragte Zangger.

«Es treibt mich um, aber ich scheue mich, darüber zu sprechen», sagte sie und machte ein verlegenes Gesicht.

«Lass dir Zeit», sagte Zangger freundlich.

«Ich habe dir heute eine Rose hingelegt», sagte sie verschämt.

«Oh – die war von dir? Ich habe sie gesehen und mir gedacht …» Nein, sie braucht nicht zu wissen, was ich mir gedacht habe, brachte er sich innerlich zur Räson. «Vielen Dank. Das war lieb von dir.»

«Es war ein Zeichen», presste sie hervor.

«Wofür denn?»

«Nun – ach, es ist schrecklich, vor allen darüber zu reden. Ich schäme mich ja so.»

«Ein Zeichen wofür, Dorothee?», fragte Zangger ruhig, aber jetzt wusste er natürlich Bescheid und fühlte sich selber etwas beklommen.

«Schau, Lukas», sagte Dorothee, und nahm all ihren Mut zusammen. «Es war ein Zeichen meiner Gefühle. Ich kann sie einfach nicht mehr verbergen. Und wenn ich es jetzt nicht ausspreche, ist es mir ständig im Weg.»

Wes das Herz voll ist, des läuft der Mund über, dachte Zangger. Aber er wollte keinen Spruch klopfen, nicht einmal einen lutherischen. «Was?», fragte er bloss.

«Ich spüre schon lange diese Zuneigung zu dir», sagte sie und sah ihn fest an. Sie errötete und blickte zu Boden. «Ich glaube, ich habe mich ein wenig in dich verliebt.»

Dass Dorothee es über sich brachte, etwas so Persönliches, so Delikates vor aller Ohren preiszugeben, kam ihm fast heroisch vor. Gleichzeitig fragte er sich, ob der Vorwurf, den Tina ihm einmal gemacht hatte, nämlich, in seinen Ausbildungsgruppen fröne man einem ungesunden kalifornischen Selbstoffenbarungsfimmel, nicht doch seine Berechtigung habe. Er musste dafür sorgen, dass dies für Dorothee eine ermutigende und keine beschämende Erfahrung wurde.

«Gewiss wirst du sagen, da sei Übertragung im Spiel», fuhr sie fort. Darauf ging Zangger nicht ein. «Ach, ist das peinlich! Es gehört sich doch einfach nicht. Du bist doch verheiratet. Es muss dir höchst unangenehm sein, denn bestimmt hast du mir gegenüber andere Gefühle ...»

«Nein, Dorothee, es ist mir nicht unangenehm. Aber du spürst vielleicht, dass ich ein wenig verlegen bin. Und geschmeichelt fühle ich mich auch», sagte er.

Er lachte sie an, und Dorothee lächelte zurück.

In diesem Augenblick war er sich sicher, dass sie auf seiner Couch gelegen hatte, er konnte ihr Parfum riechen. Er sah keine Notwendigkeit, ihren Abstecher in seine Bibliothek in der Gruppe zum Thema zu machen. Er verwarf auch den Verdacht, dass Dorothee mit den anderen Vorkommnissen in seiner Praxis etwas zu tun haben könnte. Er schien ihm allzu absurd, ausserdem rauchte sie nicht. Die Abneigung gegen die Unbekannte, die er auf seiner Couch in der Bibliothek noch empfunden hatte, war verschwunden.

Er sagte ihr, dass er sie ebenso gut möge wie alle anderen Teilnehmerinnen. Diese kleine Lüge erlaubte er sich. Nur einmal während des Gesprächs mit Dorothee hatte er sich bei dem Gedanken ertappt, wie es wäre, wenn nicht sie, sondern Ellen zu ihm spräche.

Er erklärte Dorothee: Ja, sie habe richtig vermutet, er erwidere ihre Liebesgefühle nicht. Er fühle sich wohl mit ihr und hoffe, dass es ihr umgekehrt gleich ergehe und dass es so bleibe.

Dann forderte er sie auf – auf die Gefahr hin, dass ihn einige als eitel empfänden –, ihm drei Dinge zu nennen, die ihr an ihm besonders gefielen. Schmunzelnd sagte sie: sein Hut; er verleihe ihm ein abenteuerliches Aussehen. Zangger lachte. Da ergänzte sie: seine Stimme; sie klinge sonor und vertrauenerweckend.

«Oh, ist das alles? Das sind erst zwei», meinte Zangger scherzend. Verlegen gestand Dorothee: seine Augen; zwar blicke er manchmal streng, aber er könne einen auch achtsam und liebevoll ansehen, wie gerade jetzt.

«Und nun», sagte er, «nenn mir drei Dinge, die dir an mir missfallen oder die du etwas gewöhnlich findest.»

«Ach, ich weiss nicht», druckste Dorothee herum, doch bald zählte sie auf: «Nun – also: dein Bauch.»

«Mein Bauch?»

«Ja. Dick bist du zwar nicht, aber dein Bauch ragt schon ein wenig über den Gürtel.»

«So?» Sein Bauchansatz störte Zangger selber, aber Tina hatte ihn stets beruhigt. Dass andere ihn doch wahrnahmen, hörte er ungern.

«Deine Haare sind schlecht geschnitten.»

«Ach?» Zangger griff sich in den Nacken.

«Und in letzter Zeit bist du oft unaufmerksam. Manchmal hörst du gar nicht recht zu. Das ist neu, und es missfällt mir.»

«Oh?», machte Zangger. Das gab ihm am meisten zu denken.

«Und dann ...», fuhr sie fort.

«Halt, halt, das waren drei – das genügt», lachte Zangger.

«... gefallen mir deine Hemden und Pullover nicht besonders. Schick sind sie jedenfalls nicht.» Dorothee war wie verwandelt. Ein Stein schien ihr vom Herzen gefallen zu sein.

Was würde Ellen sagen?, musste Zangger denken. Würden ihr die gleichen Dinge gefallen und missfallen?

Von ihren Kolleginnen und Kollegen bekam Dorothee Anerkennung, alle respektierten ihre Offenheit und lobten ihre Courage.

Marco Vetsch sass still, die Augen wach auf Zangger gerichtet, in seinem Sessel.

Ellen McGraw äusserte sich nicht.

Sie war ja auch zum ersten Mal im Fortgeschrittenenseminar. Nach ihrem dritten Seminar in der Anfängergruppe war sie zu ihm gekommen und hatte ihn gebeten, in den Lehrgang für Fortgeschrittene übertreten zu dürfen. Sie erinnerte ihn daran, dass sie bereits das Grundlagenjahr einer anderen Psychotherapieausbildung absolviert hatte. Sie gab zu bedenken, dass ihr die Theorie, die sie bisher behandelt hatten, bereits bekannt sei. Sie machte ihm Komplimente für seinen Unterricht. Sie versicherte ihm, seine Arbeit als Therapeut in der Gruppe sage ihr zu. Sie würde sich freuen, die Ausbildung fortsetzen zu können, nur würde sie von den klinischen Themen, die er in den Seminaren der Fortgeschrittenen behandle, mehr profitieren. Ihr Klinikchef wolle ihr jetzt schon die Behandlung einzelner Patienten übertragen.

Er hätte kategorisch Nein sagen müssen.

Natürlich hatte er Ja gesagt.

Er wollte Ellen partout als Teilnehmerin behalten. Zudem gaukelte er sich vor, seine Befangenheit habe mit den anderen Teilnehmern zu tun, und es würde alles anders, wenn er ihr in einem andern Rahmen begegnete.

Denn befangen *war* Zangger.

Er freute sich ausgesprochen auf die Seminare mit der Anfängergruppe, aber er musste sich bald einmal eingestehen, dass er sich hauptsächlich auf *sie* freute. Sein erster Blick, wenn er den Seminarraum betrat, galt dem Sitzplatz, den sie üblicherweise wählte. Fehlte sie, so spürte er ein seltsames Unbehagen in der Magengrube – nicht unähnlich dem Gefühl, das er als Gymnasiast empfunden hatte, wenn seine heimlich Angebetete nicht im Tanzkurs erschien. Schlimmer war, dass er eine eifersüchtige Regung in sich spürte, wenn er in den Pausen jemanden mit Ellen schäkern sah, erst recht, wenn einer sich herausnahm, den Arm um sie zu legen oder ihr einen Kuss auf die Wange zu drücken. Es war ihm natürlich aufgefallen, wie kontaktfreudig sie war, wie leichtfüssig und offenherzig sie auf jeden zuging.

Das Blumenmädchen, nannte er sie in solchen Augenblicken, denn er hatte inzwischen entdeckt, dass sie ihn tatsächlich an ein Botticelligesicht erinnerte. Es war jedoch nicht das der rothaarigen Venus, sondern das der blonden, blumenstreuenden Flora, das Ellen in ihm wachrief. Er erinnerte sich, wie bezaubert er von diesem Bild gewesen war. Er hatte als Gymnasiast einen Aufsatz über die Allegorie Primavera geschrieben und sich dabei fast ein wenig in das Frauenbildnis verliebt.

Im Gegensatz zu den Seminarrunden, in denen sie sich nach wie vor eher zurückhielt, plauderte Ellen in den Pausen ständig mit irgendwem. Meistens mit den Männern. Es machte fast den Eindruck, als suche sie ganz gezielt mit jedem einzelnen die persönliche Begegnung. Zwar war es verständlich, dass er selber nicht zu ihren Pausengesprächspartnern gehörte, aber es erfüllte ihn mit einem sehnsüchtigen Schmerz, sie mit den anderen zu sehen. Dann wünschte er sich, zwanzig oder noch lieber dreissig Jahre jünger zu sein.

Nur eines beruhigte, nein, beunruhigte ihn: Sie schaute ihn – oder täuschte er sich da? – immer wieder auf eine ruhige, besondere Weise an. Er hätte es nie in Worte fassen, er hätte es nicht beschreiben können: diesen Blick, diese Augen, dieses Gesicht. Wenn sie ihn ansah, wenn er sie ansah, stieg Sehnsucht in ihm auf. Sehnsucht und Heimweh und Fernweh.

## 14

«Was soll das? Musst du dir ständig psychologische Gedanken machen? Bloss weil ich Psychiater bin?», fragte Zangger gereizt. «Kann ich denn nicht als Freund mit dir reden?»

Er sass mit Seidenbast im «Da Gino». Das Speiselokal lag im Quartier, nicht weit von seiner Praxis und von Seidenbasts Wohnung entfernt.

«Ich fragte ja nur, wie du das Übertragungsgeschehen zwischen deiner Kandidatin und dir beurteilst», rechtfertigte sich Seidenbast, nippte an seinem Prosecco und naschte von den gefüllten Peperoncini, die dazu gereicht wurden.

«Ach was, Übertragungsgeschehen», fiel ihm Zangger unwirsch ins Wort.

«Ist das völlig daneben?»

Zangger wand sich. Gewiss, das musste er insgeheim zugeben: Bei Patienten wie Kandidaten konnten sich Übertragungsgefühle einstellen. Bei Vetsch war es so – warum also nicht auch bei Ellen? Und bestimmt reagierte manchmal auch der Therapeut mit seiner eigenen Übertragung. Denn auch bei ihm mochten in der Begegnung mit dem Patienten unerledigte Dinge aus seiner Lebensgeschichte anklingen. Aber dass Seidenbast die Übertragung schon wieder bemühte, war Zangger zuwider. Es war ja ärgerlich genug, dass viele Fachleute den Begriff strapazierten und jede Gefühlsregung zwischen Patienten und Therapeuten als Übertragung bezeichneten. Ursprünglich brauchte man den Begriff doch nur dann, wenn der Patient dem Therapeuten gegenüber etwas empfand, was nicht der realen Situation entsprach; wenn es sich bei seinen Gefühlen um alte, in der Gegenwart wiedererlebte Erfahrungen handelte; wenn die Gefühle also gewissermassen deplatziert, verzerrt, verschoben – eben von anderswoher übertragen waren und deshalb durchschaut, analysiert und zurechtgerückt werden mussten. Wieso in aller Welt sollte man aber *jede* menschliche Regung in der Therapiesituation Übertragung nennen? So wurde jedes Gefühl von vornherein problematisiert und für aufdeckungsbedürftig erklärt. Als ob es keine unverfälschten Emotionen zwischen Patienten und Therapeuten gäbe! Wieso, verdammt nochmal, musste gerade sein Freund so denken?

«Übertragung …», hob Zangger ärgerlich an. Aber eigentlich mochte er jetzt nicht mit Seidenbast über psychologische Begriffe streiten. Überdies ahnte er, was sein Freund sagen wollte: Er nahm nämlich nicht Ellens Seelenleben aufs Korn, sondern seines! Er wollte ihm weismachen, dass *seine* Gefühle unangemessen seien, dass in *ihm* etwas verschoben sei, und dass *er* etwas empfinde, was nicht an diesen Ort gehöre, etwas, das mit seinen eigenen unverarbeiteten Erfahrungen zu tun haben müsse. Indem Seidenbast sich nach dem Übertragungsgeschehen erkundigte, nahm er zwar an, dass Ellen – sollte sie etwas für ihn empfinden – unbewusst den Vater in ihm sah. Hauptsächlich aber wollte er ihn darauf hinweisen, dass seine Gefühle für Ellen vielleicht gar nicht ihr galten, sondern sich auf eine andere Person in seinem Leben bezogen.

Doch Zangger hatte keine Lust auf Fachsimpeleien. Schliesslich befand er sich weder in seinem Sprechzimmer noch im Seminarraum. Er sass mit seinem Freund in einem guten Speiselokal – zum Teufel also mit diesen verstaubten Theorien!

«Komm mir doch nicht schon wieder mit der Übertragung», murrte er. Er bereute es fast, Seidenbast von seinen Gefühlen erzählt zu haben. Er fand es daneben, dass er sich schon wieder wie sein Supervisor aufführte. Nur traute er sich nicht, dies seinem Freund zu sagen, aus Furcht, er könnte es ihm als Überheblichkeit des Akademikers auslegen.

«Na, na, na, Lukas», sagte Seidenbast denn auch prompt. «Wieso reagierst du eigentlich immer so allergisch, wenn ich mir eine psychologische Überlegung erlaube? Ist das denn anmassend?»

«Ach komm!», brummte Zangger. «Bestimmt nicht.» Tatsächlich hätte er genauso reagiert, wenn ein Kollege dergleichen gesagt hätte. Er wusste selber nicht mehr, wieso ihn diese Fragen so irritierten.

«Das sieht doch ein Blinder, dass du auf fatale Weise verstrickt bist», sagte Seidenbast. Zangger schaute ihn halb unglücklich, halb feindselig an. «Doch lassen wir das», sagte jener rasch und griff zur Weinflasche. «Erzähl mir als Freund», schlug er vor und schenkte ihm von dem Barolo ein, den er ausgewählt hatte. «Gino weiss offenbar nicht, wie stark die Weinpreise im Piemont im letzten Jahr in die Höhe geschossen sind», lenkte er ab, um nachher von vorne beginnen zu können, «sonst würde er diesen 1991-er nicht so wohlfeil anbieten. Zugegeben, kein grosser Jahrgang. Dafür lässt er sich jung trinken. Wärs ein grosser, so müssten wir noch zehn, fünfzehn Jahre warten, nicht wahr? – Ahh», machte er jetzt, «was für ein Trunk! Ein Meisterwerk der Weinkunst. Salute.»

Er stiess mit Zangger an.

Als Primo hatten sie die hausgemachten Ravioli alla salvia gewählt. «Ein Gedicht!», schwärmte Seidenbast, nachdem er davon gekostet hatte.

Dann lud er Zangger erneut ein: «Komm, erzähl!»

«Weisst du, Marius», sinnierte Zangger nach einer Weile vor sich hin, «es gibt Frauen, die wecken Begierden, und es gibt solche, die wecken Sehnsucht.»

«Was du nicht sagst», sagte Seidenbast mit feinem Lächeln und schaute ihm ins Gesicht. Marius Seidenbast war alleinstehend, sein Lebenspartner war vor Jahren an Aids gestorben. «Und was weckt diese Frau in dir?»

«Sehnsucht.»

«Keine Begierde?», forschte Seidenbast.

«Nein, es ist Sehnsucht.»

«Wie romantisch.»

«Ach, mach dich doch nicht lustig. Die Sache beginnt mich zu beunruhigen. Ich kann nicht mehr schlafen. Ich weiche Tina aus. Meine Konzentration leidet, meine Arbeit als Therapeut auch. Die Seminare, an denen sie teilnimmt, sind für mich eine Qual – aber ich sehne sie herbei, ich kann es kaum erwarten, die Frau zu sehen. Ich habe nur die eine grosse Sorge, dass sie vielleicht aus irgendeinem Grund nicht kommt.»

«Du hast Liebeskummer», kommentierte Seidenbast trocken. «Beneidenswert, in deinem Alter.»

«Du bist ja gleich alt», gab Zangger zurück.

Nach dem Gymnasium hatten Marius Seidenbast und Lukas Zangger sich aus den Augen verloren. Jahre später war Zangger Assistenzarzt an einer grossen psychiatrischen Klinik und Seidenbast hatte in jenem Kantonshauptort den Posten des Stadtbibliothekars inne. Da frischten sie ihre Freundschaft auf. Vor zehn, zwölf Jahren liessen sich beide im Zürcher Götterquartier nieder: Zangger hatte eben seine Praxis eröffnet, als Seidenbast die elterliche Wohnung erbte. In einem für einen Antiquar eher ungewöhnlichen Anfall entrümpelte er sie vollständig – sonst könne er darin nicht leben, hatte er erklärt – und richtete sie komplett neu ein. Seither trafen sie sich regelmässig zu einem Feierabendtrunk oder einem Nachtessen.

«Eben. Beneidenswert, sagte ich.» Seidenbast setzte eine besorgte Miene auf. «Aber was kann man dagegen tun?», fragte er. «Sollen wir uns wieder besaufen?»

«Hör bloss auf!», lachte Zangger über die Anspielung auf längst vergangene Zeiten. Dann meinte er, mehr zu sich selber: «Ich bin ja doppelt so alt wie sie.»

Was die Altersfrage anging, so hatte sich Zangger schon wiederholt bei Rechenspielen ertappt: Er war zwar doppelt so alt wie Ellen, aber das würde sich schon im nächsten Jahr ändern – dann war sie neunundzwanzig, er aber erst siebenundfünfzig, und danach würden sie sich stetig annähern, denn wenn sie dreissig würde, wäre er noch längst nicht sechzig und so weiter. Ernüchternder war die Rechnerei, wenn er Ellen mit seiner ältesten Tochter verglich: Sie war kaum sechs Jahre älter als Claudia und dabei würde es auch bleiben. Sie könnte deine Tochter sein, hatte er sich deshalb schon gesagt, und innerlich jeweils prompt gekontert: Welch stupides Klischee! Wahr war es trotzdem.

«Mich brauchst du nicht davon zu überzeugen, dass die Geschichte aussichtslos ist, Lukas.»

Aussichtslos?, dachte Zangger und hätte am liebsten widersprochen. Er warf seinem Freund nur stumm einen Blick zu.

Als Hauptgang wurde die Spezialität des Hauses aufgetragen, ein exzellentes Filetto di manzo an feinster Balsamicosauce. Seidenbast schnitt sich eine Tranche ab und prüfte, ob das Fleisch auf den Punkt gebraten war. Er war zufrieden. Nachdem er den ersten Bissen verspeist hatte, stellte er fest:

«Nicht zu sauer dieses Mal. Gerade das richtige Quantum Balsamico. Und ein Hauch Rosmarin.» Seidenbast war bekannt für die Tafel- und Gaumenfreuden, die er seinen Freunden in der eigenen Küche bereitete. Nun wollte er von Zangger wissen: «Was fasziniert dich eigentlich so an der Frau?»

«Ich weiss es nicht. Sie verdreht mir einfach den Kopf.»

«Oho! Wie tut sie das denn?», fragte Seidenbast mit gespielter Neugier. Es fiel Zangger nicht auf, dass dies die Art von Frage war, die er selber als Therapeut gebraucht hätte, um einem Patienten vor Augen zu führen, dass dieses Verdrehen vor allem in ihm selber geschah und nicht so sehr vom andern Menschen gemacht wurde.

«Ich kann es nicht sagen.» Zangger schien sich zu besinnen. «Es sind ihre Augen. Die sind mir irgendwie vertraut. Es ist mir, als kennte ich sie seit langem.»

«Komm schon!», foppte ihn Seidenbast. «Das sagt doch jeder von seinem Ferienflirt.»

«Sei nicht ordinär! Es ist kein Flirt. Es ist überhaupt nichts zwischen uns. Du verstehst mich nicht.»

«Nein», bestätigte Seidenbast. «Aber versuchen wirs noch einmal: Sie ist dir vertraut – woher denn?»

«Irgendwie von früher her vertraut», murmelte Zangger.

«Oje, oje. Jetzt sag bloss noch, ihr kennt euch aus einem früheren Leben.»

«Wieso nicht?», fragte Zangger brüsk, doch gleich meinte er beschämt: «Ach, ich weiss es doch selber nicht.»

In Tat und Wahrheit hatte er jedoch genau mit dieser Vorstellung geliebäugelt. Vor vielen Jahren hatte ihm eine Kollegin, die eine mediale Begabung hatte, ganz sachlich und beiläufig gesagt, er, Zangger, habe in einem früheren Leben als jüdischer Arzt in Spanien gelebt. Das war ihm kürzlich in den Sinn gekommen. In nostalgisch-esoterischer Anwandlung hatte er sich der Fantasie hingegeben, er sei Ellen vor Jahrhunderten in Sevilla begegnet.

«Sag mal, hast du das alles nicht schon einmal erlebt?», fragte Seidenbast, auf einmal sehr einfühlsam. «In *diesem* Leben, meine ich», ergänzte er lächelnd.

«Diese Vertrautheit? Diese Sehnsucht? Diesen Schmerz?», fragte Zangger zurück. «Du kennst ja meine Geschichte mit Tina. Das ist lange her.»

Er versank in Erinnerungen: Es hatte alles unter dem Wüstenhimmel begonnen.

## 15

Rauch lag in der Morgenluft, und es roch nach Dung. Die Kamele standen dicht gedrängt. Männer hockten an einem Feuerchen und rieben sich die klammen Finger. Sie erhoben sich und machten sich an die Arbeit. Eines der Tiere brüllte empört, die andern zogen die Nüstern hoch, als man sie in die Knie zwang. Hochmütigen Blicks liessen sie sich besteigen. Die Treiber jagten sie auf. Dann gingen sie mit stetem, wiegendem Schritt, die kissenweichen Füsse lautlos auf den Sand setzend, in die Dünen hinein. Stundenlang. Das Gefühl der Reiter für Raum und Zeit ging allmählich verloren. Man hörte nichts, nur hin und wieder den Ruf eines Treibers, ein Wort des blau gekleideten Führers. Das Licht wurde gleissend, die Sonne sengte. Köpfe und Nacken der Reiter waren mit Tüchern geschützt. Irgendwann rastete die Karawane im Halbschatten von Palmen. Tee und Datteln wurden gereicht. Dann ging es weiter. Wind kam auf: ein feines Sausen fliegender Sandkörner. Gegen Abend wurde er heftiger, der

Sand schmirgelte die Gesichter, sie zogen die Kopftücher enger, dann flaute er ab. Der Führer bestimmte den Platz für die Nacht. Die Dünen glühten, als die Sonne sich hinter den Horizont senkte, dann brach Dunkelheit herein. Die Tuareg machten Feuer und kochten ein einfaches Mahl. Man nächtigte im Freien, in Decken gehüllt – die Frau an Lukas' Seite.

Sie lagen unter dem Wüstenhimmel in den Dünen und schauten und lauschten: ein gewaltiges Sternenmeer, schwarze, leuchtende Stille.

«Traumhaft!», sagte Lukas. Er meinte, ohne es auszusprechen, auch den Umstand, dass er neben dieser Frau lag. Allmählich gestand er sich ein, dass sie ihm gar nicht übel gefiel. Er hatte eine Durststrecke hinter sich oder vielmehr eine lange Zeit freiwilligen Verzichts. Bis anhin hatte er vergeblich versucht, eine Liebschaft zu vergessen, die Jahre zurücklag. Ungläubig hatte er in den letzten Tagen wahrgenommen, welch ein Zauber von dieser Frau ausging. Er hatte nicht mehr auf dergleichen zu hoffen gewagt. Er kannte sie kaum, aber ihm war, als wären sie schon immer zusammen gewesen.

«Ein Wunder!», erwiderte sie. Sie meinte die Sterne.

Erst vor ein paar Tagen waren sie sich begegnet. Er war auf dem Flug nach Marrakesch neben ihr gesessen. Er hatte seine Ruhe haben wollen und sich hinter einer französischen Illustrierten verschanzt, denn er verachtete Reisegruppen, und das Flugzeug war voll davon. Lukas hatte damals bereits eine grosse Afrikafahrt und eine lange Asienreise hinter sich. Für die Gruppe von fünf jungen Lehrern, zu welcher die Frau auf dem Sitz neben ihm offenbar gehörte, stellte die Reise ein ungewohntes Abenteuer dar. Das bekam er unwillentlich aus ihren Gesprächen mit.

Sie erhob sich, um mit ihren Reisegefährten zu reden. Da sah er ihre Augen: wie schwarze Kirschen, mit dem eigentümlichen Glanz, den er von indischen Augen kannte. Er sah ihre weibliche Gestalt, das schwarze, zu einem dicken Zopf geflochtene Haar und den anziehenden, roten, lachenden Mund. Sie setzte sich wieder, sah ihn zum ersten Mal an und sagte, nach einem Blick auf seine Zeitschrift: «Je m'appelle Christine.»

«Enchanté, Zangger», erwiderte er überrascht. Doch gleich lachte er: «Oh – ich bin Lukas.» Sie lachte zurück.

Tags darauf schlenderte er durch die Medina. Er befand sich abseits der Sehenswürdigkeiten, als jemand in seinem Rücken rief: «He, Lukas!» Er wandte sich um. Da stand Christine und ihre vier Begleiter, umringt von aufdringlichen Jugendlichen. «Wir haben uns verirrt», erklärte sie ohne Verlegenheit. Sie wussten nicht, ob sie den Burschen trauen konnten, die auf sie einredeten. Er kannte die Stadt. So zogen sie mit ihm durch die verwinkelten Gassen. Als es dämmerte, gingen sie auf die Jemaa el-Fna. Dort blieben sie, bis es finster wurde, und liessen sich von den Gauklern und Tänzern, den Geschichtenerzählern und Schlangenbeschwörern, von den Feuern, Düften und Klängen bezaubern. Es war wie in Tausendundeiner Nacht. Christine, fasziniert und ein wenig eingeschüchtert von der fremden, unheimlichen Welt, wich nicht von seiner Seite.

Die fünf Freunde durchstreiften auch in den zwei folgenden Tagen mit ihm zusammen die Stadt. Sie besuchten Moscheen und Märkte, Paläste und Gärten, schlürften Thé à la menthe. Sie verstanden sich glänzend. Bald war es ausgemachte Sache, dass sie zu sechst eine Fahrt in den Süden unternehmen würden. Sie legten ihr Geld zusammen und mieteten für einen bescheidenen Betrag einen alten Geländewagen, den ein französischer Garagist an die Küste übergeführt haben wollte. In den Souks kauften sie das Nötigste ein. Lukas besorgte das Feilschen.

Nach der Fahrt durch den Atlas und nach den Tagen und Nächten in der Wüste ging es im Geländewagen westwärts. Sie fuhren ins Gebirge, kampierten in den Hochtälern inmitten der wunderlichen, von Wind und Wetter geschliffenen Granitfelsen. Sie entfachten abends ein Lagerfeuer, kochten gemeinsam und assen aus dem Topf in der Mitte. Sie redeten bis in alle Nacht. Von ferne hörten sie die nächtlichen Gesänge des Muezzins.

Es waren zauberhafte Wochen.

Lukas war angetan von Christines fröhlichem Wesen und ihrer unkomplizierten, zupackenden Art. Dass sie angefangen hatte, ihn Luc zu nennen, legte er als ein Zeichen besonderer Vertraulichkeit aus – niemand hatte ihn je so genannt.

Einmal trennten sich Lukas und Christine von den andern und streiften zusammen durch eine märchenhafte Stadt. Die Farbenpracht, die Düfte des Marktplatzes, die Hitze und das Treiben in den Souks betäubten sie fast. Hungrig geworden, suchten sie ein Gasthaus. Im kühlen Innenhof eines kleinen Hotels mit Mosaikböden und königsblauen Wänden liessen sie sich eine Mahlzeit servieren. Man brachte Couscous und Tajine mit Lammfleisch, Kartoffeln und Quitten. Sie griffen zu, schoben sich die Bissen von Hand in den Mund, leckten sich die Finger und sahen sich dabei mit lachenden Augen an.

«Voilà, c'est pour monsieur», sagte der Kellner im weissen Kaftan, als er Lukas eine besonders pikante Beilage vorsetzte. «Et ça, c'est pour la gazelle», mit diesen Worten reichte er Christine eine mildere. Im ersten Augenblick hielt

Lukas das für eine anzügliche Bemerkung. Dann sah er das ernste Gesicht des Mannes. La gazelle! Er fühlte sich wie ein orientalischer Prinz – nein, wie ein Bräutigam – und merkte endlich, dass er sich längst über beide Ohren in Christine verliebt hatte. Er hütete sich indessen, unterwegs ein Techtelmechtel anzufangen. Er wollte den Goodwill, den er sich als Reisebegleiter bei ihren Freunden verdient hatte, nicht aufs Spiel setzen. Erst als sie an der Atlantikküste ankamen und an Ort und Stelle blieben, um noch ein paar Ferientage am Meer zu verbringen, bezog er mit ihr ein Zimmer in einer Herberge. Da war es endgültig um ihn geschehen.

Zurück in der Schweiz, dauerte das Wunder noch kurze Zeit an. Sie waren ein Paar, und Lukas schwebte auf Wolken. Doch dann, er war sich ihrer bereits sicher gewesen, war der Zauber plötzlich vorbei. Einmal hatte sie ihn zum Essen eingeladen. Sie wohnte noch bei ihren Eltern, in einer Genossenschaftswohnung in Albisrieden. Er war an ihrem Familientisch ungewohnt gesprächig gewesen. Drei Tage später gab sie ihm den Laufpass.

«Lukas», sagte sie (Lukas!), «es ist aus zwischen uns.» Die Augen seien ihr aufgegangen: Er sei zu unreif, zu steif, zu konservativ, sozial und politisch zu wenig engagiert, überdies sei er Offizier und überhaupt, er entstamme einer studierten Familie – es gebe keine Gemeinsamkeiten. Er wandte ein, auf der Reise habe sie es anders gesehen. Das sei zweierlei, entgegnete sie, und vielleicht habe sie sich bloss von ihm beeindrucken lassen, weil er bei ihren Freunden so gut angekommen sei.

Sie wollte nichts mehr von ihm wissen und liess ihn regelrecht stehen.

Lukas durchlitt eine schlimme Zeit. Er war verzweifelt, denn er hatte geglaubt, die Frau fürs Leben gefunden zu haben. Es zerriss ihn beinahe. Der Schmerz hatte zur Folge, dass die alten Wunden, die ihn bis anhin geplagt hatten, nicht mehr zu spüren waren. Jene andere, alte Geschichte war jetzt endgültig vorbei. Er verbannte sie aus seiner Erinnerung, denn jetzt hatte er genug damit zu tun, an Christine und das Ende ihrer Beziehung zu denken.

Seidenbast lud ihn zu einem Liebeskummerbesäufnis ein. Er nahm die Einladung an, und sie betranken sich mit Chianti und Grappa. Es half – für einen Abend. Doch dann zerfrass ihn das Selbstmitleid wieder. Er betrachtete sich im Spiegel und dachte: Was ist schon Besonderes an mir? Nichts. Sie hat Recht, ich bin ein Langweiler, ein Dutzendgesicht. Interessant bin ich höchstens in der Wüste, als Pfadfinder und Geländewagenfahrer.

Nach einigen Monaten rappelte er sich auf und liess sich auf ein paar kurze Liebschaften ein. Er wollte es ihr zeigen – nur: Sie merkte nichts davon! Er brachte alle Affären mit Anstand zu Ende, machte keiner etwas vor, versprach nichts und wollte keine Versprechungen hören, denn insgeheim hoffte er ständig auf Christine.

Nach einem Jahr zog es ihn wieder fort. Er plante mit einem Freund eine weitere Afrikafahrt. Er besorgte sich einen alten Volkswagen-Camper und bastelte daran herum, bis er wüstentauglich war. Sie durchquerten damit die Sahara. Tag für Tag musste er an la gazelle denken. Und Nacht für Nacht erst recht. Im folgenden Jahr ging er zur Weiterbildung in die USA und reiste mit einem alten Pickup-Truck durch Nordamerika. Erst in der Neuen Welt kam er manchmal auf andere Gedanken. Er kehrte, vielleicht etwas gereift – auf jeden Fall etwas älter –, zurück.

Bald nach seiner Rückkehr traf er Christine an der Geburtstagsparty eines gemeinsamen Freundes. Zu seiner Verwunderung schien sie sich zu freuen, ihn zu sehen. Wenig später rief sie ihn an. Sie sagte, sie habe viel an ihn gedacht, seit sie allein lebe. Sie lud ihn zum Essen in ihre Wohnung ein.

«Luc», sagte sie, als er kam, «ich habe meinen Namen geändert: Nenn mich bitte Tina.» Nun stellte sich heraus, dass die Vorwürfe, die sie ihm zwei Jahre zuvor gemacht hatte, den Mängeln entsprachen, die ihr Vater nach jenem Abendessen bei ihm festgestellt hatte. Dieser, ein engagierter Linker, war zu Hause ein Despot, der seine Töchter unter der Knute hatte. Christines Gesinnungswandel wurde möglich, nachdem sie sich seinem Einfluss entzogen hatte und allein wohnte. Lukas wusste sein Lebtag nicht, ob er gegen seinen späteren Schwiegervater einen Groll hegen oder ihm dankbar sein solle. Denn jetzt fügte sich alles: Tina wollte ihn, und das brauchte sie ihm nicht zweimal zu sagen.

Nach Marokko reisten sie nicht wieder. Tina vermochte Luc für Paris zu begeistern, für die Bretagne und die Cinqueterre, für Chansons und Canzoni. Er konnte sie, viel später, für ein Sabbatjahr in den USA gewinnen, und anschliessend, mit Kind und Kegel, für eine Reise im Motorhome quer durch die Vereinigten Staaten. Lukas hatte seinen Entscheid für Tina nie bereut, nicht ein einziges Mal. Auch wenn er sich über sie ärgerte oder wenn sie sich stritten, kamen nie Zweifel in ihm auf. Er liebte seine Frau. Er sah ihr jeden Tag gern ins Gesicht. Er mochte es, sie zu berühren und mochte es erst recht, wenn sie ihn beim Arm nahm oder ihm über Wange und Kinn strich.

## 16

Seidenbast kannte diese Geschichte.

Die Panna cotta war perfekt: süss, aber nicht klebrig, rahmig, aber nicht zu fett und in der Konsistenz so, dass das gestürzte Köpfchen auf dem Teller zu zerfliessen begann, wenn man es mit dem Löffel anstach.

«Siehst du? Alles wie gehabt», meinte er und liess die herrliche Speise auf der Zunge zergehen. «Und noch früher?», fragte er. «Wie war das mit Michelle? Hiess sie nicht so?»

«Michelle», lachte Zangger.

Es rührte ihn, dass sein Freund an ein Mädchen dachte, für das er einst geschwärmt hatte. Und etwas peinlich war es ihm auch. Er war als Bursche fürchterlich ungeschickt gewesen, was Mädchen anging. Während andere eines, das ihnen gefiel, einfach ansprachen und zum Tanz einluden, stellte er Michelle heimlich nach. Er beobachtete sie von ferne, merkte sich eifersüchtig, mit wem sie zusammen war, passte ihr irgendwo ab, grüsste sie aber bloss linkisch, wenn sie daherkam und nahm dann Reissaus. Er schrieb sich in einen Tanzkurs ein, den sie besuchte, war todunglücklich, wenn sie einmal nicht erschien, erschrak aber, wenn sie kam und tanzte dann mit einer anderen. Er verfluchte sich selber wegen seiner Feigheit, ging Michelle aus Scham aus dem Weg und machte sich an ihre Freundinnen heran, in der Hoffnung sie so zu gewinnen. Es dauerte mehr als ein Jahr. Sie blieb unerreichbar.

«Na, merkst du etwas?», fragte Seidenbast sachte.

«Ich weiss nicht», sagte Zangger. «Es ist anders heute. Eine andere Art von Sehnsucht.»

«Nun», fasste Seidenbast das Ergebnis seiner freundschaftlichen Untersuchung zusammen, «wenn es keine voreheliche Reminiszenz ist, kein Ferienflirt und auch kein spät pubertärer Schwarm, dann bleiben wohl nur noch zwei Möglichkeiten.»

«Und die wären?»

«Entweder ist es wahre Liebe …»

«Ach, du Zyniker! – Oder dann?»

«Oder dann sind es die Hormone – obschon du ja bestreitest, dass Begierde im Spiel ist.»

Ferienflirt? Hormone? Begierde?, dachte Zangger. Damals in Amerika vielleicht!, aber von dieser Geschichte wusste Seidenbast nichts. Und diesmal war es bestimmt etwas anderes.

Es war Sehnsucht. Und es ging um Ellen McGraw.

Zangger betrachtete seinen Freund. «Nein, es ist etwas anderes», sagte er. «Es ist eine Sehnsucht, und ich weiss nicht wonach.»

Seidenbast nickte.

«Ach», gestand Zangger leise, «vielleicht doch ein ganz klein wenig Begierde.» Jedenfalls diese sinnliche Attraktion: Die magische Anziehungskraft ihres offenen Gesichts, die Augen, in die er ewig hätte blicken mögen, ihr voller Mund, sein heimliches Verlangen, ihn zu küssen. Der Duft, der von ihrem Haar schwebte und ihn unwiderstehlich anzog, der schlanke weisse Nacken, wenn sie die Haare hoch gesteckt hatte, den zu berühren ihn so sehr lockte, dass er die Hände auf dem Rücken verschränkt hielt, als er sie in der Pause über ein Buch gebeugt sitzen sah.

«Du sprachst von Fernweh und Heimweh», nahm Seidenbast vorsichtig den Faden auf. So arglos wie möglich fragte er: «Warst du denn ein Heimwehkind?»

«Und ob», bestätigte Zangger.

«Das erstaunt mich», sagte sein Freund. «Erzähl!», forderte er ihn erneut auf.

Lukas war ein unkompliziertes Kind gewesen. Man konnte ihn schon früh in ein Ferienheim und später ins Klassenlager schicken. Damit schien er keinerlei Probleme zu haben. Im Geheimen litt er jedoch schrecklich an Heimweh. Weder schrieb er den Eltern Heimwehbriefe, noch rief er zu Hause an, man solle ihn holen. Er litt einfach still und tapfer in sich hinein. Wenn man ihn nach Heimweh fragte, so stritt er es ab. Am ersten Tag auf dem «Büel» stellte der Knabe, der ihm beim Abendessen gegenüber sass, fest: «Der weint ja!», und er fragte ihn ohne Häme: «Hast du Heimweh?» Da sagte Lukas, ins sanfte Licht des stoffbespannten Lampenschirms blickend, der über dem Esstisch baumelte: «Nein, nein, die Lampe blendet mich bloss ein bisschen.»

Das Heimweh hielt gottlob nie lange an. Es verflog, wenn ihm einer der anderen Buben gefiel. Nicht selten kam es vor, dass er nach den Ferien todunglücklich war und heimlich in seinem Zimmer weinte, aus lauter Sehnsucht nach dem neuen, nun fernen Freund. Selbst in der Rekrutenschule war er nicht frei von Heimweh, aber als sie vorbei war, vermisste er seine Kameraden und die Soldatenlieder vom Zigeuner- und vom Polenmädchen ungeheuer. Später befiel ihn das Fernweh: Nachdem er das Reisen einmal kennen gelernt hatte, zog es ihn immer wieder fort. Er sehnte sich nach fernen Ländern und fremden Menschen. War er schliesslich dort, dann liess er sich von der Fremde bezaubern, doch gleichzeitig sehnte er sich nach Hause zurück. War er wieder daheim, vermisste er die Ferne.

«Heimweh wonach? Galt es dem Vater? Der Mutter? Oder den Geschwistern? Dem Haus?», wollte Seidenbast wissen.

«Es galt der Mutter», gab Zangger ohne zu zögern zur Antwort. Eine frühe Erinnerung stieg in ihm auf.

Er besuchte die erste Klasse, und auf dem Schulweg, keine hundert Schritte von zu Hause entfernt, ergriff ihn eine überwältigende Sehnsucht nach seiner Mutter. Liebe war es, eine ganz grosse Liebe zu ihr. Die musste er ihr zeigen. Er musste sie augenblicklich sehen, musste bei ihr sein. Es war ausgeschlossen, zwei Stunden zu warten. Er machte kehrt. Er rannte heim. Atemlos kam er an.

«Hast du etwas vergessen?», fragte Mutter, von der Näharbeit aufblickend.

«Nein», sagte er und blieb vor ihr stehen.

«Was ist denn?»

«Nichts», sagte Lukas. «Ich will bloss nicht zur Schule.»

«Bist du krank?», fragte sie besorgt und griff ihm an die Stirn. «Ist dir übel?»

«Nein.» Er schaute sie mit grossen Augen an. «Aber ich will hier bleiben.»

«Das geht nicht», bestimmte sie.

Er fing an zu weinen.

«Was ist denn? Ist etwas passiert? Hast du etwas angestellt? Plagen sie dich?», wollte sie wissen.

«Nein. Ich will einfach hier sein.»

«Mach kein Theater!», wies ihn Mutter zurecht, denn sie konnte sich keinen anderen Reim auf sein Verhalten machen, als dass er die Schule schwänzen oder sich sonst vor etwas drücken wollte.

Er heulte: «Ich will bei dir sein!»

«Papperlapapp. Du gehst jetzt zur Schule. Aber rasch! Sonst kommst du noch zu spät.» Sie wies ihm die Tür und schickte ihn mit einem Klaps auf den Hintern fort.

Lukas gehorchte. Aber seine Welt war nicht mehr in Ordnung. Die Enttäuschung war nicht, dass seine Liebe nicht erwidert wurde. Er wollte gar nichts von seiner Mutter *bekommen* – er wollte ihr etwas *geben!* Dass sie seine Liebe nicht spürte, das war die Enttäuschung. In diesem Augenblick begriff er, dass man dieses Gefühl nicht mitteilen konnte. Unmöglich. Er hatte versucht, es ihr zu zeigen – war er nicht extra ihretwegen nach Hause gerannt? –, aber sie hatte ihn nicht verstanden. Man *konnte* ihn offenbar nicht verstehen, folgerte er. Niemand würde seine Liebe erkennen, niemals, auch wenn er wieder versuchen würde, sie zu zeigen. Er würde es aber kein zweites Mal versuchen!, beschloss er. Nie mehr. Das wollte er nicht noch einmal erleben.

Man kann es spüren, aber mitteilen kann man es nicht, schloss Lukas aus dieser Erfahrung und schrieb die kindliche Erkenntnis ins Drehbuch seines künftigen Lebens hinein. Man versucht es besser gar nicht, sonst schickt sie einen nur fort.

«Heimweh», meinte Seidenbast und nickte verständnisvoll. «Heimweh nach der Mutter. Wäre das eine Erklärung? Könnte das mitspielen?»

Das hätte er besser nicht gesagt.

«Das gibts doch nicht!», fuhr Zangger auf. «‹Er sieht eigentlich die Mutter in ihr› – willst du mir so was unterstellen? Wo hast du denn das wieder her? Lachhaft, Marius, das ist doch Trivialpsychologie!»

Seidenbast schlürfte seinen Espresso.

«Entschuldige, dass ich heftig wurde», sagte Zangger.

«Ich weiss, du wolltest mir helfen.» Auch er leerte die winzige Tasse. «Danke für deine Fragen und Gedanken. Ich werde über alles nachdenken.»

«Gut», erwiderte Seidenbast. «Grappa?», fragte er lachend.

«Nein. Genug für heute», meinte Zangger und erhob sich. «Danke für den Wein», sagte er beim Abschied. «Das nächste Mal bin ich an der Reihe.»

«Einverstanden», sagte Seidenbast und klopfte seinem Freund auf die Schulter.

Zangger dachte auf dem Heimweg wirklich über die Dinge nach, die Seidenbast gesagt hatte. Entsprangen seine Gefühle für Ellen einfach der Erinnerung an die junge Tina? Vielleicht, denn da gab es Ähnlichkeiten: die Vertrautheit, als sie sich noch kaum kannten, den Schmerz, als sie sich abwandte. Die Gazellenaugen! Erlebte er eine Michelle-Reminiszenz? Manchmal spürte er wirklich jenes alte Verlangen nach einer Unerreichbaren. Oder war es eine Art Heimweh, Fernweh? Aber wonach? Da war er ratlos.

Sehe ich doch die Mutter in ihr?, fragte er sich ernsthaft. Gewiss, Seidenbast war ein Laie, aber er täuschte sich selten. Er traf den Nagel meistens auf den Kopf. Hatte er am Ende wieder Recht? War es ihm, Lukas, einfach nicht bewusst? Wollte er es bloss nicht wahrhaben?

Nein!, war seine Antwort. Absurd, vollständig an den Haaren herbeigezogen.

Ferienflirt? Begierde? Hormone?

Das sollte mich doch bloss provozieren!, dachte Zangger. Nein, das ist es nicht. Nicht mit Ellen.

Damals schon, sagte er sich, damals in Amerika.

## 17

«Habt ihr das gehört?», rief Tom. «Ein Mord!» Es war ein drückend heisser Sommerabend.

«Was», rief Mona, «schon wieder?»

Zangger zuckte zusammen.

«Ja», fuhr Tom fort, und er redete im Brustton dessen, der als Erster eine wichtige Nachricht überbringt, «bei der Finnenbahn oben im Wald. Eben haben sie es in den Lokalnachrichten gebracht.»

«Sag schon», bedrängte ihn Fabian, «was weiss man mehr?»

«Eine Frau», sagte er, «eine Joggerin.»

Zangger war immer noch verwirrt wegen Monas ‹Schon wieder›. Sie hatte den Verlust des Katers offenbar noch nicht verwunden. Ihn plagten die Schuldgefühle aufs Neue.

«Wann war das? Wo?», wurde Tom gefragt. Er gab bekannt, was er wusste: Am Vorabend sei eine Joggerin überfallen und vergewaltigt worden. Wahrscheinlich habe sich die sportliche Frau gewehrt. Der Täter habe sie erwürgt.

«Entsetzlich», entfuhr es Tina.

«Hat man den Mörder?», fragte Mona.

«Nein, so viel ich weiss nicht.»

«Wo war das überhaupt? Auf welcher Finnenbahn?», wollte Fabian wissen.

«Nicht auf der Bahn, die ist ja beleuchtet. Er hat sie weggezerrt. Sie wurde im Wald neben der Laufstrecke gefunden.»

«Auf welcher denn?»

«Na, dort, wo Pa jeweils hingeht», gab Tom bekannt.

«Das ist ja furchtbar», sagte Tina jetzt und sah ihren Mann entsetzt an.

«Schrecklich», sagte er.

«Es ist eben doch gefährlich, nachts in den Wald zu gehen», meinte Tina.

Das war ein alter Streitpunkt. Tina und die Töchter wollten Zangger stets davon abhalten, bei Dunkelheit im Wald zu laufen. Nach seiner Auffassung war es eine gefahrlose Sache, sich nachts in den Wald zu begeben. Mit der Finnenbahn war es anders: Die war nachts beleuchtet, und gerade darum – weil ein möglicher Täter hier Sport treibende Frauen im Schutze der Dunkelheit beobachten konnte – hätte es Zangger ungern gesehen, wenn Tina oder Mona nachts alleine dort trainiert hätten.

«Ob das der Spanner war? Der Tatort ist ja nicht weit von hier», sagte Mona zu ihren Brüdern.

«Wer? Welcher Spanner?», fragte Tina nervös.

«Na, der Typ, der dauernd um unser Haus schleicht», erwiderte sie.

«Was?», rief Zangger. «Was für ein Typ? Um unser Haus? Ich weiss von nichts!»

«Reg dich nicht auf, Pa», sagte Tom. «Wir wissen Bescheid, Fabian und ich. Wir passen schon auf Mona auf.»

Die Jungen berichteten, dass Mona neulich vor dem Zubettgehen einen Mann bemerkt habe, der hinter dem Haus stand und in ihr Zimmer guckte. Sie habe ihre Brüder alarmiert, denn die Eltern waren nicht zu Hause gewesen. Tom und Fabian hätten sie beruhigt: Ein Spanner sei in der Regel ungefährlich, und sie würden den Kerl verjagen, wenn er wieder auftauche. Fabian sagte, dass er beim Nachhausekommen auch schon jemanden gesehen habe, der sich in der Nähe des Hauses herumtrieb. Er vermutete allerdings, es könnte sich um einen Einbrecher auf Erkundungstour handeln.

Der schreckliche Mord und die seltsamen Dinge, die sich rund um sein Haus zugetragen hatten, ohne dass er davon wusste, beunruhigten Zangger. Auch beschäftigte ihn Monas Reaktion. Irgendetwas war zwischen ihnen nicht in Ordnung. Es dünkte ihn, sie habe sich seit dem traurigen Vorfall mit dem Kater noch mehr von ihm distanziert. Um Claudia und Fabian brauchten sich Tina und er nicht zu sorgen, und die Probleme mit Tom waren eher disziplinarischer Natur und keineswegs gravierend. Aber Mona war ein Sorgenkind. Er fühlte sich ihr gegenüber hilflos und unnütz und war froh, dass Tina einen besseren Draht zu ihr hatte.

Bevor Zangger zu Bett ging, ordnete er die Unterlagen für das Seminar über Angst, Panik und Phobie vom nächsten Tag. Merkwürdige Koinzidenz, dachte er, Angst, Panik, Phobie.

Angst- und Panikzustände waren häufig in der Praxis anzutreffende Leiden. Wie gewohnt würde er eine konzentrierte theoretische Einführung präsentieren. Er würde die psychiatrischen Krankheitsbilder darstellen und auf die Übergänge zwischen ganz normalen Angstempfindungen und den eigentlichen Angststörungen hinweisen. Dann würde er die Herkunft und Entstehung von krankhaften Angst- und Panikzuständen beleuchten. Er würde die Nicht-Ärzte darüber ins Bild setzen, bei welchen Krankheitszuständen die Verordnung von Medikamenten angezeigt war. Schliesslich würde er die vielfältigen Behandlungsansätze vorstellen, die in die Werkzeugkiste des Psychotherapeuten gehörten. Wie immer würde ein Teil des dreitägigen Seminars darin bestehen, dass er sich als Therapeut mit den Problemen seiner Kursteilnehmer, in diesem Fall mit ihren Ängsten, befasste. Er hoffte jedenfalls beinahe darauf, der einen oder andern

Störung zu begegnen, damit er demonstrieren konnte, wie damit umzugehen war.

Das Besondere am bevorstehenden Seminar war für Zangger, dass es ihm bei dem Thema an eigener Erfahrung mangelte. Natürlich hatte er auch schon Angst ausgestanden, wenn reale Gefahr bestanden hatte. Gewiss hatte er sich schon gesorgt, wenn sich eines der Kinder verspätet hatte und um Mitternacht noch nicht zu Hause war. Aber Panik war bei ihm nie ausgebrochen. Und Angst, wirkliche, lähmende Angst vor andern Menschen, kannte er nicht. Er führte es darauf zurück, dass weder Vater noch Mutter ihm je Angst eingejagt hatten. Er hatte das Privileg, in einer vollkommen angstfreien Atmosphäre aufgewachsen zu sein – keine Angst vor Strafe, keine Angst, gedemütigt oder blossgestellt, keine Angst davor, wegen ungenügender Leistungen kritisiert zu werden. Er fühlte sich seiner Sache längst nicht immer sicher, aber er kannte keine Versagens- und keine Prüfungsangst, nur eine deutliche, nicht unangenehme Erregung vor einem Examen. Er hatte, bei allem Respekt, nie Angst vor Lehrern oder Vorgesetzten gehabt. Er hatte Gott sei Dank nie lernen müssen, im Alltag vor andern Menschen Angst zu haben.

Andere Störungen, mit denen er sich als Therapeut befassen musste, hatte er, wenigstens ansatzweise, an Leib und Seele selber kennen gelernt: Er hatte erlebt, was eine depressive Stimmung war. Er kannte das süchtige Verlangen nach Nikotin und fühlte sich keineswegs immun dagegen, erneut einer Sucht zu verfallen – er lechzte am Feierabend fast nach seinem Glas Wein. Seine Fantasien beim Joggen kamen Zwangsgedanken verdächtig nahe, und wenn er wollte, würde er sich wohl leicht auch in einen wahnhaften Gedanken hineinsteigern können. Er konnte sogar nachempfinden, wie es war, verrückt zu werden, er erlebte es hin und wieder in seinen Träumen. Dass er sommers wie winters einen Hut trug, entsprang der übertriebenen, fast hypochondrischen Sorge, sich eine Erkältung oder einen Sonnenstich zu holen. Tina hatte ihn einmal auf einen nervösen Tick aufmerksam gemacht – ein stereotypes Zwinkern mit dem rechten Auge –, und vielleicht könnte man seine chronischen Kreuzschmerzen als psychosomatisch betrachten. Aber bei den Angstzuständen, da musste er passen. Er empfand es manchmal fast als einen Makel.

## 18

Am nächsten Morgen sprachen die Teilnehmer erregt über den Mord auf der Finnenbahn. Die schreckliche Tat beschäftigte sie mehr als alles andere.

«Der Mensch ist doch krank», sagte eine zukünftige Psychiaterin. «Der muss wirklich psychisch krank sein.»

Als er dies hörte, entschied Zangger, auf das aktuelle Ereignis einzugehen. «Das darfst du nicht sagen!», sagte er schnell und unerwartet heftig. «Das ist ein schlimmer Zirkelschluss.»

«Wieso?» Die Frau war perplex.

«Nun», holte Zangger aus, und er gab seiner Stimme einen ironischen Klang, «wer so etwas tut, ist doch krank, psychisch sehr, sehr krank. Und wer seelisch so krank ist, dass er mordet, der kann doch nichts dafür. Den kann man für seine Tat natürlich nicht verantwortlich machen, nicht wahr?»

«So habe ich es doch gar nicht gemeint.»

«Dann ist es gut», sagte Zangger. «Es ist zwar nicht auszuschliessen, dass der Täter psychisch krank ist», fuhr er fort, und von Ironie war nichts mehr zu spüren. «Das wird sich herausstellen, wenn man ihn fasst. Manche Täter sind krank. Menschen können in psychischer Verwirrung, oder weil sie geistig gestört sind, ein Verbrechen begehen. Aber das ist die Ausnahme, nicht die Regel. Wir dürfen nicht von der Tat auf eine Krankheit schliessen.»

Er hielt inne.

«Es gibt Taten, die sind verbrecherisch, basta», sagte er dann. Er zögerte. Mit dem, was er noch anfügen wollte, würde er das Menschenbild, das er bisher vertreten hatte, wohl etwas erschüttern. Er sagte es trotzdem: «Und manche Menschen sind böse, nicht krank.»

Zangger blickte auf – direkt in Vetschs Augen. Es war ein Flackern in seinem Blick.

«Man muss doch versuchen, eine böse Tat zu verstehen», wandte jetzt einer ein, der sich von Zanggers apodiktischen Worten nicht beeindrucken liess.

«Muss man nicht», meinte Zangger grimmig. «Nein, das muss man nicht! Müssen wir verstehen, wenn Menschen gefoltert werden? Müssen wir eine Vergewaltigung verstehen? Wenn einer Säuglinge schändet, wenn einer junge Autostopper fesselt, mit Benzin übergiesst und anzündet, sich daran weidet, wie sie schreien und bei lebendigem Leib verbrennen – müssen wir das verstehen? Nein! Wir müssen es weder verstehen noch erklären. Wir müssen nur feststellen, dass es sich um eine scheussliche Tat handelt, sonst gar nichts.»

Seine Schüler hörten ihm fasziniert zu. So engagiert hatten sie ihn noch nie erlebt.

«Was sollen die Debatten am Fernsehen, wenn einer ein grausames Verbrechen beging?», ereiferte sich Zangger.

«Was wollen uns die eingebildeten Experten erklären, warum einer etwas Schlimmes tat? Was nötigen sie uns, zu verstehen, weshalb einer vergewaltigte und mordete? Müssen wir dafür wirklich Verständnis aufbringen?»

Zangger war jetzt ziemlich erregt. «Das nenne ich Entschuldigungspsychologie», sagte er.

«Entschuldigungspsychologie? Was soll das heissen? Was meinst du damit?», kamen die Fragen aus der Runde.

«Die perverse Denkart, die darin besteht, aus Tätern mit psychologischen Überlegungen Opfer zu machen. Und aus Opfern Täter – aber das ist eine andere Geschichte. Das ist ein Missbrauch unserer Wissenschaft.»

Er verstellte dieses Mal seine Stimme nicht. Er sprach ruhig und scheinbar sachlich, im Expertenton: «Diesen Mord muss man verstehen: Sehen Sie doch, es war nichts anderes als ein Hilferuf. Der Mann *musste* es tun, er konnte nicht anders – bei diesen Eltern. In solchem Elend aufgewachsen – da muss man doch Verständnis haben.» Jetzt drehte Zangger auf, er verlor ein wenig die Beherrschung: «In solchem Wohlstand aufgewachsen – das erklärt doch alles. Bei dieser Mutterbindung – da musste er sich eben lösen. Bei diesem autoritären Vater – da blieb ihm gar nichts anderes übrig. Bei diesem Minderwertigkeitskomplex – da war die Tat die zwingende Folge. Bei dieser Selbstverliebtheit –, bei diesem verständnislosen Chef –, bei dieser frigiden Ehefrau – wie kann man ihm da seine Tat ankreiden?»

«Weshalb regst du dich eigentlich so auf?», fragte eine Teilnehmerin ganz erschreckt.

«Weil ich an meine Patienten denke, deshalb!», erwiderte Zangger barsch. «Viele von ihnen sind nämlich wirklich krank. Sie haben es schwer, sie hatten in ihrem Leben Schlimmes erlebt – doch keiner musste einen anderen umbringen, keiner musste jemanden ausrauben oder vergewaltigen, kaum einer musste sonst etwas Böses tun. Wir tun unseren Patienten Unrecht, wenn wir Verbrecher mit Kranken gleichsetzen. Aber sogar dem Täter gegenüber ist es ein Unrecht, denn wie soll er sühnen und sich rehabilitieren können, wenn wir ihm die Verantwortung für seine Tat von vornherein absprechen? Bis zur Feststellung des Gegenteils sollte einer als verantwortlich gelten für das, was er tut. Das Denken, das ich Entschuldigungspsychologie nenne, ist zutiefst untherapeutisch: Es geht davon aus, dass einer grundsätzlich nicht zuständig ist für das, was er tut oder lässt. Dass er nichts dafür kann und nichts dagegen vermag. Ein Therapeut muss aber genau den gegenteiligen Standpunkt einnehmen.»

Nach diesem Stegreifreferat, das er, vulkanisch ausgespuckt, auf seine Zuhörer hatte niederprasseln lassen, schickte Zangger die Teilnehmer in die Pause. Danach wollte er mit dem Seminar über Angst, Panik und Phobie beginnen. Aufgedreht wie er war, setzte er sich in sein Sprechzimmer. Er überlegte noch einmal, wie er das Seminar gestalten wolle. Die Theorie würde er knapp fassen, damit genügend Zeit blieb für Eigentherapie in der Gruppe.

Da würde er aus dem Vollen schöpfen!

Bei den Angstproblemen war es nämlich geboten, die unterschiedlichsten therapeutischen Methoden einzusetzen. Das kam dem Lehrer Zangger entgegen: Er hielt nichts davon, alle Patienten, ganz gleich, woran sie litten, mit ein und demselben psychotherapeutischen Verfahren zu behandeln. In orthodoxeren Schulen mochte man auf unveränderliches therapeutisches Vorgehen Wert legen. In anderen Ausbildungen mochte man auf einer artreinen psychotherapeutischen Schulung bestehen.

Zanggers Ehrgeiz war dies nicht.

Immer nur Träume deuten, unabhängig davon, woran der Patient litt? In der Vergangenheit graben, die Beziehung zum Vater, zur Mutter erforschen, ganz gleich, was einen plagte? Unbefriedigte Bedürfnisse aufdecken, was immer das Problem war? Nach unbewussten Konflikten fahnden, egal, was einem fehlte? Stets die Aussagen des Patienten und seine Befindlichkeit spiegeln? Immer Interaktionsmuster analysieren und Lebenspläne aufdecken? Beharrlich im Hier und Jetzt bleiben, sich selber nachspüren, stereotyp zum leeren Stuhl reden? Den Muskelpanzer aufweichen, aufs Kissen schlagen, unterdrückte Gefühle herausschreien, in jedem einzelnen Fall? Ausschliesslich Gedankengänge korrigieren? Verhaltenstraining, so oder so? Ständig Entspannungsübungen, gelenkte Fantasien? Jeden zurückführen, in die Kindheit oder noch weiter zurück? Familienaufstellung als Schlüssel zum Heil? Immer bloss «Mhm» sagen oder «Erzählen Sie mehr» oder «Was kommt Ihnen dazu in den Sinn?» – Wie im Mittelalter: Immer zur Ader lassen, ganz gleich unter welcher Krankheit einer litt? Nein!

Da wollte Zangger seinen Kandidaten eine reicher bestückte Werkzeugkiste mitgeben – nicht bloss mit einem Hammer drin. Nicht nur mit einer Stichsäge oder nur einem feuchten Lappen. Sie sollten nicht nach einem vorgegebenen Plan vorgehen müssen, wenn sie ihr therapeutisches Handwerk ausübten. Sie sollten selber einen entwerfen, je nach Problem. Er kaprizierte sich nicht darauf, eine allein selig machende Lehre zu verkünden. Lieber wollte er seine Studenten teilhaben lassen an dem, was verschiedene Therapierichtungen zu bieten hatten, so weit er deren Methoden kannte. Da kannte er keine falsche Scham. Da frass er sozusagen über den Zaun. Zwar trug ihm das den Ruf eines

Eklektikers ein – eines Hansdampfs in allen Gassen bei den Kritikern, die sich weniger gehoben ausdrückten –, doch Zangger störte das nicht. Im Gegenteil, er nahm es als Kompliment.

Nein, Menschen mit Angst durfte man nicht über einen Leisten schlagen: Beim einen Patienten galt es, die Lebensgeschichte auszuleuchten; beim andern war sie für seine Angst ohne Bedeutung. Das eine Mal musste man ergründen, welche unbewusste Befürchtung oder verborgene Wut hinter der Angst steckte; das andere Mal war dies ein Holzweg. Die Arbeit mit Träumen konnte Besserung bringen; bei vielen Ängsten änderte sie nichts. Dieser Kranke musste seine Angst aushalten lernen, sich der vermeintlichen Gefahr stellen; jener musste sich dem Angstmachenden in kleinsten Dosen aussetzen. Für den einen war es unumgänglich, eine alte, kindliche Angst in der Therapie wiederzuerleben; für den andern war das Gift. Im einen Fall brachte ein Gefühlsausbruch Befreiung; im nächsten wurde die Angst dadurch nur noch schlimmer. Hier wurde einer durch väterliche Ermutigung gestärkt; dort wurde einer eben dadurch geschwächt. Diesem half eine einfache Information, jenem tief greifende Einsicht, dem Dritten brachte Entspannungstraining Linderung, dem Vierten ein handfester Rat oder eine praktische Verhaltensverschreibung. – Er würde also sämtliche Register ziehen, gleichsam auf der Behandlungsorgel spielen!

Er war noch immer erregt, ja brodelte förmlich, als er in den Pausenraum trat. Es herrschte drückende, schwüle Hitze. Die weit offen stehenden Fenster und Terrassentüren halfen nichts, es wehte kaum je ein Lüftchen. Das Thermometer war in den letzten Tagen auf ungewohnte Höhen geklettert.

Dorothee sah ihn schwärmerisch an, sie war offensichtlich angetan von seinem Eifer, seinem zornigen Engagement. Er erwiderte ihren Blick lange genug, dass sie ihn anlächelte und wieder wegschaute. Dann sah er sich um.

Wo war sie?

Während seines Referats hatte er gar nicht auf Ellen geachtet, nicht einmal an sie gedacht. Mit Genugtuung stellte er fest, dass sie ihm bei seiner Arbeit doch nicht ständig in die Quere kam. Jetzt aber suchte er sie.

Gelassen an die Theke der Teeküche gelehnt, hatte sie ihn längst im Visier. Er wandte den Kopf, ihre Blicke trafen sich.

Katze!, dachte er.

Wieder dieses Déjà-vu. Das hatte er alles schon einmal erlebt, genau so gesehen: diesen Blick, diesen katzenhaften Blick. Die leicht zusammengekniffenen Augen. Den zurückgelehnten Körper, das vorgestellte Bein. Diese Frage in den Augen. Oder war es Herausforderung? Ein herausfordernder, fragender, nein – er sah jetzt etwas anderes in ihren Augen, er täuschte sich nicht – ein lauernder, nein, ein verlangender Blick. Oh nein, das war keine Filmdiva, die er da vor sich hatte, das war auch kein unschuldiges Botticelligesicht, das war etwas ganz anderes.

Da! Mit einem Schlag erkannte er, was es war. Er fühlte sich zurückversetzt in jenen schwülen Sommer und sah das Bild jener Frau vor sich.

## 19

Die Erinnerung war klar bis in alle Einzelheiten: Er weilte als Psychotherapieneuling zur Weiterbildung in Baltimore, im heissesten Sommer seit Jahren. Unterkunft in einem riesigen

Apartmenthotel: vierzehn Stockwerke, mehrere Aufzüge wie in einem Wolkenkratzer, zwei-, dreihundert dieser stereotypen Studios mit hochflorigen, senffarbenen Teppichen, Kitchenette mit überdimensioniertem Kühlschrank, Wohnraum mit überdimensioniertem Sofa und überdimensioniertem TV-Set, Schlafzimmer mit Queensizebett. Ein Kommen und Gehen von Geschäftsleuten, die zwei, drei Nächte blieben, Senioren, die permanent hier residierten, einige wenige Touristen, die kein Hotelzimmer mehr gefunden hatten, Piloten und Airhostessen, Militärs und zwei Dutzend Psychotherapeuten aus aller Welt.

Er sah sie am ersten Abend, es war Samstag, im Lift. Er war am Vormittag angekommen. Ermattet vom Flug und von der schwülen Hitze, wollte er nach oben in sein Studio. Die Frau kam dahergeeilt, als die Lifttüren sich eben schlossen. Sie streckte den Arm in den sich schliessenden Spalt und erzwang, dass die Türen sich noch einmal öffneten. Drinnen lehnte sie sich gegen die Wand und rang, von ihrem Lauf ausser Atem, nach Luft. Es waren viele Leute in der geräumigen Kabine, aber er bemerkte, dass niemand von der Frau Notiz nahm. Er hatte mittlerweile gelernt, dass man hier eine unbekannte Person in der Öffentlichkeit nicht anstarren durfte. Er sah dennoch mehrmals zu ihr hinüber, und sie erwiderte seinen Blick, atemlos und bebend.

Sie war vermutlich kubanischer Herkunft oder Puertoricanerin, vielleicht auch eine Chicana. Sie hatte diesen hispanischen Teint und schulterlanges, gewelltes, goldbraunes Haar. Ihr weit ausgeschnittenes Kleid war aus dunkelrotem Samt, für seinen Geschmack ziemlich kitschig, für amerikanischen vermutlich von hoher Eleganz. Es machte den Anschein, sie wolle in die Oper oder auf einen noblen Empfang. Vielleicht hatte sie etwas vergessen und eilte zurück, es zu holen, das war sein erster Gedanke. Doch dann hatte er die Fantasie, sie sei ihrem Liebhaber im Zorn davongelaufen oder dieser habe sie versetzt. Sie schien aufgewühlt, und ihr Busen hob und senkte sich sichtbar. Sie sah wieder zu ihm herüber, und da er nicht wegschaute, blieben ihre Augen forschend, fragend, fast schmachtend an ihm haften. Der Lift hielt an. Sie schickte sich an auszusteigen, zögerte, die Augen auf ihm, ganz kurz und verliess die Kabine. Beim Hinausgehen streifte sie ihn mit ihrem Blick, und als sie draussen war, sah sie sich über die Schulter noch einmal nach ihm um.

Ihre Augen fragten: «Kommst du?»

A hooker, dachte er. Sie muss eine Prostituierte sein, eine Edelnutte. Die Lifttüre stand immer noch offen. Sie wandte sich erneut um und warf ihm einen ungläubigen Blick zu, als könne sie nicht begreifen, dass er ihr nicht folgte. Das Herz schlug ihm bis zum Halse. Die Lifttüren schlossen sich.

In seinem Studio angekommen, fand er keine Ruhe.

Das war kein Hooker, das war eine verpasste Gelegenheit, dachte er. Er fuhr mit dem Lift noch einmal ins elfte Stockwerk hinunter, wo die Frau ausgestiegen war, und irrte durch die Korridore. Natürlich war sie nirgends mehr zu sehen. In der Nacht wälzte er sich schlaflos im Bett, sah innerlich die Augen der Frau, den fragenden Blick, ihre Enttäuschung und auch den wogenden Busen.

Am Montag früh ging er vor Kursbeginn zum Empfang, um eine Auskunft einzuholen. Es warteten einige Leute, und er stellte sich an. Vor ihm waren zwei junge Frauen, vermutlich Angehörige der Navy, schick anzusehen in ihren knapp geschnittenen weissen Uniformen. Die eine war etwas füllig, die andere, direkt vor ihm, hatte eine schmale Taille und einen perfekt gerundeten Po. Sie drehte sich zu ihm um, und er blickte in ihre erstaunten Augen.

Es war die Frau aus dem Lift!

Wären nicht ihre Augen gewesen, er hätte sie nicht wiedererkannt. Er hatte sie aufreizend und irgendwie aufgelöst in Erinnerung. Vor ihm stand eine adrette und disziplinierte Person: nice and tidy. Der widerspenstige Haarschopf war im Nacken sauber zusammengebunden, und ihre Uniformbluse war hoch geschlossen. Sie fasste sich rasch und lächelte ihn an. Sie stellte sich zur Seite, um ihm an der Theke Platz zu machen, ordnete ihr Gepäck und schien auf etwas zu warten. Er getraute sich nicht, sie vor den anderen Leuten anzusprechen. Sie packte ihre Sachen zusammen, wandte sich – einmal mehr! – nach ihm um, deutete ein Schulterzucken an und sagte mit ihren Augen: «Was bist du für ein komischer Kauz! – Schade, das wars wohl» und ging.

Er schaute ihr belämmert nach.

Die ganze Woche hielt er vergeblich nach ihr Ausschau. Offensichtlich war sie abgereist. Die Kurstage gingen vorüber, und er entschied, das Wochenende im Apartmenthotel zu verbringen, in der vagen Hoffnung, die Frau vielleicht doch noch einmal zu sehen. Am Samstagvormittag liess er sich am Swimmingpool auf seinem Badetuch nieder. Da sah er sie aus dem Wasser steigen und sich in der gegenüberliegenden Ecke auf einem Liegestuhl einrichten. Sie lag dort und las Briefe. Sie hatte ein ganzes Bündel davon bei sich und las einen nach dem andern. Er nahm sich fest vor, sie dieses Mal anzusprechen. Er spähte durch die Sonnenbrille über sein Buch hinweg und beobachtete die Frau, bereit, ebenfalls in den Pool zu steigen, wenn sie wieder schwimmen gehen würde. Gegen Mittag raffte sie plötzlich ihre Sachen zusammen und ging durch einen Seiteneingang ins Haus. Er erhob sich und folgte ihr – zu gemächlich. Als er beim Eingang ankam, sah er sie im Lift verschwinden. Er eilte hin, doch die Lifttüren schlossen sich vor seiner Nase. Sie schaute auf und schien durch die sich schliessenden Türen seinen Blick aufzufangen.

Und weg war sie.

Er blickte sich um. Was konnte er tun? Die Treppe hochsprinten? Zu spät! Stand ein zweiter Lift bereit, mit dem er in die elfte Etage hoch fahren konnte? Nein.

«Verdammt», sagte er laut. «Ich Depp.»

Da öffneten sich die Lifttüren wieder.

«Up?», fragte sie mit der grössten Selbstverständlichkeit, den Finger auf dem Knopf, mit dem sie den Lift angehalten hatte.

«Oh», stammelte er. «Yes. Thank you.»

«De nada», sagte sie. «Your're welcome.»

Sie war im Bikini. Sie sah äusserst attraktiv aus. Die Olivenhaut ihres Körpers war weich und geschmeidig anzusehen. Ihre Schneidezähne waren schneeweiss, doch sie standen leicht vor, und zwischen ihnen war eine kleine Lücke. Sie hatte einen frech geschwungenen Mund, die Lippen etwas aufgeworfen, die Mundwinkel ganz leicht nach oben gezogen, und einen betörenden Blick. Die grünbraunen Augen standen eher eng, und er fragte sich, ob sie nicht ein klein wenig schiele. Ganz schlank war sie nicht, Bauch und Hüften waren weiblich geformt. Ihre Beine waren straff, und ihre Brüste hätten aufregender nicht sein können.

Es war sonst niemand im Lift, weitere Halte waren nicht zu erwarten. Er hatte bis zur elften Etage Zeit, mehr nicht. Was sollte er bloss zu ihr sagen? Er beugte sich etwas vor und deutete auf ihr von der Sonne gerötetes Gesicht.

«Be careful», sagte er. «Sunburn. You're hot!» – erhitzt, meinte er zu sagen.

Sie lachte.

Seine Hand war nahe an ihrem Gesicht, und als er sie zurückzog, streifte er ihre Schulter. Sie liess es sich gefallen. Sie musterte ihn kurz von Kopf bis Fuss. Er stand in der Badehose vor ihr, das Badetuch über der Schulter.

«Yes, I am», sagte sie, dann lehnte sie sich gegen die Wand und schaute ihn katzenhaft an. Er wagte einen Schritt, trat auf sie zu. Da fasste sie ihn am Oberarm und zog ihn heran, stellte sich, wie um sich mit ihm zu messen, auf die Zehenspitzen und schmiegte dabei ihren Schenkel an den seinen.

«You're hot, too», sagte sie, an ihm hinunterblickend.

Sie bewohnte ein grösseres Apartment als er. Auf Spanisch rief sie in eines der Zimmer hinein, allem Anschein nach wohnte sie mit der anderen Navyfrau zusammen. Sie zog ihn in ihr Schlafzimmer. Jetzt stand sie vor ihm und schaute in seine Augen. Sie fasste ihn im Nacken, fuhr ihm mit den Fingerspitzen über den Hals, liess ihre Hand auf seiner Brust ruhen. Dann streifte sie ihm ohne weiteres die Badehose ab und betrachtete seinen Körper. Er zog sie an den Schultern an sich. Sie nahm ihn bei den Lenden, liess sich auf das Bett gleiten und sagte: «Come on!»

Er nahm ihre Einladung ohne zu zögern an. Sie küsste ihn leidenschaftlich, liebkoste ihn und fasste ihn mit einer Unverschämtheit an, die er nicht kannte. Sie war mal zärtlich, mal wild. Sie flüsterte, lachte, raunte ihm Dinge ins Ohr. Sie gab ihm zu verstehen, was sie wollte und wie sie es wünschte – und das alles mit der grössten Selbstverständlichkeit, als ob es die natürlichste Sache auf der Welt wäre, diese

Dinge mit einem fremden Mann, der aus einem unerfindlichen Grund dafür der Richtige zu sein schien, zu teilen. Er liess alle seine Hemmungen fallen und tat es ihr gleich.

Danach fragte er sie: «What's your name?»

«Names don't matter», meinte sie. «Call me Conchita», fügte sie an.

Er erinnerte sich, auf ihrer Uniform das Namensschild gesehen zu haben. Es hatte ein spanischer Name draufgestanden, aber war es wirklich dieser Vorname gewesen?

«You are a doctor, right?», fragte sie zu seiner Verblüffung.

Er nickte.

«I thought so.» Sie schien befriedigt, aber er wusste nicht recht, wie er das auffassen sollte.

«What do you want now?», fragte er sie.

«Just you, Doc. Passionate, wild and crazy.»

Am Sonntag fuhr er mit ihr in die Stadt. Sie gingen im Park spazieren. Sie schlenderten nebeneinander her, man hätte sie für Geschwister halten können. Einmal wollte er sie um die Taille fassen – sie trug Jeans und Shirt, nicht Uniform –, doch sie nahm seine Hand von ihrer Hüfte weg. Nein, sie waren kein Liebespaar, liess sie ihn ohne Worte wissen. Sie war entspannt, aber nicht ausgelassen. Sie sprachen über alles Mögliche, und er merkte, dass er es mit einer gescheiten und eigenwilligen Person zu tun hatte. Über ihren Beruf wollte sie nicht reden, und private Dinge schienen sie nicht zu interessieren. Sie erkundigte sich weder danach, woher er kam, noch wie er lebte.

«Do you have family?», fragte er hingegen, als sie sich auf einer Bank ausruhten.

«Of course.»

«A boyfriend?», wollte er weiter wissen, und da sie nichts sagte: «Or are you married?»

«Don't ask, Doc. Okay?», war ihre Antwort. Sie klang nicht unwirsch, aber sie stand auf und ging armeschlenkernd weiter.

Am Abend gingen sie in ein feines Restaurant. Er bestellte ein Flasche Wein und wollte ihr einschenken.

«No. I don't drink», sagte sie.

Während des Essens zeigte sie auf seine Nase, meinte: «Be careful, sunburn», und lachte hell auf. Als er die Rechnung erhielt, bestand sie darauf, ihren Teil selber zu bezahlen.

Wochentags absolvierte sie ausserhalb der Stadt ihren Dienst. Es bestand zwischen ihnen die unausgesprochene Erwartung, dass die Wochenenden ihnen gehörten, solange er in Baltimore war. Er fieberte dem Freitagabend entgegen und brachte es zu seiner Verwunderung dennoch fertig, sich auf die Weiterbildung zu konzentrieren. Er verspürte eine ungeheure Energie, eine beflügelnde Selbstsicherheit, die sich auch auf seine Präsenz im Kurs auswirkte: Er nahm rege am Geschehen teil, glänzte mit witzigen Bemerkungen, zog die Aufmerksamkeit einiger Teilnehmerinnen auf sich, mit denen er ungeniert flirtete, ging abends mit Kollegen aus und stand trotzdem frühmorgens auf. Kurz, er befand sich in einem wahren Testosteronrausch. Er dachte ständig an sie, aber es war nichts Sehnsüchtiges, nichts Verunsicherndes in seinen Gedanken. Es war reine Begierde, und er hatte die Gewissheit, dass sie gestillt werden würde. Er fragte sich nie, ob sie in ihn verliebt sei – er spürte: So war es nicht. Auch hintersann er sich nicht, ob sie es vielleicht mit jedem treibe. Er war überzeugt, sie sei wählerisch, und es gab ihm gewaltigen Auftrieb, dass er der Auserwählte war.

Sie verbrachten zwei weitere Wochenenden zusammen, das eine in Marylands malerischer Kapitale – sie flanierten, schmausten Lobster und logierten in einem altmodischen Hotel am Hafen von Annapolis –, das andere in Baltimore, am Pool ihres Apartmenthotels und in den Queensizebetten ihrer Studios.

Am darauf folgenden Samstag reiste er ab.

«I've enjoyed being with you», sagte sie schlicht, und ohne ihn zum Abschied zu küssen. «I'll remember you.»

«I'll miss you, too», erwiderte er.

«No, Doc», sagte sie, «I'll *remember* you. Thank you. Good-bye.»

## 20

Das Bild war weg. Ellen sah zu ihm herüber, offen und unverfänglich. Eben hatte sie noch herausfordernd-verlangend geschaut. Vielleicht nur eine Sekunde, dachte Zangger, aber was nimmt der Mensch in einer Sekunde nicht alles wahr – bestimmt alle bedeutsamen zwischenmenschlichen Signale.

Allmählich dämmerte es ihm.

Während er im Kreis seiner Kandidaten stand, erinnerte er sich an ihre erste Begegnung. «Ich fühle mich hier ausgesprochen wohl», hatte sie während jenes Gesprächs betont. «Glauben Sie mir, ich weiss genau, was ich will. Bitte überlegen Sie es sich», hatte sie gesagt. Und hatte sie nicht schon damals so geschaut? «Um ehrlich zu sein: Ich suche einen Mann», hatte sie kürzlich ganz unverblümt gestanden. Dass sie reifere Männer nicht verschmähte, vielleicht bevorzugte – selbst verheiratete –, hatte sie auch zu erkennen gegeben.

Und jetzt dieser Conchita-Blick!

Sie wollte etwas, kein Zweifel. Wollte sie ihn? Hatte er sie gereizt, zog er sie an mit seinem Zorn? Stand sie auf zornige Männer? Steckte in ihrer anmutigen Gestalt, hinter der gelassenen Erscheinung ein animalisches Wesen? War sie ganz einfach eine heisse, leidenschaftliche Frau?

Yes, I am, klang es in ihm.

Sie wusste genau, was sie wollte. Und sie stand dazu.

Just you, Doc: passionate, wild and crazy.

Hier, vor aller Augen, konnte sie conchitahaft schauen – als ob sie im Lift stünden. Aber war sie denn frei, hatte sie wirklich keinen Freund?

Don't ask, Doc. Okay?

Eines ahnte er: Weiter würde sie nicht gehen, noch deutlicher würde sie nicht werden.

Nach der Pause machte er sich mit hochgekrempelten Ärmeln an die Arbeit. Voller Energie präsentierte er seinen Unterricht. Über Mittag musste er ins Freie, um Kopf und Herz auszulüften. Ohne den obligaten Mittagsschlaf, aber gleichwohl erfrischt, ja beflügelt, nein, aufgekratzt, setzte er den Unterricht nach der Mittagspause fort. Er spürte, dass er noch nicht in der Lage war, als Therapeut zu arbeiten. So erklärte er das Vorgehen der Behandlung vorerst anhand von Fallbeispielen. Bereits hatten einige ihre Angstprobleme offenbart. Zangger stellte in Aussicht, sich ihrer am folgenden Tag anzunehmen.

Tatsächlich hatte er sich am nächsten Morgen vollständig beruhigt. Jetzt konnte er sich um die persönlichen Anliegen der Teilnehmer kümmern.

Als Erste meldete sich Sonja mit ihrer Hundeangst. Sonja war eine sportliche, ziemlich robust wirkende Ärztin, die sonst wenig Probleme hatte. Zangger liebte die so genannte Hundephobie, sie liess sich manchmal in einer einzigen Sitzung beheben. Als sein Hund noch lebte, hatte er das gutmütige Tier ins Seminar mitgenommen, um die, die Hundeangst hatten, von ihrer Angst zu befreien. Bei Sonja arbeitete er mit gelenkter Imagination und mit der Verankerung mutspendender Erinnerungen. Er gab ihr gewissermassen eine mentale Rüstung gegen Hunde mit.

«Bewirkt das nicht bloss eine Symptomverschiebung?», fragte ein altkluger Jungpsychologe. «Man müsste Sonjas Problem doch an den Wurzeln packen.»

«Wenn ich nur wüsste, wo sie sind», antwortete Zangger. «Nicht alle Störungen, an denen Erwachsene leiden, stammen aus der Kindheit. Aber selbst wenn es so wäre – manchmal bin ich ganz zufrieden damit, ein Leiden lindern zu können, auch wenn ich nicht weiss, ob ich das Übel mit den Wurzeln entfernt habe. Lassen wirs darauf ankommen, ob sich das Symptom wirklich verschiebt und anderswo wieder auftaucht.» Er schlug Sonja vor, noch am gleichen Abend die Probe aufs Exempel zu machen und am Fluss spazieren zu gehen, den sie bisher gemieden hatte, weil dort Hundehalter ihre Tiere frei laufen liessen.

Dann berichtete Kurt von seiner Flugangst. Er war ein frisch verheirateter Psychologe. In der Gruppe war er als Frohnatur bekannt, und er ging sein Leben recht unbekümmert an. Aber er hatte grässliche Angst vor dem Fliegen.

«Fliegen ist gefährlich», sagte Zangger zunächst, «manchmal stürzt ein Flugzeug ab», und ähnliche Dinge – das Gegenteil dessen, was die meisten erwartet hatten. Aber Zangger wollte das tatsächlich bestehende Risiko nicht wegreden. Das Gespräch bewirkte, dass sich der angehende Therapeut mit seiner Angst weniger lächerlich vorkam. Dann änderte Zangger die Richtung, und in hartnäckiger Kleinarbeit gingen sie zusammen Kurts Gedankengängen nach, bis dieser seine Verzerrungen und magischen Überzeugungen erkannte: Kurt wurde klar, dass er sich insgeheim einredete, wenn er ein Flugzeug besteige, dann *müsse* es abstürzen.

«Bloss weil du drin bist, nicht wahr?», brachte es Zangger auf den Punkt. «Tut mir leid, Kurt, so gross ist dein Einfluss nicht! Du hast den Grössenwahn», sagte er lachend. Das war freilich erst ein Anfang, aber Zangger begnügte sich für heute mit dieser gedanklichen Klärung. Später würden bei Kurts Flugangst voraussichtlich noch verhaltenstherapeutische Schritte nötig sein.

Hanne war eine junge Mutter, Psychologin von Beruf. Sie sagte, sie habe entsetzliche Angst um ihr Kind. Sie fantasiere immer wieder, der Kleine könnte sterben, und schon wiederholt habe sie davon geträumt, sie ziehe den Knaben ertrunken aus einem Brunnen. Die sensible Frau begann zu weinen, als sie davon erzählte. Zangger war drauf und dran, mit Hanne Traumarbeit zu machen, da sagte sie: «Ich frage mich manchmal, ob ich dem Kind unbewusst den Tod wünsche.»

«Wie kommst du denn *darauf?*», fragte Zangger, als hätte er noch nie so etwas Absurdes gehört.

«Weil das Thema dauernd in meinem Kopf ist», antwortete Hanne. «Könnte der Traum nicht ein Hinweis darauf sein, dass ich den Tod des Kindes in meinem Innersten herbeiwünsche? Unbewusst natürlich. Ich glaubte bisher, eine gute Mutter zu sein. Aber vielleicht steckt eine Rabenmutter in mir.»

«Keine Spur!», sagte Zangger. «So etwas kann nur eine Psychologin denken», fügte er mit einem Schmunzeln hinzu und schüttelte den Kopf.

Hanne war verdutzt. Sie lächelte verlegen.

«Deine Angst ist nicht der Ausdruck schlimmer, unbewusster Wünsche, Hanne. Sie ist Ausdruck deiner Mutterliebe. Du liebst dein Kind, deshalb hast du Angst um sein Leben. Nennen wir es lieber Sorge. Du sorgst dich, wie es jede Mutter tut, die ihr Kind liebt.»

Nun löste sich etwas in Hannes Gesicht.

«Ich finde zwar, dass deine Sorge etwas viel Platz einnimmt in deinem Herzen. Wir werden nachher sehen, wie sie sich eindämmen lässt. Doch lass dir gesagt sein: Du wünschst dir nicht den Tod deines Kindes, das stimmt einfach nicht.»

Zangger war sich bewusst, dass er ein therapeutisches Sakrileg beging. Ein rechter Psychotherapeut redete einer Patientin nie etwas aus. Doch er tat es mit Überzeugung.

Er nahm sich vor, Hannes Sorge später vor dem Hintergrund ihrer Lebensgeschichte zu untersuchen. Vielleicht hatte sie als Kind die Erfahrung gemacht, dass ihr das Liebste, was sie hatte, immer wieder genommen wurde. Dann wäre ihre Angst vielleicht in der Kindheit begründet, sozusagen in ihrem geheimen Lebensplan festgeschrieben, den sie sich als Kind selber zurechtgelegt hatte: als magische Überzeugung, dass alles schlimm enden müsse. Dann müsste die Therapie darin bestehen, den Lebensplan bewusst zu machen und so zu entkräften.

Ausserdem wusste Zangger sehr wohl, dass Menschen andern manchmal insgeheim den Tod wünschten, auch solchen, die sie eigentlich liebten. Nicht nur unbewusst – nein, ganz bewusst, und zwar als Ausdruck von Wut, Enttäuschung oder Eifersucht, aus Verzweiflung oder Überforderung. Aber er sah keinen Grund, Hanne in ihrer Selbstbezichtigung zu bestärken. Wenn sie einmal anerkannte, dass das tragende Gefühl ihre Mutterliebe war, dann konnten sie später immer noch den Gefühlen von Frustration oder Überdruss nachgehen, die das Kind vielleicht auch in ihr auslöste.

Im Augenblick wollte er auf etwas anderes hinaus. Es überkam ihn nämlich die Lust, sein vulkanisches Referat vom Vortag fortzusetzen.

«Da haben wir das Gegenstück zur Entschuldigungspsychologie», begann er. «Die Verdächtigungspsychologie. Psychologen und Psychotherapeuten neigen seit eh und je dazu, hinter einem Symptom oder einer Krankheit, aber auch hinter einer harmlosen Regung oder einem blossen Gedanken ein schlimmes, unbewusstes Motiv zu vermuten. Auch dann, wenn ein gutes ebenso einleuchtend wäre. – Eine Mutter hat Angst um ihr Kind», fasste er zusammen, sah zu Hanne hinüber und sprach dann wieder zu der ganzen Gruppe, «und sie bezichtigt sich, diesem unbewusst den Tod zu wünschen. Wieso denn? Ich kann es zwar nicht beweisen, aber als Motiv für ihre Sorge scheint mir Mutterliebe genauso einleuchtend zu sein.»

Es ging ihm nicht darum, eine neue Theorie zu verbreiten. Die hatte er gar nicht. Er wollte bloss aufzeigen, dass psychologisches Denken manchmal unnötig abstrus war und dass schlichte menschliche Überlegungen auch ihren Platz haben dürfen im Kopf eines Psychotherapeuten.

«Diese Betrachtungsweise hat Tradition», fuhr er fort. «Eltern machen sich Sorgen, wenn ihr Kind zu ihnen ins Bett schlüpft. ‹Es will uns auseinander bringen›, denken sie, wenn es sich nachts zwischen sie legt. Manche befürchten, das Kind wolle den Vater verführen oder mit der Mutter schlafen. Aber wer kann denn wissen, ob das Kind die Eltern nicht zusammenhalten will? – Wenn ein junges Mädchen hungert, so denken Psychotherapeuten flugs, die Magersüchtige wolle ihre Eltern erpressen oder mit ihrer gefährlichen Krankheit bestrafen. Wieso eigentlich? Sie könnte ihnen ja auch, freilich auf untaugliche Art, helfen wollen: eine Ehekrise zu überwinden oder die heimlichen Süchte der Eltern zu erkennen, die Arbeitswut des Vaters, die Tablettensucht der Mutter. – Wenn eine verheiratete Frau an chronischer Angst leidet und sich ohne Begleitung nicht mehr aus dem Haus wagt, so ziehen wir den Schluss, sie wolle damit ihren Ehemann unbewusst an sich binden, ihm insgeheim die Freiheit rauben oder sonst wie das Leben vermiesen. Das kann durchaus sein, ich schliesse es nicht aus. Aber können wir sicher sein? – Diese falsche Sicherheit, das überhebliche Wissen um unbewusste Motive mit bösem Beigeschmack, nenne ich Verdächtigungspsychologie.»

Zangger streifte Vetsch mit einem Blick. Er dachte an seinen Kommentar zu dem psychologischen Unterstellungsspielchen, das sie beide getrieben hatten. Das passte genau zum Thema. Zu seiner Verblüffung nickte Vetsch nur.

«Es kommt noch schlimmer», nahm Zangger den Faden wieder auf. «Krebs- und Geisteskranke werden bezichtigt, sich ihre Krankheit eigentlich zu wünschen. Es gibt Experten, die sind überzeugt davon, die Kranken hätten sich unbewusst dafür entschieden, schizophren oder krebskrank zu werden.»

Ellen blickte überrascht auf, Zangger sah es aus den Augenwinkeln.

«Bestimmt gibt es Menschen, die sich nicht Sorge tragen», fuhr er fort. «Manche richten sich ihr Leben bewusst oder unbewusst so ein, dass sie krank werden. Das bestreite ich nicht. Es gibt auch solche, die sich tatsächlich wünschen, krank zu werden. Aber wir dürfen den Spiess nicht umdrehen: Wenn jemand krebskrank ist, heisst das noch längst nicht, er habe den Krebs insgeheim in seinem Lebenskonzept vorgesehen. Und wenn einer an Schizophrenie erkrankt, ist das kein Beweis dafür, dass er sich in seiner Kindheit unbewusst vorgenommen habe, dereinst geisteskrank zu werden. Man darf auch nicht behaupten, seine Mutter habe ihn so weit gebracht, dass er verrückt wurde. Das ist Verdächtigungspsychologie. Und für solche Theorien», schloss er, «habe ich nichts übrig. Sie sind unnütz und unmenschlich. Sie helfen niemandem. Sie bewirken bloss Schuldgefühle und machen Angst. Solche Thesen sind nicht heilsam. Sie machen nur noch kränker.»

Nun wurden Einwände laut: Eine Theorie könne richtig sein, auch wenn sie ihm nicht in den Kram passe. Eine Lehrmeinung nur deshalb zu verwerfen, weil die Erkenntnis, die darin stecke, jemanden belasten könne, das gehe nicht an. Das sei kein Kriterium – entscheidend sei doch, ob die Theorie stimme.

«Nein», sagte Zangger, und absichtlich überspitzend fuhr er fort: «Keine der psychologischen Theorien, die ich in diesen Seminaren lehre, stimmt.» Er blickte in die Runde und sah verdutzte Gesichter. «Tut mir leid, wenn ich euch verunsichere. Aber wer kann schon wissen, ob eine Theorie über die Seele richtig ist? Wie sollen wir je wissen, ob das, was wir uns über die menschliche Psyche zurechtlegen, stimmt? Mir genügt es, wenn euch die Theorien, die ich unterrichte, einleuchten. Sie müssen euch nicht überzeugen. Aber *bewähren* müssen sie sich, nützlich sollten sie sein – darauf kommt es mir allein an.»

Thea, eine bestandene Frau, die im Zweitberuf Psychologin geworden war und mit beiden Beinen auf dem Boden stand, klagte zur Verwunderung der Teilnehmer, sie bringe es seit Jahren nicht fertig, ohne Begleitung einen Zug zu besteigen. Weiter als eine halbe Reisestunde könne sie im Auto nicht von zu Hause wegfahren – sie gerate in Panikzustände, wenn sie es versuche oder auch nur erwäge. Sie könnte sich ohrfeigen für diese dumme Angst, sagte sie. Es stellte sich heraus, dass Thea als kleines Kind entsetzliche Angst ausgestanden hatte, wenn ihre Eltern weggingen. Es war mehrmals vorgekommen, dass sie das Kind an einem ihm fremden Ort, in einem Bahnhof oder Warenhaus, alleine stehen liessen und warten hiessen. Einmal setzten sie die Kleine in den Zug und liessen sie wegfahren; die Grosseltern sollten Thea in Empfang nehmen. Aber etwas lief schief, die Grosseltern verpassten die Ankunft des Zuges, und das Kind wurde in völlig verängstigtem Zustand von der Polizei aufgegriffen.

In den Seminaren für Fortgeschrittene bot Zangger den Teilnehmern Gelegenheit, unter seiner Supervision selber praktisch zu arbeiten. So bat er Ruth, eine kompetente Sozialarbeiterin und angehende Psychotherapeutin, Theas Behandlung zu übernehmen.

Ruth machte ihre Sache glänzend: Sie inszenierte mit Thea eine früher erlebte Kindheitsszene und forderte sie auf, in die Rolle des fünfjährigen verängstigten Kindes zu schlüpfen. Sie wies sie an, zu ihrer Mutter zu reden. Dann liess sie Thea in diesem Rollenspiel als Mutter antworten. Geschickt leitete Ruth den Dialog zwischen «Mutter» und «Kind», beide durch Thea selber verkörpert. So konnte die erwachsene Thea dem Kind, das sie einst war, Gehör verschaffen. Das «Kind» konnte die damals nicht erhörte Angst endlich aussprechen. Als «Mutter» reagierte Thea zuerst verständnislos und unwillig, ganz so, wie sie als Kind ihre wahre Mutter erlebt hatte. Dann aber, je besser sie das «Kind» verstand, äusserte sie sich mütterlich und tröstend. So konnte Thea im neu inszenierten Kindheitsdrama Verständnis für ihre eigene Angst finden und Rücksichtnahme erleben. Das tat ihr gut und gab ihr neuen Mut.

Zangger hatte seine helle Freude. «Das war beste Psychotherapie», fand er, als Ruth fertig war. Er nahm ihre feinfühlige Arbeit zum Anlass, auf die Theoriefrage zurückzukommen.

«Du hast in deiner Arbeit die Theorie vom inneren Kind benützt. Und die von den verinnerlichten Eltern, nicht wahr? Du nahmst an, die Angst, die Thea als Erwachsene empfindet, sei die Angst dieses inneren Kindes. Du erkanntest, dass sich Thea, wenn sie diese Angst fühlt, innerlich tadelt, genauso wie es ihre Mutter getan hatte.» Er sah sie anerkennend an. «Diese Theorien haben sich wirklich bewährt», fuhr er fort. «Wissen wir jetzt, ob sie deswegen auch stimmen? Können wir sicher sein, dass Theas heutige Angst eine Kindheitsangst ist? Nein. Das war nur deine Arbeitshypothese. Die Theorie von der Existenz eines inneren Kindes ist damit nicht bewiesen. Sie ist deswegen noch längst nicht wahr.» Er setzte noch eins drauf und sagte, indem er in die Runde blickte: «Oder denkt ihr, ich glaube im Ernst, es lebe in dieser erwachsenen Frau wirklich ein

Kind? Und obendrein auch noch ein tadelnde Mutter? – Ich bin doch nicht verrückt!»

Zangger lachte herzhaft. Da hatte er zwei Jahre lang eine Theorie über die Persönlichkeitsstruktur gelehrt, und jetzt demontierte er sie praktisch wieder.

«Aber nützlich war die Theorie, nicht wahr?», meinte er zu Ruth und Thea. «Eine hilfreiche Betrachtungsweise. Eine einleuchtende, menschlich ansprechende Metapher. Mein Kompliment für deine Arbeit, Ruth.»

Ein weiterer Teilnehmer meldete sich mit einem Angstproblem. Mehrere andere wollten, ermutigt durch Ruths Erfolgserlebnis, die Gelegenheit nützen, sich in praktischer therapeutischer Arbeit zu üben. Adriano, der als Arzt in einer Suchtklinik arbeitete, befasste sich mit Herberts Problem.

Herbert war ein praktischer Arzt in Zanggers Alter, der sich in Psychotherapie weiterbildete. Er litt seit kurzem an Panikattacken. Er sei früher immer gesund gewesen, sagte er. Er könne sich einfach keinen Reim darauf machen, woher er urplötzlich diese Angstzustände habe. Er frage sich, ob auch bei ihm ein Kindheitstrauma vorliege. Schon fürchtete Zangger, Adriano würde nach Ruths Behandlungsplan vorgehen. Nach seinem Dafürhalten gab es keinen Hinweis darauf, dass Herberts Panikattacken mit einer unverarbeiteten seelischen Verletzung in der Kindheit zu tun hatten.

«Betrachte die Störung einmal als einen Programmierfehler», schlug Adriano seinem Patienten vor.

Der schlaue Fuchs!, dachte Zangger. Er weiss, dass Herbert ein Technikfan ist, der in seiner Praxis mit Apparaten und Computern arbeitet.

«Aufgrund einer Fehlsteuerung schaltet dein Organismus offenbar auf Alarm», erklärte Adriano seinem Patienten, «auch dann, wenn gar keine Gefahr besteht. Wir werden uns Zeit nehmen herauszufinden, was diesen Fehlalarm auslöst und wie sich der Teufelskreis unterbrechen lässt. Denn ein Teufelskreis ist es, nicht wahr? Seit du die Attacke das erste Mal hattest, bist du doch ständig auf der Hut und fragst dich, wann die nächste komme, stimmts?»

Herbert bestätigte es.

«Diese Angst vor der Angst macht dich anfälliger. Vielleicht finden wir heraus, weshalb die Panik das allererste Mal auftrat. Das könnte uns weiterhelfen. Manchmal liegen einer ersten Attacke nicht frühere Erfahrungen, sondern ganz aktuelle Belastungen zugrunde, körperliche oder seelische.»

Adriano fachsimpelte mit seinem Kollegen noch eine Weile, erwog diese psychologische und jene medizinische Erklärung. Das alles hatte zur Folge, dass sich dieser zusehends beruhigte und seine Angstattacken als weniger unheilvoll betrachtete als zuvor.

Ein Könner, dieser Adriano, dachte Zangger, den habe ich bislang unterschätzt. Dass er es wagte, nach Ruths innerseelischer Arbeit, die so viel Anerkennung gefunden hatte, gewissermassen an der Oberfläche zu arbeiten, war ein Beleg seiner professionellen Eigenständigkeit.

Adriano gab Herbert ein Notfall-Köfferchen mit, wie er sagte: Er übte mit ihm zwei einfache Wahrnehmungs- und Körperübungen ein – eine, bei der er die Augen, eine zweite, bei der er die Füsse gebrauchen musste. Damit könne er jede Panikattacke im Keim ersticken, wenn er sie kommen fühle, erklärte ihm Adriano.

Zangger sagte nur: «Alle Achtung!»

«Gelernt ist gelernt», meinte Adriano augenzwinkernd.

«Was kann ich euch denn noch bieten?», fragte Zangger in die Runde. «Ihr macht mich ja arbeitslos.»

«Das hast du davon», gab Adriano lachend zurück, «wenn du deine eigene Konkurrenz heranzüchtest.»

Das Seminar war zu Ende. Zangger hatte sich zwei Tage lang in Theorie und Praxis mit Ängsten und Angststörungen befasst: Fünf von achtzehn Teilnehmern hatten ein mehr oder weniger gravierendes Angstproblem vorgebracht. Ellen hatte sich nicht mit einem persönlichen Anliegen gemeldet. Vetsch ebenso wenig. Er und ein paar andere hatten sich wohl im Stillen mit ihren Ängsten befasst, vermutete Zangger.

Und ich?, fragte er sich. Müsste ich ausziehen, das Fürchten zu lernen?

## 21

«Stellt euch das vor: Mein Alter will mir die Ausbildung finanzieren», berichtete Vetsch seinen Kollegen im folgenden Seminar. «Ich erzählte meinen Eltern von diesen Kursen. Jetzt bietet Vater mir an, die Seminargebühr aus seiner Tasche zu zahlen. Das sei ein Geschenk an mich.»

«Cool», meinte einer.

«Beneidenswert», fanden andere. «Ein grosszügiger Vater.»

«Wo denkt ihr hin?», rief Vetsch. «Ich nehme von ihm nichts an. Ich will seine Unterstützung nicht.»

«Gratuliere», sagte eine Kollegin. «Du willst auf eigenen Beinen stehen.»

«Aber sicher», bestätigte Vetsch. «Jetzt braucht er mir nicht mehr damit zu kommen. Früher hätte ich das Geld dringend gebraucht, aber da wollte er nichts herausrücken.»

Zangger betrachtete seinen Kandidaten. Er war sich im Klaren darüber, dass Vetsch von ihm Anerkennung für seinen Entscheid erwartete.

«Ich finde, du solltest das Geld annehmen», sagte er.

«Wie?», fragte Vetsch entgeistert zurück. «Soll ich mich kaufen lassen? Soll ich mich von ihm abhängig machen?»

«Nein. Ich finde bloss, du solltest das Geschenk, das dir dein Vater macht, annehmen.»

«Wieso denn?»

«Du hast uns früher von ihm erzählt», holte Zangger aus. «Er ist ein Geschäftsmann, nicht wahr?»

Vetsch nickte.

«Ich erinnere mich», fuhr Zangger fort, «dass ihr es nie leicht hattet. Du findest, er habe dir viel zuleide getan…»

«Allerdings», legte Vetsch los. «Er ist ein…»

«… und du bist der Ansicht, er könne das mit Geld nicht wiedergutmachen, nicht wahr?», fiel ihm Zangger ins Wort.

Vetsch schwieg.

«Betrachten wir es so: Geld ist für manchen Geschäftsmann das wichtigste Verständigungsmittel. Dein Vater kennt vielleicht gar keinen anderen Weg, um jemandem eine Freude zu machen. Ich kenne seine Beweggründe nicht, aber müssen wir wirklich annehmen, dass er dich kaufen will? Warum nicht davon ausgehen, dass er dir ein Geschenk machen möchte? Wenn sich dann das Gegenteil herausstellt, ist es früh genug, darauf zu reagieren. Falls es aber ein ehrliches Geschenk ist, darfst du es dankend annehmen.»

Vetsch schluckte. «Ich soll mich für den Zaster auch noch bedanken?», entrüstete er sich.

«Gewiss. Du bedankst dich für das Geschenk, das dir dein Vater macht. Das ist doch selbstverständlich.» Zangger hatte noch eine Trumpfkarte in der Hand. Als ihn sein Kandidat wieder ansah, sagte er: «Manchen Menschen fällt es allerdings leichter, auf einen andern lebenslang wütend zu sein, als ihm ein einziges Mal zu danken.»

Vetsch machte grosse Augen.

«Überleg es dir», schloss Zangger. «Schlaf drüber und sag uns morgen, was du entschieden hast.»

Am nächsten Tag verkündete Vetsch: «Ich nehme die Moneten.»

Mit dieser Mitteilung war Zangger freilich nicht zufrieden. So musste es schief gehen. «Was willst du jetzt tun?», fragte er.

«Ich schrieb ihm einen Brief.»

«Hast du ihn abgeschickt?»

«Nein, noch nicht. Ich habe erst den Entwurf.»

«Gut. Hast du den hier?»

«Wieso?», fragte Vetsch überrascht zurück.

«Würdest du uns diesen Entwurf vorlesen?»

«Wenn du willst. Es steht ja nichts Besonderes drin, nur die Sache mit dem Geld. Okay, ich lese vor.»

Vetsch kramte ein Papier aus seiner Aktentasche und las: Also gut, so war der Tenor, er nehme das Geld an, aber Vater solle bloss nicht glauben, dass er damit seine Fehler ungeschehen machen könne. Es sei noch längst nicht alles im Reinen zwischen ihnen, und so weiter.

«Damit richtest du nur Schaden an, Marco. Der Brief wird dir nicht gut tun.»

«Mir? Du meinst *ihm?*»

«Nein, *dir* wird der Brief nicht gut tun. Du musst etwas anderes schreiben.»

Vetsch wollte widersprechen. Doch da Zangger vollkommen ruhig blieb, willigte er ein, einen neuen Brief zu verfassen, kürzer und einfacher. Am folgenden Tag hatte er einen

Brief geschrieben, in welchem er sich schlicht und einfach für das Angebot bedankte. Diesen Brief schickte er ab.

«Der Therapeut als Schulmeister!», grinste Seidenbast, als ihm Zangger später von der neusten Entwicklung seines Kandidaten berichtete.

Es war an diesem Spätsommerabend immer noch schwül. Sie hatten beschlossen, dem See entlang zu spazieren, anstatt in der Praxis oder in einem stickigen Lokal zu sitzen.

«Du diktierst also deinen Ausbildungskandidaten die Briefe, die sie ihren Eltern schreiben sollen?»

Zangger lachte. Er gab zu, dass man sein Vorgehen – das Seidenbast ihm ja eigentlich suggeriert hatte – auf diesen Nenner bringen konnte, wenn man die therapeutische Absicht nicht durchschaute. Und in dieser Form hörte es sich in der Tat untherapeutisch, ja einfältig und unsinnig an.

«Was war das Ergebnis?», fragte Seidenbast interessiert.

«Nun», berichtete Zangger, «sein Vater reagierte hocherfreut auf den Brief. Er rief den Sohn an, plauderte mit ihm am Telefon und überwies ihm das Geld. Nachdem er es erhalten hatte, ging der junge Mann zu ihm, um sich persönlich zu bedanken. Der Vater war offenbar so entspannt und mitteilsam, wie er ihn noch nie erlebt hatte. Sie redeten einen ganzen Abend lang und haben sich seither noch zwei weitere Male getroffen. Das Beste aber ist», fuhr Zangger fort, «dass er später erzählte, sein Vater habe sich vollkommen verändert, er sei ein anderer Mensch geworden: Er erkundige sich nach seinem Befinden, interessiere sich für seine berufliche Laufbahn, frage nach seiner Partnerin.»

«Na und?»

«Verstehst du denn nicht? Er glaubt wirklich, sein *Vater*

habe sich verändert. Dabei ist es er selbst, der sich verändert hat. Er war doch auf eine ganz neue Art auf seinen Vater zugegangen, deshalb konnte dieser ihm freundlich begegnen.»

«Entscheidend war die Handlung, der Dankesbrief», stellte Seidenbast fest.

«Jawohl», lachte Zangger. «Handlungstherapie – so sagtest du doch, oder?»

«Ich möchte nur wissen, wie du dein Vorgehen vor Fachleuten rechtfertigen würdest. Angenommen, du müsstest in deinen Vorlesungen darlegen, aufgrund welcher psychologischer Theorien ...»

«Da sind meine Überlegungen noch nicht ausgereift», flunkerte Zangger. Ihm stand jetzt der Sinn nicht nach psychologischen Theorien. Er wollte mit seinem Freund bloss allgemein menschliche Gedanken über seine Arbeit austauschen. Doch plötzlich stach ihn der Hafer: «Wie würdest *du* es denn begründen?»

«Na komm, ich bin in diesen Theorien doch viel zu wenig beschlagen ...»

«Nein, nicht mit psychologischen Theorien. Mit dem gesunden Menschenverstand, meine ich.»

«Ach so», sagte Seidenbast und holte zu Zanggers Überraschung gleich aus: «Nun, so viel ich verstanden habe, habt ihr Therapeuten die folgende Vorstellung: Psychotherapie soll dem Patienten Einsichten vermitteln und verborgene Bedürfnisse und Gefühle zugänglich machen, ja?»

Kommt er mir doch wieder mit so angelesenen Theorien?, fragte sich Zangger. Er nickte, ungeduldig und gelangweilt zugleich.

«Hat die Therapie Erfolg, so wird der Mensch innerlich frei, er schöpft Mut und lebt auf. Er fühlt sich sicherer, er kann deshalb auf neue Art handeln, nicht wahr? – Heilung durch Einsicht. Heilung durch Befreiung unterdrückter seelischer Regungen. Stimmt das so?»

«Ja, ja. Und jetzt?», drängte Zangger.

«Und jetzt geht es offenbar auch andersrum», fuhr Seidenbast seelenruhig fort. «Du sagst einem einfach, was er tun soll. Er wird, wenn er das Richtige tut, bisher unbekannte Gefühle erleben und innere Ruhe und Sicherheit finden. *Danach* wird er Einsichten gewinnen. Heilung durch die Tat.»

Zangger sog, was er da hörte, ein. So müsste man als Lehrtherapeut die Dinge darlegen können, dachte er.

«Du brauchst offenbar bloss darauf zu achten, dass die Handlung auf die rechte Art erfolgt», sagte Seidenbast weiter, und Zangger kam aus dem Staunen nicht mehr heraus. «Sie muss nämlich die innere Entwicklung, die du in Gang setzen willst, gewissermassen vorwegnehmen.»

## 22

Sie hatten sich mittlerweile an einem Restauranttischchen am Wasser niedergelassen. Zangger schaute den sommerlich leicht bekleideten Menschen nach, die auf der Seepromenade flanierten. Plötzlich sah er Ellen mitten unter den Leuten, vielleicht zwanzig, dreissig Schritte entfernt. In einem ärmellosen hellblauen Kleid, mit welchem ihr kupferfarbenes Haar und ihre diskret sonnengebräunte Haut aufs Vortrefflichste kontrastierten, kam sie daher. Ein Abendsonnenstrahl traf ihr Sommersprossengesicht. Ihre Löwenmähne leuchtete für einen Augenblick auf – Zangger pochte das Herz. Sie schirmte ihre Augen mit der Hand ab. Im Gegenlicht dürfte sie ihn kaum erkennen. Das war ihm recht. Sie war nicht allein. Ein Mann ging neben ihr her.

Er ist in meinem Alter, stellte Zangger fest.

Die beiden gingen vorüber und blieben, ins Gespräch vertieft, unweit von ihm stehen. Den kannte er doch! War das nicht Mayer, leitender Arzt an der Psychiatrischen Universitätsklinik? Professor Raymond Mayer. Zangger wusste von ihm, auch wenn er ihn nicht persönlich kannte. Er hatte ihn an Kolloquien gesehen. Raymond? Aber Raymond oder Roman oder so ähnlich – das war doch der Name von Ellens früherem verheirateten Freund! War Mayer etwa Ellens Lover gewesen? Ja, so musste es sein. Die beiden standen immer noch am selben Ort. Ihr Begleiter verwarf die Hände und sprach auf Ellen ein. Sie schüttelte energisch den Kopf. Das war gewiss keine fachliche Diskussion, die die beiden führten – nein, das war offensichtlich emotional. Zangger war sich auf einmal sicher, dass Ellen immer noch Mayers Geliebte war. Das plagte ihn zuerst. Bei genauerem Hinsehen glaubte er aber zu erkennen, wie die beiden miteinander umgingen: vertraut zwar, aber keineswegs minniglich, sie berührten sich nicht, waren allem Anschein nach uneins. Das beruhigte ihn wieder.

«Ich habe nun einiges über die Fortschritte deines Kandidaten gehört», sagte Seidenbast. Er trank sein Mineralwasser. «Aber was ist mit der Frau?»

«Wie? Was?» Zangger war perplex. Seidenbast hatte manchmal einen sechsten Sinn. «Ellen? Dort steht sie», antwortete er verblüfft und zeigte diskret hinüber.

«Die dort?», erkundigte sich Seidenbast und schien über die Koinzidenz nicht sonderlich erstaunt. «Die neben dem älteren Herrn?», fragte er ganz sachlich.

Der «ältere Herr» störte Zangger gewaltig.

«Ein schönes Kind! Frisch und vital – wie die Forelle! Jetzt versteh ich dich.»

Das «Kind» nahm Zangger seinem Freund, der Frauen aus einer anderen Warte betrachtete, hingegen nicht übel. Mit der Forelle spielte Seidenbast wohl auf Ellens *freckles* an. Vielleicht dachte er auch an das Schubert-Lied, denn er teilte Zanggers Leidenschaft für die Musik. Seidenbast hatte ein sicheres Auge für Schönheit und Ästhetik. Zangger sonnte sich ein wenig in seinem Lob – als ob Ellen ihm gehörte.

Sie gehört mir aber nicht, dachte er gequält.

Offenbar spürte Seidenbast seine Not. Er forderte ihn auf, nochmals von Ellen und von seinen Gefühlen zu ihr zu reden. Zangger erzählte, dass inzwischen alles noch schlimmer geworden sei. Er erwähnte ihren Conchitablick.

«Nun mache ich mir aber ernsthaft Sorgen um dich, Lukas. Du bist ja ganz verrückt nach der Frau», sagte Seidenbast. «Das allein wäre kein Anlass zur Sorge», fuhr er fort. «Aber sag mal, nennt ihr das nicht einen Liebeswahn? Entschuldige, wenn ich wieder anmassend bin, aber das sind doch ganz massive Projektionen – oder etwa nicht?»

In Zangger stieg ein Ärger auf.

«Du wähnst all deine eigenen Liebessehnsüchte, Wünsche und Begierden in dieser Frau», sagte Seidenbast. Als er Zanggers Gesicht sah, rief er rasch: «Herr Ober, bringen sie uns bitte einen Halben Räuschling! Du trinkst doch einen Schluck mit mir, Lukas?»

Zangger nickte wortlos.

Seidenbast blieb eine Weile still. Er schien nachzudenken. Er steckte sich eine Zigarette zwischen die Lippen und hielt Zangger die Packung hin. Zangger nahm eine und liess sich von Seidenbast Feuer geben.

Der Kellner brachte den Wein.

«Lukas», sagte Seidenbast, nachdem sie angestossen hatten, «ich habe eine Bitte.»

«Ja?»

«Es geht um die Frau dort.»

«Um Ellen? Eine Bitte?»

«Ja. Ich bitte dich um einen Gefallen.»

«Was denn?», fragte Zangger, verdriesslich und neugierig zugleich.

«Ich möchte, dass du sie einmal umarmst.»

«Was?», lachte Zangger. «Ich soll sie umarmen? Dir zuliebe? Jetzt gleich?»

«Nein, nicht jetzt. Später.»

«Was soll das?», empörte sich Zangger. «Mach doch keine dummen Spässe!» Er sog missmutig an der Zigarette. Plötzlich hielt er sie weit von sich und blickte hin- und hergerissen auf den glimmenden Stengel.

«Ich sagte ja: später. Und ich meine es ernst.»

«Ich verstehe überhaupt nicht, was du meinst.»

«Ich will es dir erklären: Ich bitte dich, diese Frau – Ellen heisst sie, nicht wahr? Keine Sorge, ich behalte es für mich – ich bitte dich, Ellen einmal lange und fest zu umarmen, bevor du dich, wenns denn sein muss, mit ihr auf ein Abenteuer einlässt.»

«Was soll die Unterstellung? Ich halte mich strikt daran, mit Patientinnen und Kandidatinnen immer auf Distanz zu bleiben …»

«Ich weiss, ich weiss, ich weiss», beschwichtigte ihn sein Freund. «Aber trotzdem, es könnte ja sein, dass dich die Begierde …»

«Ich sagte dir doch, es ist Sehnsucht.»

«Schon gut, schon gut. Es könnte ja sein, dass dich die

Sehnsucht übermannt – treffender Ausdruck, nicht wahr? –, dass dich die Sehnsucht übermannt, und …»

«Und deshalb soll ich sie umarmen? Damit ich so richtig Feuer fange, wie? Willst du mich ins Unglück stürzen?», fragte Zangger, gespielt pathetisch.

«Es gibt eine Bedingung.»

«Eine Bedingung? Für die Umarmung?»

«Ja.»

«Da bin ich aber gespannt. Wie lautet sie?»

«Das sage ich nur, wenn du versprichst, dich daran zu halten.»

«Du Gaukler! Ich soll deine Bedingung akzeptieren, bevor ich sie kenne?»

«Genau. Du wirst sehen, es ist eine faire Bedingung. Genau genommen sind es zwei. Sie sind in deinem Interesse. Ich will dir bloss aus der Patsche helfen.»

Seidenbast betrachtete ihn aufmerksam.

Zangger sah zu Ellen hinüber. Sie stand immer noch an derselben Stelle. Seidenbast schlug ihm vor, nein bat ihn, sie zu umarmen. An die Umarmung waren zwei Bedingungen geknüpft, zwei faire Bedingungen. Das kam ihm alles irgendwie skurril vor, aber er vermutete, dass Seidenbast einer seiner intuitiven Eingebungen folge. Er fand, er sei eigentlich noch nie schlecht gefahren, wenn er sich darauf eingelassen habe.

Gut, ich will es wissen, dachte er. Ich muss es wagen.

«Ich nehme an», sagte er zu Seidenbast. Der hatte die Luft angehalten, jetzt atmete er aus.

«Ist das ein Versprechen?»

«Ja», sagte Zangger. Er drückte die halb gerauchte Zigarette aus.

«Gut. Du musst sie im Seminar umarmen, dort wo ihr

offiziell zusammen seid. Und es muss eine therapeutische Umarmung sein.»

Ist das alles?, dachte Zangger. Seidenbast wusste, dass er – wenn er mit Gruppen arbeitete – seine Patienten oder Kandidaten als Therapeut umarmte, wenn sie es brauchten. Er tat es nur selten, aber wenn bei jemandem im Lauf der Behandlung schmerzliche Gefühle geweckt wurden, dann hatte er keine Berührungsängste – dann nahm er diese Person in die Arme und hielt sie liebevoll und kräftig fest.

«Ich wiederhole», sagte Seidenbast. «Das einzige, was du mir versprechen musst, nein, bereits versprochen hast, ist, dass du Ellen einmal im Seminar umarmst, bevor du dich auf eine Liebesbeziehung mit ihr einlässt.»

«Noch einmal, Marius, ich …»

«Ich weiss, ich weiss, ich weiss», sagte Seidenbast wieder und hob beide Hände. Dann fuhr er unbeirrt weiter: «Du hast versprochen, dass die Umarmung in der Gruppe geschieht, vor aller Augen, und dass sie therapeutisch angezeigt ist. Das ist alles. Im Übrigen tust du natürlich, was dir beliebt.»

Zangger sah wieder hinüber. Ellen war fort.

Nun dünkte es Zangger höchste Zeit, sich nach dem Befinden seines Freundes zu erkundigen. Er vernahm, dass Seidenbast einen Journalisten kennen gelernt habe, mit dem er eine Reise nach Südengland unternehmen wolle. Es freute ihn, dass Seidenbast es sich endlich zutraute, wieder eine Freundschaft einzugehen. Aber anscheinend war die Geschichte noch zu neu, jedenfalls wollte er nicht allzu viel erzählen.

«Und bei dir?», fragte er im Gegenteil bald. «Wie gehts deiner Familie?»

Zangger berichtete, wie viel Tina arbeitete und wie sie in ihrem Beruf aufging. Er erzählte, wo Claudia als Lehrerin ihre Sporen abverdiente. Er sagte, dass er sich um Mona Sorgen mache und erklärte ihm, weshalb. Dann berichtete er, dass Tom nach den Sommerferien im Gymnasium eine Klasse repetieren müsse, aber dass das keine Tragödie sei. Schliesslich vertraute er ihm an, dass Tina und er die Vermutung hegten, Fabian sei homosexuell.

Das schien Seidenbast nicht zu überraschen, er stellte einfach fest: «Dann könnte ich ihm keine besseren Eltern wünschen als Tina und dich.» Doch dann neigte er den Kopf etwas zur Seite, sah seinem Freund ins Gesicht und fragte: «Oder ist es ein Problem für dich?»

«Nein», versicherte Zangger, «das ist es nicht, es sei denn, für ihn wäre es eins. Aber diesen Eindruck haben wir nicht.» Er forschte innerlich nach, ob er eine aufrichtige Antwort gegeben habe. Wenn beide Söhne schwul wären, würde ihm das eigenartigerweise etwas ausmachen, entdeckte er. Aber dafür hätte er Seidenbast keine Erklärung geben können.

Sie blieben noch ein Weilchen sitzen. Es gab nämlich noch etwas zu besprechen: Ihre diesjährige Sommerbergwanderung war nicht zustande gekommen, weil beide vorgegeben hatten, sie hätten zu viel Arbeit. Sie beschlossen, wenigstens ihren Männerausflug durchzuführen, der alljährlich im Herbst stattfand – «für Speis und Trank», wie sie jeweils sagten. Nach dem letztjährigen Abstecher ins Piemont sollte es dieses Mal ins Elsass gehen. Seidenbast kannte einige Winzer und ein wunderbares Speiselokal, das sie besuchen würden. Sie trugen das Datum des vereinbarten Wochenendes in ihre Agenden ein.

Die zwei Freunde genossen den warmen Abend am Wasser. Später spazierten sie zusammen ins Götterquartier hinauf, und Zangger fuhr im Wagen nach Hause.

## 23

«Luc, ich muss mit dir reden», sagte Tina eines Abends, als Zangger es sich gerade gemütlich gemacht hatte.

Das konnte nichts Gutes bedeuten. Wenn seine Frau «mit ihm reden» wollte, stand etwas Unangenehmes bevor. Sie gehörte zu den Frauen, die die Dinge nicht anstehen liessen: Alles, was belastend oder problematisch war, musste angesprochen und aus dem Weg geräumt werden. Zangger dagegen konnte eine Differenz auch mal auf sich beruhen lassen oder etwas Störendes aussitzen. Das missfiel seiner Frau, sie betrachtete es als eine Form von Feigheit. Er hielt es für Friedfertigkeit. Tatsache war, dass er, Zangger, fast nie mit seiner Frau «reden» musste. Gottlob war Tina weder kompliziert noch nachtragend, und stunden- oder nächtelanges Ausdiskutieren behagte ihr ebenso wenig wie ihm. Er durfte also damit rechnen, dass sich auch diesmal alles rasch bereinigen liess.

«Was ist?», fragte er. Es war deutlich zu hören, dass ihm die Aussprache nicht gelegen kam. Er stellte das Glas mit dem Weisswein, den er sich zum Apéro eingeschenkt hatte, beiseite.

«Das frage ich mich in der letzten Zeit auch: Was ist?», hakte Tina gleich ein. «Du hast dich verändert.»

«Habe ich? Wie denn?», gab er zurück.

«Du bist gestresst. Ich spüre es, die Kinder merken es. Und du, merkst du es auch?»

«Nein. Offen gestanden wüsste ich nicht, wie ich anders sein sollte als früher.»

«Nun, du wirkst oft abwesend oder dann reagierst du gereizt. Das sind wir uns nicht gewöhnt.»

«Ich? Gereizt? Ach was!»

Tina sah ihn an. Siehst du?, schien sie stumm zu fragen.

«Du rauchst wieder, nicht wahr?», stellte sie fest.

«Hie und da», gab Zangger unwirsch zur Antwort. «Aber immer nur die halbe Zigarette.»

«Ach so», sagte Tina. Nur mit Mühe konnte sie ein Lachen unterdrücken.

«Ich habe wieder aufgehört», erklärte Zangger. «Schau», holte er dann aus, denn er hatte soeben beschlossen, nicht giftig zu reagieren, «vielleicht hast du Recht, vielleicht stehe ich wirklich unter einer gewissen Spannung. Ich habe nämlich das ungute Gefühl, dass ich verfolgt werde. Jemand ist in meine Praxis eingedrungen und hat in meinen Sachen herumgewühlt; es dünkt mich manchmal, ich werde beschattet; es kommen eigenartige Anrufe. Fabian beobachtete doch kürzlich, wie jemand ums Haus schlich. Auch Mona hat schon mal einen gesehen. Sie glaubt, es sei ein Spanner gewesen. Aber es könnte jemand gewesen sein, der hinter mir her ist.»

«Na hör mal, weshalb sollte jemand hinter dir her sein?», fragte Tina halb belustigt, halb beunruhigt.

«Ich habe keine Ahnung», log Zangger. In der letzten Zeit hatte sich in ihm die vage Überzeugung gebildet, die Vorkommnisse hätten etwas mit seinem heimlichen Verlangen nach Ellen McGraw zu tun. Aber natürlich sah er selber ein, dass das eine völlig unsinnige Idee war. Wer in aller Welt konnte etwas von seinen Gefühlen wissen? Man sah sie ihm schliesslich nicht an – oder etwa doch? Er konnte unmöglich mit Tina darüber reden.

«Vielleicht bildest du dir bloss etwas ein», mutmasste sie.

«Ich bin mir sicher. Die Dinge sind passiert.»

«Dann gibts nur eins: Geh zu Polizei!»

«Was?», wand sich Zangger. «Ich habe doch viel zu wenig in der Hand. Ausserdem», fuhr er fort, um vom Thema abzulenken, «fühle ich mich ausgebrannt. Möglich, dass du das spürst, wenn du von Stress redest. Die Sprechstunden ermüden mich mehr als früher. Ich habe mich in letzter Zeit gefragt, ob ich noch ein guter Psychotherapeut sei. Hin und wieder war meine Antwort nein. Ich habe schon daran gedacht, meinen Beruf aufzugeben.»

Jetzt sah ihn Tina bestürzt an. Das war ihm nur recht, aber es kränkte ihn ein bisschen, dass sie nicht gleich vehement widersprach. «Vielleicht brauchst du einmal eine längere Pause», meinte sie stattdessen, «das würde dir bestimmt gut tun.»

«Das habe ich mir auch schon gedacht», antwortete er. «Die Arbeit an der Schule mache ich jedoch immer noch gern. Allerdings gibt es in den Seminaren zwei Sorgenkinder.»

«Die hattest du früher auch. Es gab doch immer irgendeinen, der schwierig war. Oder irgendeine.»

«Stimmt», bestätigte er.

«Mich beschäftigt noch etwas, Luc», sagte Tina.

«Ja?», fragte er unsicher.

«Du machst bestimmt jede Woche zwei Waldläufe, doppelt so viele wie früher. Neuerdings gehst du ins Krafttraining, recht intensiv wie mir scheint.»

«Na ja, wegen meines Rückens…», erklärte Zangger.

«Nicht wegen der Figur?», schmunzelte Tina. «Du benützt ein neues Rasierwasser, stimmts? Täusche ich mich, oder gehst du häufiger zum Coiffeur? Du trägst schicke

Hemden, manchmal gar einen modischen Anzug. Du kommst schon beinahe daher wie Marius. Dass du dich besser kleidest, freut mich, Luc. Diesen Wunsch äusserte ich ja schon oft. – Doch sag mal», sie sah ihm ins Gesicht, «hast du eine Geliebte?»

Typisch Tina – einfach geradeheraus gefragt!, dachte Zangger.

«Ja», gab er mit gespieltem Ernst zur Antwort und schaute verlegen zu Boden, «aber sie ist verheiratet.»

Tina sah ihn verdattert an.

Rasch lehnte er sich hinüber. «Dich», sagte er und gab ihr einen Kuss. «Schon lange. Schon immer. Und verheiratet bist du doch, oder?»

«Du Charmeur», sagte sie und strich ihm über Wange und Kinn.

«Spass beiseite. Nein, ich habe keine andere», beteuerte er und überlegte im Stillen, ob er seine Frau belüge. Er war etwas spitzfindig: «Hast du eine Geliebte?», hatte Tina gefragt, nicht «Gibt es eine andere?» Und er *hatte* sie ja nicht. – Nein, er hatte Tina nicht belogen.

«Vielleicht muss ich einmal über die Bücher», sagte er, «von wegen Stress und Reizbarkeit, meine ich.» Beinahe hätte er noch gesagt, er leide vielleicht an einer Midlife-Krise, aber das schien ihm dann doch zu billig. Ausserdem hätte es womöglich eine weitere Diskussion abgesetzt. Und überhaupt, es war Feierabend. Er beschloss laufen zu gehen, ein klein wenig aus Trotz. Er sagte Tina, sie solle nicht auf ihn warten, sondern mit Mona und den Söhnen essen, er nehme später etwas zu sich. Es dunkelte bereits, als er zum Waldlauf aufbrach.

Er war auf der achten Runde, zehn hatte er sich vorgenommen. Der zwanghaften Herztodfantasie hatte er sich wie gewohnt eine Zeit lang hingegeben. Einer der Leuchtstrahler war defekt, ein Abschnitt der Bahn lag völlig im Dunkeln. Etwa auf halber Strecke, dort, wo die Frau umgebracht worden war, lagen frische Blumen, und unter einem Baum brannte schwach ein Kerzenlicht.

Es war noch eine andere Person auf der Bahn, jemand, der schon die längste Zeit hinter ihm herlief, ohne ihn zu überholen. Er vermutete, dass dieser Sportler, es musste ein Mann sein, jünger war als er, denn er vermochte ihn nicht abzuschütteln. Zangger wunderte sich, wieso ihn der Kerl nicht überspurtete. Ekelhaft, jemanden ständig im Nacken zu haben! Aber verlangsamen mochte er nicht, die neunte war heute seine schnelle Runde, auf der er den Puls in die Höhe jagen wollte. In der zehnten würde er dann langsam auslaufen. Nein, verlangsamen, bloss um diese Person vor anstatt hinter sich zu haben, das kam nicht in Frage! Der Typ war unmittelbar hinter ihm, er hörte ihn schnaufen.

Blödmann!, dachte er.

Zangger beschleunigte. Er keuchte und spürte bereits den metallenen Blutgeschmack im Mund. Sonst trabte er stets gemächlich, immer den Pulsmesser im Auge, damit er sich nicht überanstrengte. Aber ein richtig hartes Intervall, das tat jedem gut, der seine Fitness steigern wollte. Also, die neunte mit Volldampf! Ein Klemmen im Brustraum begann sich bemerkbar zu machen, zusammen mit dem Blutgeschmack war das das Zeichen äusserster Anstrengung.

Bald hatte er es geschafft: keine zweihundert Meter mehr. Noch einmal an den Blumen und der Kerze vorbei, dann die Passage mit dem defekten Leuchtstrahler – fünfzig Meter im Dunkeln, dann nochmals fünfzig auf dem beleuchteten Zielabschnitt. Er hörte den andern pusten. Jetzt war ihm, er spüre seinen Atem.

Was soll das?, dachte er, so weit er überhaupt noch denken konnte. Will er mich doch überholen? Jetzt? Hier? Kommt nicht in Frage!

Zangger legte noch etwas zu.

Dann ging alles sehr schnell, nur vier, fünf Sekunden, die Zangger in Zeitlupe erlebte: Die Person war jetzt gleichauf und versuchte, an ihm vorbeizuziehen. Oder wollte der Kerl gar nicht vorbei? *Wollte* er auf gleicher Höhe bleiben?

Was soll das?, dachte Zangger noch einmal, und plötzlich wurde ihm mulmig. Was wollte der Mann? Ausgerechnet hier, an der einzigen dunkeln Stelle der Finnenbahn – der Todesbahn! Eine ungewohnte Angst packte Zangger. Er mobilisierte seine letzten Kräfte, zog davon, vermochte einen halben Meter, vielleicht einen Schritt gut zu machen und lief jetzt unmittelbar vor dem Mann. Das Klemmen in der Brust nahm zu, nahm auf einmal überhand – ein entsetzlicher Schmerz in der Brust. War das der Infarkt? War das das Ende? Würden sie ihn finden? – Er musste anhalten.

Nein, weiter, wenn dir dein Leben lieb ist!, schrie er sich innerlich zu.

Dann geschah alles gleichzeitig: Zangger spürte den Schmerz in der Brust, ein Klemmen und Bersten, und gleichzeitig einen blitzartigen, wahnsinnigen Schmerz im linken Bein, über der Ferse. Er schrie auf. Er strauchelte, stürzte. Der Kerl war an ihm vorbei, er zog eine Ausdünstungsfahne von Schweiss und Tabakgeruch, vermischt mit Männerparfum hinter sich her. Zangger stürzte am Ende der dunkeln Strecke in den Lichtkegel des nächsten Leuchtstrahlers. Er schlug auf dem Rundholz auf, mit dem die Bahn beidseits eingefasst war. Er hörte es krachen, in seinem Gesicht barst etwas. Dann lag er im Gemisch aus Sägespänen, Torf und Erde. Er roch den Boden, schmeckte Blut, rang nach Luft. Er hob den Kopf ein wenig, Blut troff aus der Nase.

Da sah er den Mann, schemenhaft, schwarz. Er stand unmittelbar neben der Finnenbahn im Wald. Er machte zwei, drei Schritte auf ihn zu.

Mein Gott, was will er? Nein!

Plötzlich war er weg.

Jetzt waren nur noch die höllischen Schmerzen zu spüren: das Klemmen in der Brust, der scharfe Schmerz im Bein, der betäubende, atemraubende Schmerz im Gesicht. Zangger blieb ein paar Minuten liegen, nahm nichts wahr als seine Schmerzen. Er drehte sich auf den Rücken, dann rasch wieder auf die Seite, damit das Blut nicht in seinen Rachen rann.

Einen Herzinfarkt hatte er nicht erlitten, stellte er fest, denn das Klemmen liess nach. Aber die Nase: Sie war gequetscht, wenn nicht gebrochen. Und erst das Bein! Der Schweinehund hatte ihm im Vorbeirennen einen Fusstritt versetzt, einen fürchterlichen Tritt von hinten. Er konnte den Fuss nicht mehr bewegen. War etwas gebrochen? Zangger setzte sich auf. Nach einigen Minuten, als sein Schreck etwas abgeebbt war, erhob er sich mühsam. Er wollte zu dem kleinen Unterstand humpeln, der zugleich Startplatz und Ziel der Finnenbahn war. Es ging nicht, er konnte keinen Schritt tun. Zangger hockte sich wieder hin und wartete. Der Kerl war hinter ihm her gewesen! Wer war das? Wer wollte ihn einschüchtern? Oder gar umbringen?

Nach ein paar Minuten kam ein Paar dahergejoggt. Sie halfen ihm auf, stützten ihn, begleiteten ihn zum Unterstand hinüber. Sie hatten ein Handy bei sich und alarmierten sein Zuhause. Dort hatten sie sich schon Sorgen gemacht. Nach kaum einer Viertelstunde kamen Tina und die Söhne über den Waldweg hergefahren und luden ihn ein. Vorwürfe machten sie ihm keine, er sah gar zu erbärmlich aus. Die Fahrt ging geradewegs ins Spital.

## 24

Es war nicht ganz die Art von längerer Pause, die Zangger sich vorgestellt hatte. Doch die Schwestern waren freundlich, das Zimmer war hell, das Essen gut, und dass man aus drei verschiedenen Menüs auswählen und sich dazu noch Wein bestellen konnte, machte den Spitalaufenthalt schon fast zu einem Urlaubserlebnis. Ausserdem waren die Schmerzen am vierten Tag nach der Operation durchaus erträglich. Der Eingriff war allem Anschein nach erfolgreich verlaufen. Doktor Morgenthaler, den Zangger vom Studium her kannte, hatte die gerissene Achillessehne genäht, und die Nase war in der Narkose auch gerade gerichtet worden.

Zangger hatte sich zwei, drei Bücher bringen lassen, die er schon lange hatte lesen wollen, überdies war er mit Zeitungen und Reiseliteratur eingedeckt. Er hatte einen Fernseher im Zimmer, und Fabian hatte ihm einen CD-Player und einige Musikscheiben gebracht.

Im Augenblick hatte er jedoch genug gesehen, gehört und gelesen und hing seinen Gedanken nach. Einfälle, Verdachte, Befürchtungen und Wünsche gingen in seinem Kopf wirr durcheinander. Er versuchte, den Dschungel so systematisch wie möglich zu durchforsten und alles hübsch nach Themenkreisen zu ordnen. Es gab vier oder fünf Dinge, die ihn beschäftigten: die Attacke auf der Finnenbahn zuallererst, dann die Entwicklung von Marco Vetsch, Ellen McGraw,

Tina und die Gespräche mit Seidenbast, die aber ihrerseits um Vetsch und um Ellen gekreist waren. Da gab es einen Punkt, den er mit Seidenbast … Halt, halt, gebot sich Zangger Einhalt, alles schön der Reihe nach!

Erstens der Angriff.

Es gab keinen Zweifel mehr: Jemand war hinter ihm her! Er hatte auf seinem nächtlichen Waldlauf einen Fusstritt erhalten, der ihn schlimm verletzt hatte und nun für einige Zeit aus dem Verkehr zog. Es würde Wochen dauern, bis er wieder ins Krafttraining gehen konnte und seine Läufe wieder aufnehmen durfte. Inzwischen würde er aus der Form geraten, sein Bauch würde noch mehr über den Gürtel ragen, anstatt straffer zu werden, und so würde er … Halt, halt, halt.

Wer war der Angreifer? Wer wollte ihm einen Denkzettel verpassen? Wer trachtete ihm gar nach dem Leben? – Hatte er Feinde? War es ein frustrierter Patient? Steckte der erboste Ehegatte einer Ausbildungskandidatin dahinter? Es war schon vorgekommen, dass Seminarteilnehmer, Frauen und Männer, im Lauf der Ausbildung ihre Ehe oder Partnerschaft in Frage stellten. Es hatte auch schon Teilnehmer gegeben, die sich während der Ausbildung von ihren Partnern trennten. Zangger schürte Trennungsgelüste gewiss nicht, aber wenn ein erwachsener Mensch durch die Selbsterforschung, die in der Ausbildung angeregt wurde, zur Einsicht kam, dass er nicht mit dem richtigen Partner zusammenlebte, dann war das eine Erkenntnis wie jede andere auch. Es war freilich denkbar, dass der betroffene Mann oder die Frau, die verlassen wurde, die wahre Ursache der Partnerschaftskrise in der Ausbildung sah und ihn, den Leiter, als Anstifter zur Trennung betrachteten. Oder sah jemand in ihm gar nicht den Anstifter, sondern den Nebenbuhler? – Professor Raymond Mayer vielleicht?

Lächerlich!, wies sich Zangger zurecht. Da hatte Seidenbast bestimmt Recht gehabt. Als er ihm kurz nach der Operation, noch etwas verwirrt von der Narkose, seinen Verdacht anvertraut hatte, hatte der nur spöttisch gemeint: «Wie sagt man dem jetzt – Paranoia? Hat sich dein Liebeswahn zu einem umfassenden Verfolgungswahn ausgeweitet?»

War er ein Zufallsopfer? War er dem Finnenbahnmörder begegnet? Der Täter war noch nicht gefasst. Hatte sich der Verbrecher an den Ort seiner Tat zurückbegeben und noch einmal zugeschlagen?

Nun fiel Zangger ein, dass er den Mann gerochen hatte. Und die Verbindung aus Körpergeruch, Schweiss, Tabak und Männerparfum, die er wahrgenommen hatte, als er stürzte, dieser Geruch war ihm irgendwie bekannt vorgekommen. Seltsam, dass ihm die zugehörige Person nicht einfiel, denn Düfte regten in ihm oft die intensivsten Erinnerungen an.

Kürzlich war er auf der Bahnhofstrasse wie angewurzelt stehen geblieben und hatte sich nach einer ihm unbekannten Frau umgedreht, die das Parfum – einen Estée-Lauder-Duft – verströmte, das Tina benützt hatte, als sie sich erst kurz kannten. In manchen Amtshäusern weckte das säuerliche Gemisch aus Scheuermitteln, Linoleum und fernem Toilettengeruch die Erinnerung an die ersten Schultage. Das vermutlich nur noch selten anzutreffende Duftgewebe aus Umdruckerspiritus und androgynem Lateinlehrerrasierwasser würde ihn wohl immer noch in Klausurstimmung versetzen. Der Geruch von Dieselöl und nassen Kleidern beschwor unweigerlich den Militärdienst herauf. Kaffeeduft dagegen, der durchs Haus strömte, rief in Zangger selige Erinnerungen an Ferientage bei den Grosseltern wach. Seine Eltern waren Teetrinker gewesen, und Morgenkaffeeduft blieb drum auf immer mit dem grosselterlichen Chalet verbunden.

Zangger wusste nicht, wo er den Geruch, den er auf der Finnenbahn wahrgenommen hatte, einordnen sollte. Er müsste ihn nochmals riechen können. Er konnte sich nicht an ihn erinnern. Man erinnerte sich vermutlich überhaupt nie an Gerüche, sondern umgekehrt: Die Düfte erinnerten einen an eine Zeit, eine Atmosphäre, ein Ereignis oder eine Person. Aber der Erinnerungsflash, den er bei dem Attentat gehabt hatte, war vage und allgemein: männlich, neulich – es war kein Duft aus seiner Vergangenheit, sondern einer aus der Gegenwart – alltäglich, genauer liess er sich nicht einkreisen. Oder war ihm der Geruch bloss deshalb bekannt vorgekommen, weil es sich bei dem fraglichen Männerparfum oder Deodorant um einen der jugendlichen Kultdüfte handelte, die auch seine Söhne benützten?

Da komme ich nicht weiter, dachte Zangger. Nun denn, zweitens Marco Vetsch.

Im vorletzten Seminar hatte dieser einmal mehr über seine geschiedene Frau geschimpft.

Sie drangsaliere ihn ständig wegen eines lächerlichen Geldbetrags, lamentierte Vetsch. Er müsse demnächst mit ihr zum Anwalt. Das stinke ihm gewaltig.

«Was hat sie dir eigentlich getan?», fragte Zangger, da er so vorwurfsvoll klang.

«Verlassen hat sie mich, das hat sie mir getan!», erklärte Vetsch in gehässigem Ton. «Und nachtragend ist sie auch.»

«Was trägt sie dir nach?», wollte Zangger wissen.

«Ach – wahrscheinlich immer noch die alte Geschichte mit der Verschüttung.»

Zangger wurde hellhörig. «Was war da?»

Vetsch erzählte, was sich vor Jahren zugetragen hatte:

Seine Frau war schwanger geworden und hatte eine Fehlgeburt erlitten. Sie blutete heftig und musste als Notfall ins Spital eingeliefert werden. Er schaute zu, wie die Sanitäter sie abholten. Dann verreiste er fluchtartig ins Tessin, ohne sich weiter um sie zu kümmern. Daraufhin reichte sie die Scheidung ein.

«Das ist aber ein dicker Hund, Marco», meinte Zangger und sah ihn ernst an. «Hast du dich je entschuldigt?»

«Wieso sollte ich? Sie hatte mich damals reingelegt mit der Schwangerschaft. Sie hatte behauptet, sie nehme die Pille.»

«Das spielt keine Rolle. Du musst dich entschuldigen, wenn du willst, dass es besser wird zwischen euch. Du musst ihr sagen, es tue dir leid.»

«Fällt mir nicht ein! Vor der Frau krieche ich nicht zu Kreuze», gab Vetsch trotzig zurück. «Überhaupt, es tut mir nicht leid, also kann ich es auch nicht sagen. Ich würde lügen.»

Wie hatte es Seidenbast formuliert?, besann sich Zangger. ‹Du brauchst bloss darauf zu achten, dass die Handlung auf die rechte Art erfolgt. Sie muss die innere Entwicklung, die du in Gang setzen willst, gewissermassen vorwegnehmen.›

«Wenn du es nicht sagen kannst, dann bleibt zwischen euch alles, wie es ist», legte er Vetsch dar. «Aber wenn du dein Verhalten trotz allem ein wenig bereust, nur ein ganz klein bisschen, dann sag ihr, wenn du sie das nächste Mal siehst, es tue dir leid. Sonst nichts, hörst du? Nichts weiter, keine Vorwürfe, keine Anschuldigungen, auch wenn sie dir noch so berechtigt scheinen. Nur: Es tue dir leid.»

Im folgenden Seminar erzählte Vetsch, er habe seine geschiedene Frau bald darauf getroffen. Noch bevor sie mit dem Anwalt gesprochen hätten, habe er zu ihr gesagt: «Ich will dir etwas sagen: Dass ich dich damals im Stich liess, als du das Kind verloren hattest und mit der Blutung im Spital lagst, das tut mir leid. Das war falsch und feige von mir, und es tut mir leid.» Sie sei in Tränen ausgebrochen und habe gesagt, es tue ihr gut, das zu hören. Jetzt falle ein schlimmer, alter Groll von ihr ab. Die Sache mit dem Geld habe sich beim Anwalt im Handumdrehn regeln lassen.

Zangger hatte seine Freude daran, wie sich der junge Arzt in den letzten Monaten verändert hatte. Er empfand auch etwas wie Genugtuung. Vetsch wirkte in den Seminaren gelöster und erwachsener, seine widerborstige Seite war kaum mehr zu spüren. Seit der denkwürdigen Demütigungsszene hatte er sich in den Seminaren wiederholt mit persönlichen Anliegen gemeldet und hatte sich auf alle, buchstäblich alle therapeutischen Anregungen Zanggers eingelassen. Ein Entwicklungsprozess war zweifellos im Gang.

Zangger nahm sich vor, Seidenbast davon zu berichten. Schliesslich hatte er den entscheidenden Anstoss dazu gegeben.

Den Meister zeigen, Handlungstherapie!, sinnierte Zangger, träge im Spitalbett liegend. Er dachte wieder an die therapeutische Sternstunde im vergangenen Jahr. Wandlung durch Handlung, Heilung durch die Tat!, wunderte er sich, wo hat er diese Ideen bloss her?

## 25

Doktor Zangger hatte jahrelang mit seinen Patienten gearbeitet wie andere Psychotherapeuten auch. Und das tat er noch immer: In aller Regel hörte er zu, stützte und ermutigte seine Patienten, frustrierte sie manchmal bewusst, um die in ihnen schlummernden Kräfte zu wecken, zeigte ihnen die Denk- und Erlebensmuster auf, die sie in Schwierigkeiten brachten, konfrontierte ungesundes Verhalten, analysierte Interaktions- und Beziehungsmuster, erforschte den unbewussten Lebensplan, spürte die verborgenen Motive ihres Handelns und Vermeidens auf. Er liess sie erzählen und liess sie klagen, er zeigte Verständnis für ihre Not.

Nur eines tat Zangger nie: Er sagte den Patienten nie, was sie tun sollten. Er nahm ihnen keine Entscheidungen ab. Er tat es auch dann nicht, wenn er zu wissen glaubte, was das Richtige wäre. Er erteilte keine Ratschläge, denn er wollte, dass seine Patienten aus eigenem Antrieb seelisch wuchsen, sich von innen heraus selber entwickelten. Er war dabei der geduldig wartende Gärtner, er durfte und konnte nicht an der Pflanze ziehen, um ihr Wachstum zu beschleunigen.

So lauteten die Grundsätze Doktor Zanggers.

Doch eines Tages platzte ihm der Kragen.

Ein junger, zwar immerhin dreissigjähriger, aber unreifer, depressiver Schnösel aus steinreicher Familie hatte seit Monaten über sein Unglück geklagt. Er blies zu Hause Trübsal und fand, er sei unfähig zu arbeiten – er hatte es auch nicht nötig, denn er besass einen Haufen Geld. Wiederholt rief er, wenn Zangger nicht da war, den Notarzt, der ihn als selbstmordgefährdet in eine Privatklinik einwies. Zangger hatte nach allen Regeln der Kunst mit dem Patienten gearbeitet, hatte Motive erforscht, Gefühle geweckt, Einsichten ermöglicht, Erlebens- und Verhaltensweisen analysiert und gedeutet – der Mann trat an Ort. Zangger wusste nicht weiter.

«Vielleicht hat er eine Therapievergiftung», stellte Seidenbast keuchend fest. Er blieb stehen und wischte sich den

Schweiss von der Stirne. Zangger war sprachlos, nicht nur, weil er ebenfalls etwas ausser Atem war. Er spürte augenblicklich, dass sein Freund Recht hatte.

Sie pflegten auf ihren Wanderungen über Gott und die Welt, über Lüste und Früste und manchmal auch über ihre Arbeit zu reden. Sie befanden sich auf dem Aufstieg aus dem Bedretto, bald steil neben dem gurgelnden Wildbach, bald sanft über Wiesen steigend. Der Türkenbund blühte. Über den Cristallinapass sollte es ins Val Bavona gehen. Alpinisten waren sie keine, sie begnügten sich mit Bergwanderungen, die etwas anstrengend sein durften.

Bis zur ersten Rast hatte sich Seidenbast seinen Kummer mit dem Antiquariat von der Seele geredet. Er hatte über den schlechten Geschäftsgang geklagt und die Befürchtung geäussert, dass er wohl nicht mehr lange an der Kirchgasse werde bleiben können. Zangger hatte still zugehört, er verstand seine Sorgen, aber er konnte ihm nicht helfen. Nun war er selber an der Reihe mit Erzählen. Die frustrierende Erfahrung mit dem jungen Reichen war noch frisch. Er hatte ihn am Vortag in seiner Sprechstunde gehabt.

«Therapievergiftung?», wiederholte Zangger, unentschieden, ob er darüber lachen oder sich dagegen verwahren solle.

«Oder gibts das etwa nicht?», fragte Seidenbast und beantwortete seine Frage gleich selber. «Es gibt doch Medikamentenvergiftungen, nicht wahr?», meinte er. «Schädigungen durch zu intensive Heilgymnastik oder Massagen kommen auch vor. Unbegrenzt Einläufe zu applizieren, dürfte kaum bekömmlich sein», grinste er, «da wird man doch daran denken dürfen, dass zu viel Psychotherapie vielleicht mehr schadet als nützt.»

Zangger suchte nach einem Argument gegen diese dreiste

Annahme, aber er fand keines. Er nahm einen Schluck aus der Feldflasche und reichte sie seinem Freund.

«Komm, wir setzen uns da drüben in den Schatten», schlug dieser vor und liess sich unter der frei stehenden Lärche nieder; sie hatten die Baumgrenze fast erreicht. Kaum sass er, sog er gierig an einer Zigarette.

«Nimms mir nicht übel, ich verstehe ja nichts davon», sagte Seidenbast und blies den Rauch von sich, «aber manchmal wundere ich mich, dass ihr Psychotherapeuten nicht merkt, wenn es des Guten zu viel ist.»

«Ihr Psychotherapeuten» – das hasste Zangger. Aber er begehrte nicht auf. «Manche Patienten sind eben seelisch so bedürftig wie Kinder», erklärte er seinem Freund, «und brauchen unsere Zuwendung über lange Zeit.»

«Schon möglich, das kann ich nicht beurteilen», meinte Seidenbast kühl. «Aber darf man Kindern denn nichts zumuten?», argumentierte er fragend weiter. «Wollen die wirklich dauernd verhätschelt werden?»

Es kränkte Zangger ein bisschen, dass Seidenbast ihm, dem Familienvater, solche Fragen stellte.

«Dem Mann geht es doch nur um eines: Ich, ich, ich – und du förderst das noch mit deiner Behandlung», fuhr Seidenbast aufgebracht fort. «Das kann doch nicht gesund sein. – Und wie er mit seiner Freundin umgeht, wie er sie nach Noten ausnützt, das ist doch haarsträubend!»

Zangger war sofort klar: Seidenbast trauerte immer noch um seinen verstorbenen Freund. Sein Zorn galt einem, der in einer Partnerschaft leben durfte und seiner Beziehung nicht Sorge trug.

«Weisst du», versuchte er ihn zu überzeugen, «zuerst muss einer sich selber lieben lernen, bevor er für andere da sein kann.»

«Das sagt ihr immer», ereiferte sich Seidenbast. «Dabei ist es gerade umgekehrt: Wenn einer merkt, dass er nicht nur nehmen, sondern auch geben kann, dann hat er mehr Selbstrespekt, und es geht ihm besser. – Ich sag dir eins», behauptete er jetzt bestimmt: «Der wird erst gesund, wenn er auch mal an andere denkt, anstatt sich dauernd mit sich selber zu beschäftigen.»

«Ich hoffe natürlich auch», stimmt ihm Zangger zu, «dass er zu dieser Einsicht kommt.»

«Einsicht? Da kannst du lange warten», sagte Seidenbast. Er hatte sein Fernglas vor die Augen gehoben und suchte den Horizont ab. Nach einer Weile setzte er es ab, blickte seinen Freund an und meinte: «Sag ihm doch einfach, was er zu tun hat.»

Wenn das so einfach wäre!, dachte Zangger, aber er wollte Seidenbast jetzt nicht über die Subtilitäten psychotherapeutischer Arbeit aufklären.

«Dieser Ausblick! Sind wir nicht grenzenlos privilegiert?», schwärmte Seidenbast. Offensichtlich hielt er die Meinungsverschiedenheit für bereinigt. Er wies zum Gotthard hinüber und ins Tal hinunter, und Zangger war es nur recht, dass das Lamentieren über die Arbeit damit beendet war.

Der Aufstieg war schweisstreibend. Ihr Durst war gewaltig, als sie in der Hütte ankamen. Literweise tranken sie Tee, den der Hüttenwart bereitgestellt hatte. Zum Abendessen, köstlichem Steinpilzrisotto, genossen sie den billigen Veltliner, als wärs eine Trouvaille aus dem Burgund.

Die Nacht war kalt, dankbar benutzten sie die rauhen Wolldecken. Frühmorgens wuschen sie sich draussen am Brunnen, dann strebten sie über Schneereste dem Pass entgegen. Darauf der Abstieg: majestätische Gipfel ringsum, tief unten verträumte kleine Seen, dann von Felsbrocken übersäte Alpweiden, Bergblumen in allen Farben, tosende Bäche, verlassene Steinhäuser – Eidechsen sonnten sich auf dem Gemäuer und verschwanden blitzschnell, wenn sie herantraten –, schliesslich das erste winzige Dorf. Auf romantischen Wegen der Bavona entlang, über Holzstege und alte Steinbrücken, vorbei an Wasserfällen und urzeitlichen Gesteinsformationen, durch Kastanienwälder und, im plötzlich breiter werdenden Tal, über lauschige Auen gelangten sie ans Ziel.

Auf der Fahrt im Postauto redeten sie noch – «Vergiss nicht, deinem Schützling den Tarif bekannt zu geben», ermahnte Seidenbast Zangger – aber im Zug schliefen sie, in ihren Sitzen milde gerüttelt, bald ein.

Wenige Tage später erschien der junge Reiche wieder in Zanggers Sprechstunde. «Ich halte es nicht mehr aus! Stellen Sie sich vor, meine Freundin ist schwanger. Dem bin ich nicht gewachsen, ich kann nicht mehr», sagte er. Es ging ein Sog von Hilflosigkeit von ihm aus. Zangger fühlte sich gezwungen, sich um den Mann in der Weise zu kümmern, wie er es immer getan hatte. Er wandte sich ihm zu.

«Sie muss abtreiben, sonst ist es aus zwischen uns. Ich fühle mich so elend, ich brauche Ihre Hilfe», klagte der Patient und schaute ihn verzweifelt an.

Therapievergiftung!, dachte Zangger.

«Ich denke nur noch an Selbstmord», sagte der Mann. «Sie müssen mich ins Sanatorium einweisen.»

Zangger gab sich einen Ruck.

«Das würde Ihnen so passen!», sagte er, in einem Ton, der ihn selber stutzig machte. «Oh nein, Sie gehen jetzt nach Hause und kümmern sich um ihre Freundin! Haben Sie mich verstanden? Sie müssen ihr helfen, sie braucht Sie jetzt.»

Der Mann meinte verdattert: «Aber das ist unmöglich. Ich bin ja selber völlig am Boden, da bin ich ihr doch keine Hilfe. Und wenn Sie mich so drängen», sagte er vorwurfsvoll, «wird mein Zustand nur noch schlimmer.»

Da herrschte ihn Zangger an – er herrschte ihn tatsächlich an – und warf ihm einen Satz ins Gesicht, den er noch nie zuvor in einer Therapiestunde ausgesprochen hatte: «Es geht jetzt nicht um Sie!», sagte er barsch. Der Patient erlebte einen heilsamen Schock und erhob sich. Bevor er ging, legte ihm Zangger nahe: «Und drängen Sie Ihre Freundin ja nicht zur Abtreibung! Fragen Sie sie bloss, was *sie* wolle, und lassen Sie ihr Zeit für die Entscheidung. Stehen Sie ihr bei, wie immer sie entscheidet. Dann kommen Sie wieder.»

Der Mann ging nach Hause und tat – Zangger konnte es selber kaum glauben – wie geheissen. Einige Tage später kam er wieder und sagte, seine Freundin wolle das Kind austragen.

«Sie werden also Vater», stellte Zangger fest. «Meinen Glückwunsch!» Der junge Mann kümmerte sich von da an um seine Freundin, er bereitete sich auf seine Vaterschaft vor – das war das einzige Thema, das Zangger in den folgenden Gesprächen zuliess –, seine Freundin gebar das Kind, und der Mann war von seiner Krankheit geheilt. Gewiss hatte er immer noch seine Probleme mit sich und mit andern, aber die jahrelange Depression war vorbei.

Bei ihrem nächsten Treffen berichtete Zangger Seidenbast von dieser unerwarteten Entwicklung.

«Wie sagt man dem? Ist es Verhaltenstherapie, was du mit ihm gemacht hast?», wollte Seidenbast wissen.

«Nein, Verhaltenstherapie kann man es nicht nennen», antwortete Zangger.

«Dann war es halt Handlungstherapie», lachte Seidenbast. «Behandlung durch Handlungsanweisung, oder nicht? Die Tat hat ihn geheilt.»

Tatsächlich hatte sich Zangger zuerst eingebildet, er habe den Patienten kuriert, indem er ihm die Leviten las. Aber es war gar nicht die Standpauke, die ihn geheilt hatte, nein, es war die Tatsache, dass der Mann aufgrund der Zurechtweisung etwas Sinnvolles tat: Er hatte eine Aufgabe übernommen, er hatte begonnen, wie ein erwachsener Mensch verantwortungsvoll zu handeln.

## 26

Zangger war schläfrig geworden. Er fühlte sich fiebrig. Eine Wundinfektion sei nicht zu befürchten, hatte ihn Morgenthaler beruhigt. Offenbar hatte er sich im Wald eine Erkältung geholt. Das Nachdenken hatte ihn ermüdet, er war zu keinem klaren Gedanken mehr fähig. Was Tina und Ellen betraf, ging ihm nur noch wirres Zeug durch den Kopf.

Er döste vor sich hin. Durch die halb geöffneten Augen nahm er die Sonnenstrahlen wahr, die durchs Fenster flirrten und an der gegenüberliegenden weissen Wand tanzten. Geräusche von draussen drangen an sein Ohr.

Im Bett liegen. Krank, aber umsorgt. Geräusche von draussen. Lichtstrahlen an der Wand.

Lukas glitt zurück. Weit zurück.

Krank, aber nicht leidend, wohlig krank. Die Bettdecke angenehm schwer und schützend. Lichtstrahlen, die auf die getäferte Wand fielen und im Kinderzimmer Stäubchen tanzen liessen. Seltsame Gesichter in der Maserung des Holzes, lustige und furchterregende, er brauchte nur lange genug zu schauen. Er hatte ja Zeit. Alltagsgeräusche, die ihn wie durch einen Schalltrichter erreichten, verstärkt oder gedämpft, je nachdem, wie er im Geist den Trichter hielt, so oder andersherum, wie Vaters Fernglas: Tellergeklapper aus der Küche, Mutters Stimme, wenn sie einen Telefonanruf beantwortete oder unter der Haustüre mit einem Hausierer sprach, Wisch- und Schrubbgeräusche im Treppenhaus oder das milde Zischen des Bügeleisens auf der eingespritzten Wäsche. Draussen vor dem Haus ein vertrautes Scheppern, wenn der Milchmann unter seinem Fenster den Karren abstellte, ein feines Klingen, wenn er die Milch schöpfte und mit dem metallenen Litermass die Kanne berührte, der dumpfe Schlag, wenn er die Türe des Milchkastens schloss, nachdem er die Ware hineingestellt hatte. Frauenstimmen auf der Strasse, Hundegebell, wenn der Briefträger nahte. Von ferne das Sirren der Metallsäge in der Werkstatt des Schlossers. Geräusche, die sicher machten, Geborgenheit gaben. Die Welt war in Ordnung. Lukas war krank, aber das Leben draussen nahm seinen gewohnten Lauf. Am Nachmittag dann die Spielgeräusche der Kinder. Das Verlangen, auch draussen sein zu dürfen. Oder die beruhigende Gewissheit, drinnen bleiben zu dürfen.

Es war Lukas, als müsse jeden Augenblick seine Mutter hereinkommen und ihm an die Stirn fassen. Es war ihm, sie müsse hereinkommen und die Dinge beiseite räumen, die auf seiner Bettdecke verstreut lagen, das Laken glatt streichen und die Krümel wegwischen. Es war ihm, sie müsse hereinkommen und ihn fragen, was er brauche oder ihm einfach ungefragt von dem gesüssten Tee nachschenken.

Er wünschte sich fast, sie käme.

Mutter.

Nein, Tina.

Nein, Ellen.

Die Gesichter der Frauen schoben sich eins über das andere, wenn er an sie dachte, und allmählich geriet alles durcheinander, die Sehnsüchte und das Heimweh und das Fernweh, und er schlief ein.

Es klopfte.

«Herein», murmelte Zangger, halb schlafend.

Vetsch streckte den Kopf durch den Türspalt.

«Störe ich?», fragte er, als er erkannte, dass Zangger eben erst aufwachte.

«Keineswegs», sagte Zangger wahrheitswidrig und bemühte sich, aus seinem von Kindheitserinnerungen trunkenen Seelenzustand aufzutauchen. «Marco! Was für eine Überraschung. Komm näher.»

Ohne heranzutreten, grüsste ihn der Besucher – vielleicht war es ihm peinlich, den Lehrer verschlafen vor sich zu sehen – und begab sich zu dem Tisch neben dem Fenster. Er stellte eine mitgebrachte Weinflasche hin und blieb stehen.

«Ich dachte mir, du habest schon genug Blumen bekommen. Ich habe dir den da mitgebracht.»

«Vielen Dank», sagte Zangger.

«Schlimme Sache», konstatierte der junge Arzt, der offenbar über Zanggers Unfall und Operation Bescheid wusste. Er fragte: «Gehts dir schon besser?»

Zangger mochte sein Erlebnis und seinen Gesundheitszustand nicht zum Gesprächsthema machen. Er informierte Vetsch lediglich darüber, dass der behandelnde Arzt zufrieden sei und einen komplikationslosen Heilungsverlauf erwarte.

«Gut, dass du da bist, Marco. Ich wollte ohnehin etwas mit dir besprechen», eröffnete ihm Zangger. «Vielleicht könntest du mir aus der Patsche helfen.»

Am Vortag war Zangger nämlich die Idee gekommen, er könnte Vetsch fragen, ob er ihm ein paar seiner Patienten schicken dürfe, da er seine Praxis für einige Zeit hatte schliessen müssen. So würde er zwei Fliegen mit einer Klappe schlagen: Einmal war er seiner Patienten wegen in Verlegenheit, denn es waren noch nicht alle, die es brauchten, anderweitig untergebracht. Zum andern war er der Überzeugung, es würde Vetsch stärken, wenn er ihn als gleichwertigen Kollegen behandelte und ihm seine Patienten zuwiese. Vor drei, vier Monaten wäre es ihm nicht im Traum eingefallen, jemanden an ihn zu überweisen, aber seit Vetsch sich in so erfreulicher Weise verändert hatte, hatte er keine Bedenken mehr. Er hatte bereits mit dem zuständigen Oberarzt an der Poliklinik telefoniert und sich versichert, dass die Patienten tatsächlich von Vetsch behandelt würden.

Aus Vetschs Reaktion wurde er allerdings nicht klug. Er zeigte sich zwar erfreut, sagte, er tue es gern und bedankte sich für das Vertrauen. Doch druckste er herum und meinte, es gebe noch etwas zu besprechen zwischen Zangger und ihm.

Zangger vermutete, er meine die Modalitäten der Überweisung. Er versicherte ihm, es sei alles geregelt. «Abgemacht?», fragte er. «Dann darf ich die Patienten an dich überweisen?»

«Einverstanden», sagte Vetsch. Er schien schon wieder aufbrechen zu wollen. Er blickte stumm auf seinen Lehrer. Es dünkte Zangger, er schaue irgendwie seltsam.

«Was ist?», fragte er.

Vetsch sah ihn verwirrt an.

«Nichts», sagte er.

Was schaut er auf einmal so grimmig?, fragte sich Zangger.

Vetsch trat vor, streckte den Arm aus.

Zangger lehnte sich unwillkürlich in seine Kissen zurück, er wusste selber nicht, weshalb. Aber als Vetsch ganz an sein Bett trat und seine Hand nach ihm ausstreckte, packte Zangger ein heilloser Schreck. Er dachte sich nichts dabei, er fühlte nur eine fürchterliche Angst. Er erbleichte, griff sich an den Hals.

Vetsch wich zurück, fragte seinerseits: «Was ist?»

Im selben Augenblick wusste Zangger, was es war: Der Geruch, als Vetsch näher trat. Das war der Finnenbahngeruch! Dieses Gemisch aus Tabakrauch und Männerparfum! Es fehlte nur der Schweissanteil, jedenfalls war er schwächer.

Er brachte kein Wort heraus, schaute Vetsch entsetzt an.

Dieser blickte nicht minder erschreckt, erbleichte ebenfalls. Er wich weiter zurück, stand schon fast an der Türe.

Zangger richtete sich auf, er atmete schwer. Er fuhr sich mit der Hand übers Gesicht und griff sich an die Nase, die leicht troff. Er langte nach dem Klingelknopf, ohne zu wissen, weshalb. An der ausgestreckten Hand war etwas Blut.

Vetsch, beim Anblick der blutbefleckten Hand noch bleicher geworden, sagte: «Dann geh ich wohl besser. Ich will nicht länger stören», und schon war er draussen.

Als die Krankenschwester eintrat, fragte Zangger nur: «Ist er fort?»

«Wer?», fragte die Schwester. «Ihr Besuch?»

Zangger nickte.

«Ja, der Herr ist eben gegangen. Er ist im Lift. Soll ich ihn rufen lassen?»

«Nein, nein, nein», sagte Zangger.

Die Schwester schenkte ihm ungefragt von dem gesüssten Tee nach, räumte ein paar Dinge beiseite und strich die Bettdecke glatt. Dann wusch sie Zangger das Blut aus dem Gesicht und von den Fingern und liess ihn wieder allein.

Um Gottes willen, durchfuhr es Zangger. War Vetsch der Angreifer? Er war sich sicher, den Geruch wiedererkannt zu haben, den er im Hinfallen auf der Finnenbahn wahrgenommen hatte, als die dunkle Gestalt an ihm vorbeipreschte. Dieser Geruch hatte vorhin Schrecken und panische Angst ausgelöst.

Was wollte er eben? Was wollte er, als er auf mich zutrat?

Pochenden Herzens sann er weiter. Trug Vetsch ihm die Demütigung doch nach? Er hatte damals mit stummem Zorn reagiert – mottete der noch immer? Nun erinnerte er sich auch des Flackerns in Vetschs Blick, damals im Seminar nach dem Mord: Verunsichert, verschreckt hatte er geschaut, als Zangger über böse Taten referiert hatte. Eine schlimme Frage zwängte sich in Zanggers Kopf: Wenn Vetsch sein Angreifer war, war er dann auch der Finnenbahnmörder?

## 27

Nach seiner Entlassung aus dem Spital wurde Zangger zu Hause ein rührender Empfang beschert. Tina holte ihn ab, Mona hatte frei genommen, die Söhne eilten von der Schule schnurstracks nach Hause. Die ganze Familie sass zum Tee beisammen, Claudia war auch gekommen. Sie strahlte ihren Vater aus blauen Augen an, setzte sich neben ihn, legte den Arm um ihn und meinte: «Pass in Zukunft besser auf dich auf, Papa. Wir brauchen dich nämlich noch ein bisschen.»

«Wozu denn?», wollte Zangger wissen.

«Einfach so. Als elder statesman.»

Zangger wurde es warm ums Herz. «Als Grossvater, meinst du?» Er erschrak selber ein wenig über seinen Scherz.

«Ach wo, das geht nicht so rasch», beruhigte sie ihn.

Mona gab sich sichtlich Mühe, fröhlich zu wirken und legte ihm ein Stück Kuchen auf den Teller: «Extra für dich gebacken.»

Zangger kostete gleich davon. «Der ist dir hervorragend gelungen, Mona. Wunderbar feucht! Ein Zitronencake, nicht wahr?», erkundigte er sich. «Aber da muss noch ein besonderes Gewürz drin sein.»

«Kardamom und Ingwer.»

«Oh, ich liebe indische Gewürze! Schmeckt ganz vorzüglich. Du weisst, ich gehöre immer noch zu den Schleckmäulern. Aber ich muss aufpassen», sagte er. Er griff sich an den Leib und formte aus Pullover und Bauch einen Wulst. Dazu machte er ein angewidertes Gesicht. «Siehst du?»

«Halb so schlimm», fand sie.

Zangger wandte sich an die Söhne: «How's life, Tom?»

«Fine, Pa», antwortete dieser. Dass er mittlerweile eine Gymnasialklasse zurückgefallen war, schien ihn nicht sonderlich zu bedrücken. Obschon man ihn oft für den älteren Bruder hielt, war er jetzt gegenüber Fabian ein Jahr im Hintertreffen. Aber die beiden waren nie in derselben Klasse gesessen, sie besuchten zwei verschiedene Gymnasien.

«Was treibst du so?», wollte Zangger von Fabian wissen.

«Gestern Abend war ich mit Tom im Halfmoon», erzählte der Junge.

Zangger war auch schon in dem Musikkeller gewesen, in welchem mal Pop, mal Jazz oder Blues gespielt wurde. Zwei- oder dreimal hatte er ihn mit den beiden Jungen besucht.

«Was gabs?», fragte er weiter.

«Das Übliche. Gar nicht schlecht, vor allem die Sängerin. Eine Weisse, aber sie singt wie eine Schwarze. Super!»

«Wie heisst sie denn?», erkundigte sich Zangger, obschon ihm die Namen der im Halfmoon auftretenden Künstler kaum je etwas sagten. Aber er wollte Interesse bekunden.

«Weiss ich nicht mehr. Warte – McGray.»

«Nicht McGray», korrigierte ihn Tom. «McSonstwas. Helen, glaube ich. Helen McSoundso, der Name wird mir bestimmt wieder einfallen.»

Zangger erschrak, aber er liess sich nichts anmerken.

«Jung oder alt?», fragte er.

«Alt», sagte Fabian, und Zangger atmete auf.

«Älter als Claudia», präzisierte Tom.

Seinem Vater stockte der Atem wieder. Beinahe hätte er gefragt, wie sie aussehe.

«Eine Rote ist sie, wie die aus dem Roman», kam ihm Fabian zuvor. «Mit Sommersprossen. Und singt wie eine Schwarze.»

«Vielleicht komme ich auch wieder mal mit», meinte Zangger.

«Ach, Pa, das ist doch nichts für dich. Du bist einfach zu alt für den Halfmoon. Dort gehen nur Junge hin», gab ihm Tom zu bedenken.

Ellen eine Jazz- oder Popsängerin! Zangger war von der Nachricht überrascht und fasziniert zugleich. Kein Wort hat sie davon gesagt, dachte er. Beginnt sich da ein Geheimnis zu lüften? Offenbar will sie ihr Doppelleben aus irgendeinem Grund geheim halten. Warum wohl?, fragte er sich noch, als er Monas vorwurfsvolle Stimme hörte.

«Papa, bitte!»

Sie hatte ihn einmal mehr dabei ertappt, wie er mit dem

angefeuchteten Zeigefinger gedankenverloren Krumen vom Tisch auftupfte und in den Mund steckte. Eine alte Unart.

«Oh», machte er, «wie unschicklich!» Er richtete sich auf und kehrte zu seiner Familie zurück.

Mit den Seinen bei Tisch zu sitzen, erfüllte ihn mit Zufriedenheit, vermischt mit einem stillen Stolz. Heute empfand er in ihrer Gegenwart auch eine Art von Sicherheit, derer er bis anhin noch nie bedurft hatte. Eigenartig! Er musste feststellen, dass er sich in einem labilen Gemütszustand befand, den er an sich selber nicht kannte: durchlässig, ungewohnt sensibel; irgendwie verunsichert und schwach; sehr zu seinem Befremden auch etwas ängstlich; auf unbegreifliche Weise unerwachsen. Die üble Geschichte hatte ihm mehr zugesetzt, als er gedacht hätte, und der Spitalaufenthalt hatte ihn offenbar in sonderbarer Weise zurückgeworfen. Seiner Familie durfte er natürlich nichts davon sagen. Die hielt das Ganze für einen Sportunfall. Er hatte sie nicht beunruhigen wollen und deshalb nichts von der Attacke erzählt. Wenn sich alles aufgeklärt haben würde, wäre es immer noch früh genug, sie zu informieren.

«Luc? Wo bist du?», fragte Tina, nachsichtig lächelnd.

Er lachte verlegen zurück. Sie hatte Recht, er war bereits wieder abwesend. Es fiel ihm ausserordentlich schwer, innerlich nicht abzuschweifen.

Die Rote, sann er. Natürlich! Er hatte den Roman auch gelesen. Dann war es am Ende gar nicht Monica Vitti gewesen, an die Ellen ihn beim ersten Gespräch erinnert hatte, und auch nicht Botticellis Flora, sondern die Rote, wie er sie sich als junger Mann vorgestellt hatte.

Gegen Abend gingen Töchter und Söhne zusammen in die Stadt. Tina blieb bei ihm sitzen. Zuerst war ihm ganz behaglich zumute. Sie erkundigte sich liebevoll nach seinem Befinden, schenkte ihm Tee nach, sorgte dafür, dass er das Bein mit dem Gipsverband hoch lagerte.

«Du hast in letzter Zeit übertrieben, findest du nicht?», sagte sie ohne Strenge. Sie hielt die Teetasse in der Hand und blickte auf. «Du musst etwas ändern, das ist dir doch klar, Luc?» Das ärgerte ihn, obschon es fürsorglich gemeint war. Sie sagte, sie mache sich Sorgen um seine Gesundheit: Er müsse sein Arbeitspensum reduzieren, solle weniger laufen, seltener ins Krafttraining gehen. Sie beanstandete dieses und jenes, aber er hörte gar nicht recht zu. Es kam ihm vor, sie kritisiere alles, was er tat oder jemals getan hatte. Er fühlte sich gemassregelt und bevormundet. Schliesslich drängte Tina ihn, die Seminare im nächsten halben Jahr nicht wieder aufzunehmen. Er solle seine bewährten Gastdozenten zuziehen, schliesslich sei er nicht unersetzlich.

«Für das kommende Seminar habe ich eine hervorragende Lehrtherapeutin eingeladen», gab er ihr bekannt. «Aber die folgenden leite ich wieder selber. Das lasse ich mir nicht nehmen», betonte er verärgert.

«Was ist bloss in dich gefahren?», fragte Tina befremdet. «Du bist unverbesserlich», sagte sie. Dann riet sie in versöhnlichem Ton: «Jetzt gönn dir doch mal eine richtige Pause!» Sie schaute ihn an, und da er nicht beipflichtete, schwieg sie verstimmt.

Mit einem Mal sah Zangger auf ihrem Gesicht den verhärmten Ausdruck seiner Mutter. Diese Miene hatte seine Mutter jeweils gezeigt, wenn sie, als er halbwüchsig war, in ihre depressiven Zustände fiel. Das brachte in Zangger etwas ins Wanken. Er betrachtete seine Frau, wie sie dasass: Er sah die Falten um ihren Mund und an ihrem Hals und entdeckte zum ersten Mal den Ansatz eines Doppelkinns, jedenfalls wenn sie den Kopf senkte. Die Vorstellung, sie auf den Mund zu küssen, dünkte ihn auf einmal erschreckend unattraktiv. Er stiess sich daran, wie sie den Kuchen kaute und wie sie den Tee schluckte.

Genau wie Mutter!, dachte er. Sie ist schmallippig geworden. So habe ich sie noch nie wahrgenommen. Sie hat sich verändert. Da kam ihm ein beunruhigender Gedanke: Vielleicht hat sie sich gar nicht verändert – vielleicht ist sie immer so gewesen!

Hatte er es einfach nicht sehen und wahrhaben wollen? Hatte er, ohne sich dessen bewusst zu sein, gewissermassen seine Mutter geheiratet? – Er musste an sein Gespräch mit Seidenbast im «Da Gino» denken. Ob sein Freund bei ihm intuitiv die Neigung erkannt hatte, sich auf Frauen mit Zügen seiner eigenen Mutter einzulassen, etwas, was ihm selber schlicht verborgen geblieben war? Der Gedanke irritierte ihn gewaltig, und er verwarf ihn wieder.

Ohne es zu wollen, suhlte er sich dann in der Vorstellung, wie es wäre, wenn Tina stürbe. Er wehrte sich zuerst dagegen, denn er fand es absolut niederträchtig, diesen Gedanken zu hegen. Doch dann gab er sich gleichwohl für eine Weile der Fantasie hin, wie er sich nach ziemender Frist um Ellen kümmern könnte.

Wer weiss, dachte er, vielleicht würde sie von sich aus auf mich zukommen? Tina ist damals ja auch von selber gekommen.

Später am Abend zog sich Tina zurück. Sie fragte: «Brauchst du Hilfe beim Zubettgehen?» Er behauptete, das sei nicht nötig.

Sie schlief bereits, als er ihr an seinen Krückstöcken ins

Schlafzimmer folgte. Er wollte sich zuerst im Dunkeln zu Bett legen, doch dann knipste er das Licht an. Wie er seine Frau im Bett liegen sah, war sie zu seiner Überraschung friedlich und frisch anzusehen. Der verhärmte Ausdruck war wie weggeblasen. Sie sah aus wie Dornröschen mit ihrem schönen Gesicht, den ruhig geschlossenen Augen, dem schwarzen Haar auf dem weissen Pfulmen. Er beugte sich über sie, küsste sie vorsichtig auf Wange und Stirn, sog den vertrauten Duft ihrer Haut ein.

Nun war alles wieder wie früher.

Was bin ich für ein Esel!, warf er sich vor und liebte seine Frau mit einem Mal wieder. Er legte sich hin, arrangierte sich mit seinem Gipsbein, so gut es ging, und lag eine Weile still. Dann verspürte er das Bedürfnis nach etwas mehr Nähe und versuchte, an sie heranzurücken. Er fand, es sei das Beste, das Zerwürfnis nicht tiefer werden zu lassen, sondern für eine versöhnliche Annäherung zu sorgen. Aber Tina rückte im Schlaf von ihm weg – brüsk, wie ihm schien, unwillig.

«Dann eben nicht», sagte er leise und beleidigt. Nun warf es ihn auf seiner emotionalen Achterbahn wieder auf die andere Seite. Er dachte ihn nicht wirklich zu Ende, diesen Gedanken, aber beinahe hätte er ihn gedacht: Würde dir recht geschehen, wenn *ich* stürbe. Herzinfarkt zum Beispiel – dann würdest du merken, was du an mir hattest!

Stattdessen machte er sich Gedanken zu dem bevorstehenden Seminar, das er bald durchführen würde, das Seminar zum Thema Lebenswege. Denn dieses, das stand für ihn fest, würde er auf jeden Fall selber leiten. Es war in früheren Lehrgängen stets zum eigentlichen Höhepunkt der Ausbildung geworden. Es ging dabei um die Erforschung der eigenen Herkunftsgeschichte, um die Betrachtung des bisherigen Lebenswegs und um die Entschlüsselung des unbewussten Lebensplans. Das war für die Ausbildung von zukünftigen Psychotherapeuten seiner Ansicht nach unerlässlich. Er freute sich darauf, bei dieser Gelegenheit alle noch besser kennen zu lernen. In diesem Seminar würde es auch für Ellen kein Ausweichen mehr geben, sie würde sich wie alle andern beteiligen und von ihrem Leben erzählen müssen, nein, erzählen wollen.

## 28

Das Seminar fand bald darauf statt.

Eigenartig, wunderte sich Zangger, alles sieht so ungewohnt aus. Vielleicht kommt es mir wegen meiner unfallbedingten Abwesenheit bloss so vor, überlegte er sich. Aber irgendetwas stimmt nicht mit der Sitzordnung. Jemand hat die Sessel neu angeordnet. Hatten die Zimmerwände wirklich immer diesen Farbton? Ich hatte ihn anders in Erinnerung.

Ellen hatte ihn schon die längste Zeit unverwandt angesehen. Jetzt musste er sie ansprechen.

«Ellen?», fragte er.

Sie fuhr ein wenig zusammen, als habe er sie aus etwas herausgerissen. Hatte sie geträumt?

«Was ist mit dir?»

«Ich wollte mich eigentlich mit meiner Herkunftsfamilie befassen.»

«Ja, gut. Das ist unser Thema.»

«Aber da ist etwas anderes, das ich zuerst loswerden muss.»

«Worum geht es?», fragte Zangger.

«Es treibt mich um, aber ich scheue mich, darüber zu reden», sagte sie. Sie holte tief Atem.

Zangger sagte nichts. Er wartete, dass sie weitersprach. Er sah ihre Unsicherheit und innerlich bebte er selber. Jetzt hatte er sie gefragt, er konnte es nicht zurücknehmen.

«Es geht um dich», brachte sie hervor.

Eine plötzliche Hitze schoss in ihm hoch. Er war fast sicher, dass er errötete.

Die Gruppe sass still, alle spürten die Spannung.

«Um mich?», fragte er und gab sich alle Mühe, entspannt zu wirken. Aber er fühlte sich plump und stellte mit Beklemmung fest, dass seine Stimme scherbelte. Er räusperte sich. «Oder vielmehr um mich. Es ist etwas sehr Persönliches.»

«Ja?»

«Es geht um meine Gefühle zu dir.»

Er erstarrte – ob er jetzt erbleichte? –, dann begann er innerlich zu zittern. Ellen blickte zu Boden. Ihr Gesicht blühte in sanfter Röte auf, und hätte sich Zangger in seiner freudig-schrecklichen Vorahnung nicht so beklommen gefühlt, er hätte den Anblick bestimmt genossen.

«Es ist mir peinlich, vor allen darüber zu reden – aber ich muss es tun, ich kann meine Gefühle schlecht verbergen. Und wenn ich es jetzt nicht ausspreche, ist es mir ständig im Weg.»

«Mhm, mhm», machte Zangger. «Mhm. Ich verstehe dich sehr gut», plapperte er.

«Schau, Lukas», sagte sie, und blickte ihn fest an, «ich empfinde eine besondere Zuneigung zu dir.» Sie errötete wieder und schaute erneut zu Boden. «Manchmal rede ich mir zwar ein ‹Der Typ ist dir doch bloss sympathisch›, aber ich spüre, dass es mehr ist. Es ist mehr als Sympathie.» Sie schwieg eine Sekunde, sah ihn kurz an. «Ich bin wohl ein wenig in dich verknallt. Was sage ich – ein wenig? Ich bin verliebt. Ich liebe dich, Lukas – jetzt ist es draussen.»

Zanggers Kehle schnürte sich zusammen. Er spürte eine Leere im Kopf, gleich darauf begann es wie irr darin zu arbeiten.

Sie liebt mich! Ich wusste es.

«Vielleicht ist es ein Fehler. Am Ende verrenne ich mich bloss wieder in die gleiche Geschichte», meinte sie.

«Mhm, mhm», sagte Zangger. «Die gleiche Geschichte, sagst du? Mhm, mhm. Erzähl mir mehr. Was kommt dir dazu in den Sinn?»

Blablabla, wie rede ich bloss daher.

Niemand schien auf ihn zu hören. Und doch richteten sich alle Augen auf ihn. Das war eine Bewährungsprobe.

«Es ist mir vollkommen klar», fuhr sie fort, «dass da Übertragung im Spiel ist.»

Ach was!, dachte Zangger. Die Gefühle gelten doch wirklich mir, oder nicht?

«Ausserdem …», fuhr sie fort, doch er hörte sie kaum.

Sie liebe mich, hat sie gesagt. Sie könne es nicht mehr verbergen. Was gibt es da mehr zu sagen?

«… zu wissen, was deine Gefühle sind.»

Jetzt schwieg sie. Sie blickte Zangger verlegen an. Sie kam ihm ganz eigenartig vor, anders als sonst und doch genau wie er sie kannte, fremd und vertraut zugleich.

Er versuchte sich zu fassen.

Alles war so irreal. Und irgendetwas hatte er nicht mitgekriegt, etwas musste an ihm vorbeigegangen sein. Weshalb schwiegen alle und sahen ihn an? Bestimmt hatte er ganz verzückt geschaut, und alle hatten es bemerkt.

«Oder ist das unverschämt?», fragte Ellen.

«Unverschämt? Nein! – Äh, was denn?»

«Nun, eben: dich nach *deinen* Gefühlen zu fragen – mir gegenüber.»

«Meine Gefühle …?», fragte er zurück.

«Jaaaa …», hauchte Ellen.

Es dröhnte in seinem Kopf, es kämpfte in seiner Brust.

Sie fragt dich nach deinen Gefühlen! Jetzt sag ihr, dass du dich nach ihr sehnst, gesteh, dass du von ihr träumst, gib zu, dass du sie begehrst!

Nein, du darfst nicht! Sie ist deine Kandidatin, du musst sie behandeln wie eine Patientin.

Sag es ihr, du feiger Hund, sag es ihr! Es ist doch so!

«Die Wahrheit, nichts als die Wahrheit», sagte jemand. Er blickte sich um: Vetsch sah ihn mit einem hämischen Grinsen an. Vetsch? Was hatte der überhaupt in diesem Seminar zu suchen? Er gehörte doch in die andere Gruppe! War das wirklich Vetsch? Oder sah er nur so aus, war es der Pfarrer? Zangger wagte nicht, sich nochmals umzusehen. Alles geriet durcheinander. Es wurde ihm schwindlig.

Einerlei!, beschloss er. Ich schmeisse den Bettel einfach hin. Ich lasse die Ausbildung sausen, ich schliesse die Schule. Sie will mich! Was hält mich zurück? Ich nehme sie mit, verreise irgendwohin.

Er wollte es ihr sagen. Er öffnete den Mund, aber er brachte kein Wort heraus. Er war stumm. Das war kein Verstummen aus Verlegenheit. Nein, er hatte wirklich keine Stimme mehr. Aber das machte nichts, denn – er sah es ihr an – sie wusste Bescheid.

Ihr Gesicht näherte sich dem seinen. Eben war sie noch auf ihrem Sessel gesessen, auf der andern Seite des Raumes. Jetzt sass sie neben ihm, auf einem grossen, weichen Kissen. Er hatte sich mit ihr darauf niedergelassen – offenbar, denn hier sass er. Es war nicht besonders bequem, er musste das Bein ausgestreckt halten. Er fühlte sich trotzdem weich gebettet, und dass alle schauten, war ihm auf einmal gleichgültig. Sollten sie doch!

Sie war nah, ganz nah. Ihre Stirn berührte fast die seine, sie waren Aug in Aug. Er spürte ihren Atem. Sie sagte nichts, aber ihre Augen sprachen: «Ich weiss Bescheid.»

Jetzt näherte sich ihr Mund. Ihre Lippen berührten die seinen. Nur ganz leise, ganz fein, dann näher, dichter. Diese Weichheit! Die Lippen, sanft, weich, voll – genau wie er sie sich vorgestellt hatte. Jetzt ein leichtes, zartes Saugen. Ihre Finger berührten fein sein Gesicht, seinen Hals. Er versank, sie verschmolzen. Sein Kopf war leer. Sein Leib wurde durchströmt von Wärme, Lust und Wonne.

Und seine Frau sah zu.

Tina!

Er hatte sie gar nicht gesehen! War sie die ganze Zeit da gewesen? Hier, im Seminar? Um Gottes willen!

Er erhob sich. Nein, blieb sitzen. Er musste weg. Nein, wollte bleiben. Er blieb, nein, rannte weg. Wie angewurzelt rannte er weg. Er stolperte, stürzte. Schon wieder! Er fiel hin. Er schlug auf.

Ein furchtbarer Schreck packte ihn. Diese Enge auf einmal! Dieses Klemmen in der Brust! Dieses Rasen! Er richtete sich auf, rang nach Atem, griff sich an die Brust, an den Hals.

«Tina!», keuchte er.

Er fühlte eine panische Angst. Dieses Mal war es ernst! Jetzt musste er sterben! War das die Strafe?

Was war überhaupt los?

Wo war Ellen? Er blickte sich um.

Verdammt!

«Luc? – Was ist?», rief Tina. Sie schoss in die Höhe, machte Licht.

«Verdammt!», rief Zangger und riss die Bettdecke weg. Er versuchte sich Luft zu verschaffen, deckte sich gleich wieder zu, flottierte für Sekunden in einer fürchterlichen Mischung aus Panik und Scham.

«Was ist denn? Sag schon!»

Sie sah ihn an, und jetzt bekam sie es selber mit der Angst zu tun. Sie rief den Krankenwagen.

## 29

Auf der Rückfahrt von der Notfallstation sagte Tina, indem sie vom Steuer kurz zu ihm hinüberblickte: «Gott sei Dank kein Infarkt, dein Herz ist vollkommen in Ordnung.» Sie tätschelte ihm das Knie.

Mein Herz, vollkommen in Ordnung?, dachte Zangger. Wie mans nimmt.

«Es war bloss eine Panikattacke», stellte sie in beruhigendem Ton fest. «Ungefährlich, sagte der Arzt. Nur sehr beängstigend für den, der sie erlebt.» Und sachlich fügte sie hinzu: «Aber da kennst du dich ja aus, nicht wahr?»

«Du sagst es: beängstigend, sehr beängstigend», bestätigte er und dachte: Na, wunderbar! Doktor Zangger mit Panikattacke im Notfall. Akute Angststörung. Lukas Zangger leidet an akuter Angststörung – aber da kennt er sich ja aus.

Der diensthabende Kollege hatte ihm geraten, seine Praxistätigkeit noch nicht aufzunehmen, sondern eine Erholungspause einzulegen. Als Ursache der Panikattacke hatte er bei Zangger ein Stresssyndrom diagnostiziert.

«Damit sind Sie doch einverstanden, nicht wahr, Herr Zangger? Ich möchte mich als Internist nicht allzu weit auf Ihr Fachgebiet vorwagen», hatte er diplomatisch gemeint. «Eine medizinische Behandlung ist nicht notwendig. Es sei denn, Sie möchten, dass ich Ihnen Betablocker verschreibe.»

Zangger war mit dem Stresssyndrom einverstanden gewesen, und Medikamente hatte er vorläufig keine gewollt.

Ein paar Tage später konsultierte er seinen Chirurgen.

«Etwas bleich, mein Lieber», stellte Morgenthaler fest. Er fragte: «Wie gehts denn?», doch eine Antwort schien er nicht zu benötigen. Er prüfte den Gipsverband und untersuchte, ohne ihm die geringsten Schmerzen zu verursachen, die Nase.

«Alles in Ordnung», befand er.

«Professionelle Arbeit», lobte ihn Zangger. «Mein Kompliment! Und herzlichen Dank.» Dann wollte er, obschon er längst kein medizinischer Experte mehr war, mit dem Chirurgen ein wenig fachsimpeln: «Schon erstaunlich, dass mit einem einzigen Fusstritt eine so starke Sehne durchtrennt werden kann, nicht wahr?»

«Fusstritt?», erwiderte der Arzt verblüfft. «Aber das habe ich dir doch alles erklärt. Vergessen? Na, vielleicht warst du noch gar nicht aufnahmefähig.»

Zangger sah ihn verständnislos an.

Doktor Morgenthaler holte deshalb etwas aus. «Nein, das war kein Fusstritt», versicherte er. «Ich wiederhole mein kleines Repetitorium: Die Ruptur der Achillessehne geschieht oft durch ein minimes Trauma. Da steigt einer zum Beispiel aus der Strassenbahn, vertritt sich nur leicht den

Fuss, aber die Sehne reisst, und der Patient könnte schwören, der Fahrgast hinter ihm hätte ihn in die Ferse getreten. Doch das kommt ihm nur so vor, es ist die schmerzhafte Empfindung des Reissens, die diese Sinnestäuschung hervorruft.»

Der Kollege hob das eingegipste Bein an. Er wies auf eine Stelle am Unterschenkel. «Hier war der Riss, da habe ich genäht», erklärte er. «Sonst gibt es keine Verletzung, keine Schürfung, keine Prellung. Auch am Unfalltag war nichts zu sehen gewesen. Es ist praktisch ausgeschlossen, dass du einen Fusstritt erhieltst. Die Achillessehne war vermutlich durch übertriebenes Training geschwächt, deshalb riss sie beim Laufen, als du straucheltest. Wir sind halt nicht mehr zwanzig, nicht wahr?» Morgenthaler entliess den Kollegen mit der Empfehlung, seine Ruhepause noch zu verlängern.

Zangger war konsterniert. Die Attentatshypothese konnte er ad acta legen – er hatte bloss einen gewöhnlichen Unfall erlitten. Zum Glück hatte er Tina und den Kindern nichts von seinem Verdacht gesagt! In der Notfallstation hatte er mit sich gerungen, ob er Tina nicht einfach alles sagen solle: seine Sorgen, seine Fantasien und Gefühle, seine Not – doch schliesslich hatte seine lebenslange Gewohnheit, schwierige Dinge mit sich selber auszumachen, obsiegt.

Aber da war doch ein Kerl gewesen, der ihn bedrängt hatte! Einer, der ihn angesehen hatte, als er am Boden lag, und der dann plötzlich weg gewesen war. War das gar nicht Vetsch gewesen? Hatte er sich die Geruchsassoziation nur eingebildet?

Wiederum einige Tage später hatte sich Zangger im Garten hinter dem Haus auf einem bequemen Liegestuhl niedergelassen, das Bein hoch gelagert, einen Süssmost neben sich, ein Buch in der Hand und war eingedöst. Wenn er aufwachte, hatte er einen beruhigenden Blick auf den Greifensee. Die Bäume in der Umgebung zeigten die ersten bunten Blätter. Er genoss den Altweibersommer.

Unvermittelt stand Seidenbast neben ihm. Die treue Seele stattete ihm zu Hause einen Besuch ab. Zangger begrüsste ihn freudig.

«Lässt du meinetwegen deinen Laden im Stich?», fragte er.

«Gewiss, und mit doppeltem Grund, ich hatte die Zeit ohnehin für uns reserviert. Weisst du das nicht mehr?»

Freilich, sie hatten dieses Wochenende für ihren Männerausflug ins Elsass vorgesehen gehabt, für Speis und Trank! Zangger bat seinen Freund, als kleinen Ersatz wenigstens eine Flasche Elsässer Riesling aus dem Keller zu holen. Seidenbast verschwand, kam mit Flasche, Eiskübel und Gläsern zurück und Zangger stellte seinen Apfelsaft beiseite.

Dann erzählte er ihm von dem nächtlichen Zwischenfall.

«Was du für Sachen machst», meinte Seidenbast kopfschüttelnd. «Du bist ja das reinste Panoptikum psychiatrischer Symptome.»

Zangger vertraute ihm an, was den Angstzustand ausgelöst hatte: der erotische Ellen-Traum, zusammen mit dem Flashback des Sturzes auf der Finnenbahn. Die idiotische Selbstsuggestion mit dem eigenen Herzinfarkt, welchen er Tina vor dem Einschlafen beinahe gewünscht hätte, erwähnte er nicht, das war ihm zu peinlich.

«Hast du eigentlich getan, worum ich dich am See gebeten habe?», fragte Seidenbast. «Mit Ellen?»

«Ich hatte noch keine Gelegenheit dazu», sagte Zangger. Zur Sicherheit ergänzte er: «Für die Umarmung, meine ich.»

«Na dann», sagte Seidenbast und wechselte das Thema. «Und wie ging es weiter mit deinem Kandidaten?»

Da musste ihm Zangger zuerst von seinem unbegründeten Verdacht erzählen – Seidenbast schüttelte nur den Kopf –, dann gab er ihm Auskunft: die Handlungsanweisung an Vetsch, dessen Begegnung mit seiner geschiedenen Frau und die wohltuende Veränderung, die seither mit ihm geschehen war.

Sie tranken den kühlen, fruchtigen Wein.

«Handlungstherapie», lachte Seidenbast. «Die Sache scheint sich zu bewähren.»

«Mir sind mittlerweile Skrupel gekommen», gestand Zangger. «Das ist doch keine Psychotherapie, was ich mit meinem Kandidaten praktiziere.»

«Was denn sonst?», fragte Seidenbast.

«Erziehung», antwortete Zangger. «Nacherziehung ist das. Eigentlich zielt alles darauf ab, dass sich der junge Mann anständig benimmt, nicht wahr?»

«Und was ist dagegen einzuwenden?», fragte Seidenbast.

«Die Haltung des Erziehers verträgt sich doch nicht mit der des Psychotherapeuten.»

«Bei deinem Kandidaten schon», meinte Seidenbast trocken. «Aber es klingt fast, als seist du verärgert», stellte er fest. «Als ob du eine Suppe auslöffeln müsstest, die ich dir mit meinen laienhaften Ideen eingebrockt habe.»

«Nun –», wich Zangger aus, denn Seidenbast hatte den Nagel wieder einmal auf den Kopf getroffen. «Erinnerst du dich? Von dem jungen Reichen hatte ich Nächstenliebe und Rücksichtnahme verlangt. Meinem Kandidaten auferlegte ich, Dankbarkeit und Reue zu zeigen – lauter christliche Tugenden.» Er schüttelte, ob dieser Erkenntnis befremdet, den Kopf.

«Christliche?» Seidenbast blickte seinen Freund an, als sei er nicht ganz bei Trost. «Vielleicht», sagte er und zuckte die Schultern. «Es könnten aber genauso gut buddhistische sein. Oh nein», betonte er dann, «das sind *menschliche* Tugenden! – Aber ich glaube, da ist etwas anderes, was dich verunsichert: Du bist es als Psychotherapeut einfach nicht gewöhnt, deinen Patienten etwas abzuverlangen. – Hast du ein schlechtes Gewissen?»

«Vielleicht.»

«Ich weiss wirklich nicht, was du hast», ereiferte sich Seidenbast, und Zangger fand es rührend, wie viel ihm offenbar daran lag, ihn umzustimmen. «Du trugst beiden eine angemessene und völlig normale soziale Handlung auf, um die sie sich bisher gedrückt hatten. Beide taten es – zwar nicht aus eigenem Antrieb, aber aus eigener Kraft. Und siehe da, es geht ihnen besser! Wenn das keine gute Psychotherapie ist!»

## 30

Vetsch blickte vom Waldrand auf den Greifensee hinunter. Stefanie ahnte, dass er wohl lieber ins Schwimmbad gegangen wäre. Dass er stattdessen an seinem freien Tag mit ihr über den Pfannenstiel wanderte, freute sie über alle Massen. Unterwegs waren sie in eine Wirtschaft eingekehrt. Sie hatte befürchtet, er würde missmutig sein Bier hinunterkippen und ungeduldig darauf warten, bis sie ihren Saft ausgetrunken habe. Aber Vetsch war gut gelaunt.

Er deutete auf einen Weiler und sagte: «Sieh mal, dort drüben wohnt Zangger.»

«Wer ist das?», fragte sie.

«Mein Lehrtherapeut.»

«Ach so. Hübsche Lage. Warst du schon mal bei ihm zu Hause?», fragte sie, aber darauf gab er keine Antwort.

«Weisst du, was neulich passiert ist?», fragte er.

«Was denn?»

«Zangger ist verunfallt. Er lag im Spital und kann für einige Zeit nicht arbeiten. Vor ein paar Tagen ging ich ihn besuchen. Da bat er mich, ihm zu helfen. Er wünschte, dass ich einige seiner Patienten an seiner Stelle weiter behandle.»

Drei waren bereits für ein erstes Gespäch bei ihm gewesen. Eine Frau schien ihm seelisch sehr bedürftig zu sein; sie hatte darüber geklagt, dass man sie im Laden nicht bedient habe, als sie an der Reihe gewesen wäre. Ein Mann hatte offenbar ein Problem mit seiner Mutter, das es zu lösen galt. Der dritte war ein gänzlich unentschiedener Mensch; dem würde er helfen müssen, im Leben mehr Risiko einzugehen. Er freute sich auf die Aufgabe.

«Dein Lehrer wird wissen, dass du das kannst», gab Stefanie zu bedenken.

«Schon. Aber ich glaube, ich habe ihn falsch eingeschätzt.»

Mehr erzählte er nicht. Es gab ein paar Geheimnisse, die seinen Lehrer und ihn betrafen, die konnte er Stefanie nicht anvertrauen. Überhaupt hatte er mit ihr noch etwas anderes zu besprechen.

«Morgen Abend werde ich nicht da sein», erklärte er ihr.

«Wieso, musst du arbeiten?»

«Nein. Ich bin zum Nachtessen verabredet.»

«Mit wem?»

Beinahe hätte er geantwortet, er sage es ihr lieber nicht, sonst flippe sie aus. Doch er gab ihr Auskunft: «Mit einer Kollegin aus dem Seminar.»

«Oh!», wunderte sich Stefanie. «Kenne ich sie?»

«Nein. Sie ist erst seit ein paar Monaten bei uns. Eine Kanadierin.»

«Gefällt sie dir?», wollte Stefanie wissen.

«Sie sieht gut aus und ist allgemein beliebt. Aber sie ist nicht ganz mein Typ», sagte Vetsch. «Übrigens lade nicht ich sie ein, sondern sie mich.»

Sie nahmen den Rückweg unter die Füsse. Es war schon fast dunkel, als sie zu Hause ankamen.

«Lass doch», sagte Vetsch, als sich Stefanie ans Kochen machen wollte. «Du hast auch die ganze Woche gearbeitet und von der Wanderung sind wir bestimmt beide gleich müde. Weisst du was? Ich lade dich ein. Hättest du Lust auf eine Paella?»

Das war noch nie vorgekommen. Erfreut nahm sie die Einladung an.

«Komm, wir gehen ins spanische Restaurant und lassen uns verwöhnen. Schliesslich bin ich morgen eingeladen, da sollst du heute mein Gast sein.»

Die Familie Zangger war eben daran, sich zu Tisch zu setzen, da traf Claudia zu einem Überraschungsbesuch ein. Alle begrüssten sie mit einem Kuss auf beide Wangen. Noch vor wenigen Monaten hatte zwischen den Geschwistern meistens ein zänkisches Getue geherrscht, aber seit Claudia ausgezogen war und jetzt als Gast im Elternhaus erschien, behandelten sie sich wie Erwachsene.

Fabian hatte sich wieder gesetzt und rief: «Mama, ich habs eilig.»

«Das Essen steht auf dem Tisch», sagte Tina.

«Aber es ist noch kein Mensch da», empörte sich Fabian. «Wann können wir essen?»

«Was gibts, Ma?», fragte Tom, setzte sich und lüftete die Deckel der Schüsseln. «Schon wieder Tofu?»

«Keine Sorge, ich brate noch Fleisch. Es ist gleich fertig», war der Bescheid aus der Küche.

«Thank you, honey», scherzte Tom, als sie das Steak auftischte.

«Ich muss heut Abend noch fort», drängte Fabian.

«Wohin denn?», fragte Zangger, der sich neben ihn gesetzt hatte. «An die Street Parade?» Er hatte kürzlich einmal etwas davon aufgeschnappt.

«Was?», lachte Fabian. «Du bist ja völlig hinter dem Mond, Papa! Die ist doch längst vorbei.» Er klopfte seinem Vater herablassend auf die Schulter. Bis er vierzehn war, hatte sich Fabian zwanglos auf seine Knie gesetzt, wenn er seine Nähe wollte, und mit fünfzehn hatte er ihm noch ab und zu die Arme um den Hals geschlungen und sich an ihn gehängt, wenn ihm danach zumute war. Er pflegte sich immer noch an ihn zu lehnen, wenn sie nebeneinander sassen.

«Ach so», machte Zangger kleinlaut.

«Aber ich geh tanzen, da liegst du schon richtig.»

«Na dann, viel Vergnügen.»

«Ich geh ins Training, ins Tanztraining», erinnerte ihn Fabian mit leichtem Vorwurf. «Aber anschliessend vielleicht in die Disco, das ist dann zum Vergnügen. – Ich muss mich bereit machen!»

«Musst du dich noch schminken?», fragte Tom seinen Bruder. Zangger horchte auf, aber offenbar war die Frage nicht anzüglich gemeint.

«Spinnst du? Heute doch nicht», antwortete Fabian. Er blickte zu seinem Vater hinüber. «Für die Aufführung dann.»

«Komm nicht zu spät heim», ermahnte ihn seine Mutter.

«Und nimm deine Tablettchen mit», triezte ihn Tom.

«Was für Tabletten?», erkundigte sich Tina erschreckt.

«Ach, lass dich doch nicht verrückt machen», beruhigte

Fabian sie, «er schwatzt bloss blöd. Keine Angst, ich nehme nichts.»

«Kommt Louis auch?», fragte Claudia.

«Na klar.»

«Louis, wer ist das?», fragte Zangger. Ob das der junge Schwarze war?

«Ein Freund. Wir machen zusammen Musik, und er tanzt auch.»

«Er sieht toll aus», kommentierte Claudia, «nicht wahr, Mona?»

«Allerdings», bestätigte diese, und Zangger fühlte sich seltsam ausgeschlossen.

«Wie gehts im Praktikum?», wandte er sich an Mona, da sie schon mal etwas gesagt hatte.

Aber offenbar war das keine gute Idee gewesen. Tina verdrehte die Augen und stellte ihrem Mann stumm die Frage, ob das wirklich nötig sei. Tatsächlich antwortete Mona gereizt: «Wie solls schon gehen?»

«Sag mal», fragte Zangger weiter, denn er hatte sich in den Kopf gesetzt, irgendeine normale Reaktion von seiner Tochter zu erhalten, «hat sich der Kerl wieder herumgetrieben? Du sagtest doch etwas von einem Spanner. War der wieder hier?»

«Neiiiin», machte sie, als ob er ihr zum tausendsten Mal die gleiche Frage gestellt hätte.

«Dann bin ich beruhigt», sagte Zangger so sachlich wie möglich.

Fabian und Tom schauten sich an, als wollten sie sagen: Sie hat wieder eine Krise, hoffentlich vermasselt Papa nicht alles.

Zangger sagte eine Weile nichts mehr. Die anderen unterhielten sich lebhaft. Claudia plauderte aus der Schule und

Tina unterhielt sich angeregt mit ihr, während die beiden Burschen über Techno-Sound fachsimpelten. Dann erzählte Claudia ihrer Schwester von einem Film, den sie gesehen hatte. Sie berichtete ihr über die Story und die Schauspieler. Zum Erstaunen der Eltern fing Mona an zu strahlen, sagte mehrmals erfreut: «Wirklich?», «Klingt ja toll», schliesslich: «Also, den Film werde ich mir auf jeden Fall ansehen.»

Tina tratschte mit Claudia und Mona eine Weile über Frauenthemen, Fabian machte sich davon und Tom ging nach oben, um mit seiner Freundin zu telefonieren. Wenig später kam er wieder herunter.

«Seht mal, was ich gekauft habe», wandte er sich an die Eltern. Er zeigte ihnen einen grossen Plüschbären, den er seiner Freundin zum Geburtstag schenken wollte, damit sie immer Gesellschaft habe, wenn er nicht bei ihr sei.

Dann sagte er beiläufig: «Habt ihr gehört? Man hat den Mörder gefasst.»

«Den Finnenbahnmörder?», fragte Mona. «Wie denn? Und wann? Wer war es?»

«Ein vorbestrafter Sexualtäter», wusste Tom zu berichten. «Er war schon am Tag nach der Tat in Untersuchungshaft gesetzt worden. Die Polizei hatte es nicht bekannt gegeben, um die Untersuchung nicht zu gefährden. Gestern konnten sie ihn überführen.»

Nun war Zangger erst recht froh, seinen Verdacht für sich behalten zu haben. Vetsch war endgültig entlastet. Die Panik bei dessen Spitalbesuch musste eine reine Stressreaktion gewesen sein. Gewiss hatte Vetsch ihm einfach die Hand zum Abschied reichen wollen, als er sie am Bett zu ihm hinstreckte. Und der Mann, dem er auf der Finnenbahn begegnet war, war kein Übeltäter gewesen. Denn erstens war er, Zangger, gar nicht attackiert worden und zweitens konnte es sich bei dem Sportler schon deswegen nicht um den Mörder gehandelt haben, weil dieser damals bereits im Gefängnis sass. Aber der Geruch? Vielleicht hatte der Mann wirklich bloss nach einem Deo seiner Söhne geduftet, und Vetsch, dessen Geruch ihn im Spital dermassen erschreckt hatte, benutzte vielleicht das gleiche. Mehr war wohl nicht dahinter. Oder war, ausgelöst durch den Stress, am Ende nicht bloss der Geruch, sondern die ganze Erscheinung des Mannes eine Sinnestäuschung gewesen?

Erst als Zangger in seinem Arbeitszimmer sass, ging ihm auf, dass er an diesem Abend wohl mit den Kindern, aber nicht mit seiner Frau ins Gespräch gekommen war. Er war nahe daran, sich nochmals zu ihr ins Wohnzimmer zu setzen und mit ihr zu plaudern.

Nein, dachte er, der Zeitpunkt ist verpasst. Es käme ihr bestimmt merkwürdig vor. Ich werde es ein andermal nachholen.

## 31

Das Seminar zum Thema Lebenswege dauerte eine ganze Woche. Es fand nicht im Zürcher Götterquartier statt, sondern in einer Kurs- und Begegnungsstätte in den Bergen: auf Guardaval. Diesen Ort wählte Zangger jeweils, wenn er eine besonders intensive Erfahrung anregen wollte.

Die Seminarteilnehmer wohnten während der ganzen Dauer des Seminars im Gasthaus dieses Weilers. Sie wurden vom aufmerksamen Wirtepaar auf unaufdringliche Art und Weise umsorgt. Man hatte genügend Zeit, spazieren zu gehen oder im Liegestuhl die Herbstsonne zu geniessen.

Abends sassen die, die mochten, in der getäferten Stüva bei Gespräch, Spiel oder Trunk zusammen. Andere zogen sich in ihre gemütlichen Zimmer mit den altmodischen Betten zurück.

Das Wochenseminar diente dazu, die eigene Herkunfts- und Lebensgeschichte zu überdenken und den unbewussten Lebensplan zu entschlüsseln, der einen bei wichtigen Entscheidungen im Leben oft lenkte.

Zangger hatte seinen Kandidaten aufgetragen, sich auf dieses Seminar vorzubereiten: Sie sollten in Fotoalben ihrer Familie stöbern, alte Fotografien mitbringen, ihre Tagebücher lesen und anderswie Erinnerungen auffrischen, vielleicht auch mit ihren Eltern, Geschwistern oder Grosseltern über frühere Zeiten reden. Und schliesslich hiess er sie, Papier, Farbe und Pinsel mitnehmen.

Einzelne malten ein Lebensbild, das den äusseren und den inneren Lauf ihres bisherigen Lebens zeigte. Andere fabrizierten eine Collage aus alten Fotos, Erinnerungsstücken und Tagebuchausschnitten. Alle erzählten anhand dieser Werke im Lauf der Woche ihr Leben.

Zangger wandte die verschiedensten Methoden an, um die Lebensentscheidungen zu erkennen, die einer als junger Mensch getroffen hatte, und manches Vorgehen, um den Illusionen und Lebenslügen auf die Spur zu kommen, die man sich als Kind zurechtgelegt hatte. Er liess die Teilnehmer die grossen Bögen und die Feinheiten ihres Lebenslaufs betrachten und nach wiederkehrenden Themen suchen. Er arbeitete mit frühen Kindheitserinnerungen. Er liess sie einschneidende Erlebnisse erzählen, schlimme und gute. Er fragte sie nach ihrem Lieblingsmärchen und liess sie ihre Träume erforschen. Die Arbeit mit Träumen lag Zangger besonders. Zur Verwunderung der Seminarteilnehmer machte er aber keine Traumanalysen, er gab keinerlei Deutungen. Stattdessen liess er die Kandidaten mit ihren Träumen eine Art Drama inszenieren, damit sie selber entdeckten, was in ihrem Traum steckte und was er ihnen zu sagen hatte.

Monique war eine scheue und früher schrecklich gehemmte Teilnehmerin, eine Ärztin, die oft darüber geklagt hatte, man nehme sie nirgends ernst und schubse sie im Spital herum. Sie hatte einen Albtraum, der sie seit Jahren immer wieder heimsuchte. Sie hatte ihn in dieser Seminarwoche bereits zweimal geträumt und wagte kaum mehr, sich schlafen zu legen, aus Angst, dass er ihr wieder erscheine. In dem Traum kam ein Bösewicht mit einem Messer vor, der ihr nach dem Leben trachtete.

Zangger liess sie die Angst machenden Traumszenen durchspielen, teils allein, teils mit Hilfe der übrigen Seminarteilnehmer. Sie hatte dabei manch überraschende Erkenntnis. Sie entdeckte, mit welchen im Leben wirklich erlebten Bedrohungen und mit welchen heimlichen Befürchtungen dieser Traum zu tun hatte. Monique erlebte ihre Angst wieder, als der gespielte Bösewicht auf sie zukam. Zangger ermutigte sie, sich mit Worten zur Wehr zu setzen. Das versuchte sie, doch wirkte sie zaghaft und schwach.

Da forderte er sie auf: «Übernimm du selber den Part des Bösewichts. Schau mal, was in dem steckt.»

Monique sträubte sich zuerst, aber schliesslich tat sie es doch. Während der Dramatisierung rief sie in ihrer ungewohnten Rolle aus: «Ich bin gefährlich. Ich tu, was ich will. Ich kann zustechen, wenns sein muss!»

Zangger ermunterte sie: «Sag das noch einmal!»

Sie zierte sich ein wenig, dann wiederholte sie: «Ich tu,

was ich will. Und wenns sein muss, steche ich zu!» Sie sprach die Worte erneut, probierte den Satz in verschiedenen Stimmlagen aus und machte beim letzten Versuch mit der Hand eine blitzschnelle, zustechende Geste. «Zack!», sagte sie dazu.

Noch einmal sagte Monique: «Ich tu, was ich will. Wenns sein muss, dann steche ich zu – Zack!», und wieder fuhr sie heftig mit der Hand durch die Luft. Auf einmal bereitete es ihr regelrecht Lust, dies zu sagen und zu rufen und mit der Hand durch die Luft zu fetzen. Jemand klatschte Beifall, und bald applaudierte ihr die ganze Gruppe. Monique genoss ihren kraftvollen Auftritt. Plötzlich wandte sie sich an Vetsch und sagte forsch: «Pass auf, Marco, ich kann auch zustechen, wenns sein muss! Wenn du mich noch einmal schikanierst, dann – Zack!»

Vetsch wollte eigentlich zurückgeben. Er besann sich und fragte stattdessen: «Habe ich dich in letzter Zeit schikaniert?»

«Nein», gab sie zu, «nicht mehr. Das war früher.»

Monique tat ihr Zack! mächtig gut, und sie fühlte sich durch die unerwartete Erfahrung belebt und ermutigt. Sie nahm sich vor, sich in Zukunft mit einem Zack! zur Wehr zu setzen, wenn sie wieder übergangen oder schikaniert würde.

Vetsch hatte die Szene aufmerksam verfolgt. Er fühlte sich bestärkt, selber einen Traum zu erzählen. Vielleicht würde er eine ebenso ermutigende Erfahrung machen können. Sein Traum handelte von einem Haus, in welchem er, seine Mutter, ein Junge, der wie Stefanie aussah, und ein Schwein lebten. Es gab im Traum verschiedene geheimnisvolle Gegenstände und surreale Szenen, die im Estrich und im Keller des Hauses spielten.

Zangger liess auch ihn das Geträumte inszenieren. Er hiess ihn, in dem geheimnisvollen Haus auf Entdeckungsreise zu gehen und zu schauen, was sich im Estrich und im Keller befand. Dann trug er ihm auf, die Rolle dieser oder jener Traumfigur zu spielen oder spielen zu lassen, und immer wieder hatte Vetsch dabei kleine Aha-Erlebnisse. Aber einen Durchbruch brachte es nicht. Zangger wollte schon aufhören, da schlug er ihm noch vor: «Schlüpf in die Rolle des Schweins!»

«Wie?», fragte Vetsch. «Ich soll das Schwein spielen?»

«Alle Elemente des Traums können bedeutungsvoll sein, belebt oder unbelebt, Mensch oder Tier», versicherte ihm Zangger.

«Wie soll ich das anstellen? Ein Schwein kann ja nicht reden.»

«Im Traum schon. Fang an und sieh, was daraus wird», sagte Zangger. «Wenn du noch nicht weisst, was du sagen sollst, dann stell dich zuerst einmal vor: ‹Ich bin das Schwein in Marcos Traum›, dann sprich bitte weiter. Sag einfach, was dir einfällt.»

«Na gut: Ich bin das Schwein in Marcos Traum – lächerlich», sagte er und wollte aufhören.

«Gut», munterte Zangger ihn auf. «Schau, ich weiss auch nicht, was daraus wird. Keine Ahnung, wirklich. Sprich bitte weiter. Sei das Schwein.»

«Ich bin das Schwein», sagte Vetsch und stockte.

«Ja», sagte Zangger nur.

«Ich bin das Schwein, äh ..., ich bin ein Schwein, ich ...», er stutzte, hielt inne.

«Gut, weiter.»

«Ich bin ein Schwein», sagte er jetzt, lauter. «Ja, ich bin ein Schwein», seine Stimme brach, er begann zu schluchzen.

Zangger war es gewohnt, dass bei dieser Art Traumarbeit unerwartete Emotionen freigesetzt wurden. Er ermutigte Vetsch weiterzufahren, indem er sagte: «Bleib im Traum. Ja, sei das Schwein im Traum. Sag einfach …»

«Ich bin ein Schwein!», rief Vetsch aus.

Zangger stellte sich neben ihn und hob an etwas zu sagen.

«Ich bin ein Schwein!», schrie Vetsch in den grossen Seminarraum hinaus. «Ich bin ein Schweiiin!»

Zangger geriet ein bisschen aus dem Konzept.

«Bleib im Traum, sei das Schwein im Traum», wies er Vetsch zur Sicherheit an.

«Nein! Nicht im Traum», rief dieser. «Im Leben! Ich bin ein Schwein, ich bin wirklich ein Schwein.» Er sank in die Knie, legte den Kopf auf den Boden und schlang die Arme um seinen Nacken und heulte hemmungslos.

«Na, na, Marco. Komm, komm. Du bist kein Schwein. Du bist …»

«Ich bin so ein Schwein», schniefte Vetsch. «Ich war so ein Schwein, Herrgottnochmal!» Er blieb auf den Knien, aber jetzt hob er den Kopf und zeigte sein verheultes Gesicht. Er sah Zangger an, und sein Brustkorb hob und senkte sich und zuckte wie der eines schluchzenden Kindes.

«Was ist, Marco?», sprach ihn Zangger ruhig, aber eindringlich an. «Sag, was du meinst.»

«Ich habe schlimme Dinge getan.»

«Wem hast du etwas Schlimmes getan?»

«Dir. Dir habe ich schlimme Dinge angetan.»

«Was denn?», wollte Zangger wissen.

«Ich habe dich bestohlen, ich habe …», fing Vetsch an aufzuzählen.

«Wie? Wie meinst du das?», fragte Zangger jetzt ziemlich verunsichert.

«… ich habe dich ausspioniert, ich bin in deine Praxis eingedrungen. Ich war in deinem Haus, als ihr alle fort wart. Ich schlich deinen Kindern nach. Einmal folgte ich dir in den Wald, und auf der Finnenbahn …» Vetsch hielt inne, rang nach Worten.

Um Gottes willen!, dachte Zangger verwirrt. Nein! Das kann doch nicht wahr sein. Morgenthaler sagte doch, es sei keine Attacke gewesen. Und überhaupt, das muss doch ein anderer gewesen sein. Man hat den Täter ja gefasst!

«… liess ich dich einfach liegen.»

Zangger vermutete, Vetsch sei in einen hysterischen Zustand geraten, er bilde sich etwas ein und müsse wachgerüttelt werden. Er sah ihn scharf an und hiess ihn, ihm, dem Therapeuten, in die Augen blicken. Vetsch wurde sofort ruhiger. Er kniete noch immer auf dem Fussboden und schneuzte sich die Nase. Dann sah er Zangger an und sprach weiter.

«Ich wollte mit dir joggen gehen. Einfach so, zum Spass. Ich wollte einen Wettlauf mit dir austragen. Du merktest nichts davon. Es war dunkel, und du konntest mich natürlich nicht erkennen, ich war ja die längste Zeit *hinter* dir. Du liefst ziemlich schnell, verdammt nochmal!»

In Zanggers Kopf drehte sich alles.

«Endlich konnte ich dich einholen. Auf einmal fielst du der Länge nach hin, aber ich», seine Stimme begann wieder zu beben, «liess dich einfach im Stich. Ich blieb zwar stehen, ich sah dich verletzt am Boden liegen – du warst ja beleuchtet –, aber dann machte ich mich davon.» Er sagte leise: «Es tut mir leid» und suchte durch den Tränenschleier Zanggers Augen.

«Ich weiss gar nicht, wie ich das alles …», stammelte dieser. Dann fasste er sich und fragte: «Warum gingst du weg, als ich verletzt am Boden lag?» Diese eine Frage wollte er ihm stellen, alles andere würde sich später ergeben.

«Ich kann kein Blut sehen», gestand Vetsch mit gepresster Stimme.

«Wie? Du als Arzt ...»

«Wenn ein Mann aus dem Kopf blutet, dann gerate ich in Panik. Das halte ich nicht aus», brachte er hervor. «Und du blutetest furchtbar aus dem Kopf.»

«Ich blutete, das stimmt. Aber es war bloss Nasenbluten, das war doch nicht so schlimm.»

«Es war furchtbar, ganz schrecklich – dieses Blut! Wie dieses Blut aus dem Kopf rann.»

«Marco, bloss Nasenbluten ...», wollte ihn Zangger beruhigen, doch an der Art, wie Vetsch dreinblickte, erkannte er, dass er anderswo war, innerlich abwesend, in einer anderen Zeit. Er blickte an ihm vorbei in die Ferne.

«Was ist, Marco, was siehst du?»

«Ihn», sagte Vetsch leise und bebend, «meinen Vater. Es ist schrecklich. Er blutet furchtbar. Er blutet aus dem Kopf!»

«Wann war das? Wie alt bist du? Wo bist du?», fragte Zangger sachte nach.

«Zwölf», sagte er leise. «Zwölfjährig bin ich. In seinem Arbeitszimmer. Ich hörte den Knall und lief gleich hinüber – jetzt liegt er da und blutet grässlich aus dem Kopf. Und ich kann nichts für ihn tun», wimmerte er. «Er stirbt.»

Vetsch kniete auf dem Boden und weinte und weinte.

Zangger kniete sich neben ihn, legte ihm den Arm auf die Schulter. Dann erhob er sich langsam, sodass Vetsch es ihm gleichtat. Stehend schloss er ihn in die Arme. Er hielt ihn fest und liess ihn an seiner Schulter schluchzen.

Hier war sie wieder, die Mischung aus Männerparfum, Tabak und Schweiss.

«Warum hast du das getan, Vater?», schluchzte Vetsch an Zanggers Schulter. «Weshalb hast du das bloss getan?»

Zangger liess ihn reden. Er liess ihn an seiner Schulter weinen, er liess sich von Marco drücken und schütteln und anschreien. Er liess sich als Vater ansprechen, denn in diesem Augenblick stand er da an Vaters statt, Therapeut und Vater zugleich. Er war jetzt nur für Marco da, anstelle des Mannes, der tot war und den er als Kind geliebt hatte. Er wusste, dass es so richtig war. Er wusste, dass das Marco half, ihn vielleicht heilte.

«Endlich», sagte dieser, immer noch an seiner Schulter. Das rührte Zangger zutiefst. Dieses «Endlich», das spürte er genau, galt nun gleichermassen ihm, dem Lehrer, dem Therapeuten, wie dem Vater. Er hielt Marco lange und kräftig fest, bis er ruhig wurde und sich von ihm löste.

## 32

Nach dem Abendessen ging Zangger, von der Arbeit erschöpft, den Berghängen entlang spazieren. Er ging ohne Krücken, das Bein nur noch einbandagiert. Zur Sicherheit benützte er einen Wanderstock. Seine Begegnung mit Marco bewegte ihn noch immer. Das Gefühl, den jungen Mann väterlich in den Armen zu halten, klang nach.

Morgen würde er mehr erfahren. Morgen würde Marco seine Lebensgeschichte erzählen, das hatte er angekündigt. Aber so viel war Zangger jetzt schon klar: Der Mann, von dem Marco Geld für die Ausbildung erhalten hatte, konnte nicht sein Vater, das musste der Stiefvater sein.

Marco hat sich seit dem Frühjahr gründlich verändert, dachte Zangger. Er hat sich entwickelt und ist gereift. Und meine Beziehung zu ihm, fragte er sich, wie hat die sich verändert? Eigentlich mochte ich ihn immer. Aber zwei Jahre lang stand Marcos trotziges und abweisendes Verhalten im Weg. Erst jetzt spüre ich warme, väterliche Gefühle. – Heute ist etwas Entscheidendes geschehen. Das ist zweifellos ein wichtiger therapeutischer Schritt gewesen.

Zangger näherte sich wieder dem Haus Guardaval. Andere Fragen begannen ihn zu beschäftigen: Wie steht es mit Ellen? Ist bei ihr auch ein therapeutischer Prozess im Gang? Wohl kaum, sagte er sich. Als Therapeut habe ich ihr bis anhin bestimmt nicht geholfen. Braucht sie meine Hilfe überhaupt? Ist sie in ihrer persönlichen Entwicklung nicht genau dort, wo sie sein muss? Ich weiss nicht, dachte er, eigentlich kenne ich sie gar nicht. Sie hat sich mir nie wirklich geöffnet. Nicht einmal das Geheimnis ihres Doppellebens hat sie gelüftet.

Und wie steht es um mich selber?, forschte er. Haben sich meine Gefühle für Ellen verändert? Nein, stellte er fest, es ist immer noch Sehnsucht. Manchmal auch ein schlechtes Gewissen. Was ist eigentlich los mit mir?

Zangger beschloss, innerlich aufzuräumen. Jetzt gleich. Schonungslos. Sehnsucht?, fragte er skeptisch. Du Romantiker!, schalt er sich und merkte auf einmal, dass er innerlich in einem Ton zu sich selber sprach, den Seidenbast hätte anschlagen können: Du träumst von ewiger Jugend! Aber du bist kein Peter Pan, auch wenn du es dir als Knabe noch so sehr einbildetest. Das macht dir zu schaffen, nicht wahr? Es macht dir ganz einfach zu schaffen, dass du älter wirst. Angst spürst du, nicht Sehnsucht. Angst vor dem Altwerden. Und Abschiedsschmerz. Abschied vom Jungsein. Stell dich doch nicht so an! Du hast deine Jugend ja gelebt.

Habe ich wirklich?, fragte sich Zangger.

Merkst du etwas? Dich quält nicht der Abschied von der Jugend, die du gelebt hast – nein, das Leben, das du *nicht* gelebt hast, das ist es. Du fürchtest, im Leben etwas verpasst zu haben. Das löste deine Krise aus. Du glaubst, etwas nachholen zu müssen – was eigentlich?

Jetzt nahm er vor sich selber kein Blatt mehr vor den Mund: Du weisst es längst – du steckst in einer ganz gewöhnlichen Midlife-Krise. Seidenbast hatte Recht, es sind *doch* die Hormone, du kannst es drehen und wenden, wie du willst. Dein schlechtes Gewissen kommt einzig daher, dass du Ellen begehrst. So ist es doch, du begehrst sie, dein Traum war deutlich genug. Heimweh, Fernweh? Reiner Selbstbetrug! Diese Gefühle redest du herbei, die dienen dir bloss als Tarnung für deine Begierde. Was soll das Theater? Du bist scharf auf die Frau, basta!

Wie komme ich bloss aus diesem Schlamassel heraus?, grübelte Zangger. Plötzlich sah er einen Ausweg: Vielleicht muss ich sie nur einmal, ein einziges Mal haben, dann hat es mit dem quälenden Verlangen ein Ende.

Einmal ist keinmal, dachte er.

Seidenbast hat vollkommen Recht. Bei Marco bewährte sich die Devise jedenfalls, da darf ich sie wohl ein weiteres Mal beherzigen. Das Versprechen, das ich ihm gegeben habe, muss ich natürlich halten. Wie, wenn ich es in dieser Seminarwoche einlöse? Dazu müsste ich Ellen bloss vor aller Augen umarmen, genauso wie heute Marco. Danach könne ich tun, was ich wolle, hatte Seidenbast gesagt. Vorausgesetzt natürlich, sie will dasselbe. Doch das kann ich, nein, muss ich annehmen nach ihrem Conchitablick. Gewiss, ich dürfte mich eigentlich nicht mit ihr einlassen. Eine Ausbildungskandidatin ist gleich zu behandeln wie eine Patientin. Aber wer weiss, ob Ellen die Ausbildung überhaupt weiterführen will? Vielleicht wartet sie genau wie Conchita nur auf das eine und tritt dann aus der Schule aus.

Fröstelnd vom langen Spaziergang im Nebel, setzte sich Zangger in die Stüva – es war sonst niemand dort – und trank einen doppelten Grog. Dann strebte er, in jeder Beziehung unsicher, in der Dunkelheit seinem Zimmer zu. Er hatte wie immer eines im Nebenhaus bezogen, die Teilnehmer logierten im Hauptgebäude. Von draussen warf er einen Blick in den geräumigen Seminarraum. Dieser befand sich auch in der Dépendance, ebenerdig, mit grossen Fenstern. Musik drang heraus. Drinnen war offenbar eine Discoparty im Gang, wie sie die Seminarteilnehmer an manchen Abenden zu veranstalten pflegten. Für kurze Zeit war nach dem Abendessen ein geschäftiges Hin und Her gewesen, Tische und Stühle waren zur Seite gerückt, CD-Player und Lautsprecher herbeigeschafft, mit wenigen Handgriffen waren Dekorationen hergerichtet, Getränke aus dem Hauptgebäude herübergeholt worden.

Zangger blieb im Dunkeln stehen und spähte hinein. Aus all den sich rhythmisch bewegenden Körpern stach Ellens Gestalt heraus. Bald bewegte sie sich langsam und anmutig, bald wirbelte sie wild durch den Raum und liess ihre Haarpracht fliegen. Ein altes, vertrautes Gefühl beschlich ihn.

Da tanzt sie – unerreichbar.

Er rang einen Augenblick mit sich, ob er, entgegen seiner Gewohnheit, für einmal an der Party teilnehmen sollte. Man hatte ihn ja oft genug dazu eingeladen. Doch nein, er ging ja am Stock, es wäre ohnehin nichts mit Tanzen. Jetzt dünkte es ihn, Ellen schaue durchs Fenster heraus und habe ihn erblickt. Zwar stand er im Dunkeln, aber möglicherweise fiel ein schwacher Schein auf ihn, und man konnte ihn von drinnen erkennen. Galt ihre Geste, ihr Winken ihm? Sie winkte und winkte und lachte, brauchte zuerst nur eine Hand – ein unaufdringlich einladendes Winken mit vier Fingern, wie das einer Griechin –, dann winkte sie mit dem ganzen Arm, jetzt mit beiden Armen. Sicher war er sich nicht, die Zeichen konnten auch jemandem gelten, der drinnen in der Nähe des Fensters sass. Schliesslich, da er oder die andere Person nicht reagierte, gab Ellen auf. Täuschte er sich oder warf sie einen Blick über die Schulter nach draussen? Las er die Frage «Kommst du?» darin oder hiess es «Soll ich kommen?»

Verwirrt ging er aufs Zimmer.

Halb hoffte er, sie würde kommen – morgen oder übermorgen, nachdem er sie umarmt hatte – halb fürchtete er, sie würde es tun.

Du darfst doch gar nicht, sagte er sich.

Pharisäer!, gab er der inneren Stimme zur Antwort.

Er dachte an Tina. Er versicherte sich, er wolle sie bestimmt nicht verlassen, nicht einmal betrügen. Er wolle lediglich einmal, nur ein einziges Mal, einem Bedürfnis, einer alten Sehnsucht, nein, einer Midlifebegierde nachgeben – bloss, um sie ein für allemal zu stillen. Er musste diese Chance nützen, falls sie sich ergäbe, und sei es nur, um dem Vorwurf vorzubeugen, er habe eine einmalige Gelegenheit verpasst. Denn diesen Vorwurf würde er sich womöglich noch jahrelang machen und damit sein Eheleben vergiften. Es wäre also auch für Tina das Beste, sagte sich Zangger, wenn er die Gelegenheit beim Schopf packte und die Sehnsucht, nein, die Begierde stillte.

Er legte sich ins Bett.

Der Seminarraum, in welchem die Party stattfand, lag direkt unter seinem Zimmer. Die Musik dröhnte herauf. Dumpfe Bässe liessen den Boden vibrieren. Doch das störte Zangger nicht. Die Tatsache, dass sich die Teilnehmer – nach intensiven, manchmal belastenden persönlichen Erfahrungen während des Tages - abends vergnügten, stimmte ihn jedesmal zufrieden.

Die Discomusik verstummte.

Zangger war eingedöst. Nur halbwegs nahm er wahr, was unten geschah. Auffordernde Rufe wurden laut.

«Bitte!», «Come on!», «Zier dich nicht!»

Dann ein Klatschen. Ein paar einleitende Klänge.

Das war Livemusik! Jemand musste sich an den Flügel gesetzt haben – die Ärztin aus Brugg? Ein Banjo – der Pfarrer? Ein improvisiertes Schlagzeug: vielleicht ein Eimer, ein Waschbrett, ein Besen. Eine richtige Jam-Session!

Und jetzt Gesang. Ein Song aus den Achtzigerjahren: «I will survive», er erkannte ihn im Halbschlaf.

Zangger erwachte. Wer war das? Er hörte das unverkennbare Timbre einer schwarzen Sängerin.

«I used to cry», sang sie, «but now I hold my head up high.»

Zangger erhob sich, schlüpfte in seinen Trainingsanzug und stieg über die Aussentreppe nach unten, um hineinzusehen und mitzuhören. Die Stimme drang mühelos nach draussen. Die Zuhörer begleiteten die fiebrige Melodie mit rhythmischem Klatschen. Zu den Instrumenten hatte sich mittlerweile ein Saxofon gesellt: Das war Marco! Der Raum war abgedunkelt, es war schummriges Licht. Ellen stand, mit dem Rücken zu ihm, etwas erhöht, man hatte ihr ein kleines Podium errichtet. Jetzt drehte sie sich um: Sie sang, ganz wie er es bei dem vollen Klang, dem kehligen Timbre erwartet hatte: den Mund weit offen, man sah ihre leuchtende, rosa Zunge. Gloria Gaynor nicht unähnlich. Oder Whitney Houston.

Die Rote, dachte Zangger. Tatsächlich, wie ein Schwarze.

Sie gestikulierte nicht, hielt manchmal gar ihre Arme über dem Busen gekreuzt, und konnte doch aus voller Brust singen. Nun ein feuriges Zwischenspiel des Pianos, ein schmissiges Solo des Saxofons, Begleitstimmen, Rhythmus. Zwischenapplaus.

Zangger betrat leise den Saal, stellte sich im Dunkeln an die Wand. «I've got all my life to live», ging der Song weiter. «I've got all my love to give – to someone who's loving me.» Zangger lief ein Schauer über den Rücken. Ellen lächelte geheimnisvoll. Sie breitete die Arme aus: «I will survive!», schmetterte sie. Lachender Mund, rosa Zunge. Blendende Zähne. Entblösster Hals. Weisse Kehle. Wunderschöne Vertiefung zwischen den Schlüsselbeinen.

Ein Star!

«Just turn around», sang der Star jetzt, warf einen strengen, fast bösen Blick in den Raum, «walk out the door!», und wies mit dem rechten Arm, den Zeigefinger ausgestreckt, zur Türe. «You're not welcome anymore!», so lautete die nächste Strophe.

Ihre Augen blitzten.

Nun das Finale, die letzten Klänge.

«I'm still alive», sang sie, «I will survive!»

Applaus. Sie verbeugte sich lachend, wie zum Scherz.

Zangger schlich sich unbemerkt in sein Zimmer.

## 33

Am folgenden Tag lauschten alle Marcos Lebensgeschichte.

«Ich wuchs am Bodensee auf, als einziges Kind meiner Eltern», erzählte er. «Vater war Geschäftsmann. Er verdiente mal viel, mal wenig und machte oft Schulden. Ich entsinne mich nicht, dass Mutter je etwas Anerkennendes über ihn gesagt hätte. Sie liess keinen guten Faden an ihm. Schon als ich noch ganz klein war, beklagte sie sich bei mir über ihren Mann. Sie sagte mir, er tauge nichts, aber ich müsse ihm Respekt zeigen, sonst mache er vollends schlapp. Wenn Vater mir etwas verbot, flüsterte sie mir zu, ich dürfe es tun, sobald er weg sei. Wenn er mir eine Bitte ausschlug, erfüllte sie sie mir, wenn er fort war, und schärfte mir ein, ich solle ihm nichts davon sagen. Wenn Vater mir aber etwas gestattete, was ihr zuwider war, so schalt sie ihn vor meinen Ohren einen Waschlappen, der sich nicht durchsetzen könne.

Als ich zwölf war, schoss sich mein Vater in den Kopf. Eine Stunde vor seinem Tod kam er bleich in mein Zimmer und setzte sich zu mir, als ob er mir etwas erzählen wollte. Aber er blieb stumm. Dann stand er auf und wünschte mir gute Nacht. Er strich mir über den Kopf, das tat er sonst nie, und sagte: ‹Du bist ein guter Junge, ich bin stolz auf dich.› Mir fuhr es heiss und kalt den Rücken hinunter vor Freude. Aber aus lauter Verlegenheit sagte ich bloss: ‹Ich muss jetzt Aufgaben machen.› Er sah mich lange an und ging hinaus. Bald darauf hörte ich den Schuss und fand ihn sterbend in seinem Blut. Bestimmt hatte er mir zu verstehen geben wollen, dass ich an seinem Tod nicht schuld sei. Heute ist mir das klar. Aber damals dachte ich, er wäre am Leben geblieben, wenn ich ihm meine Dankbarkeit und meine Liebe gezeigt hätte. – Ich konnte es nie nachholen.»

Marco vestummte und fuhr sich mit dem Ärmel über die Augen. «Ich erfuhr nie, weshalb sich Vater umgebracht hatte», fuhr er fort. «Ich wusste nicht, ob er es wegen drohenden Bankrotts oder wegen des Zerwürfnisses mit meiner Mutter getan hatte. Sie sprach nie darüber, ich durfte nichts fragen, nichts wissen. Sein Tod wurde beschönigt – stellt euch das vor: Ich musste sagen, er habe einen Hirnschlag erlitten! –, schliesslich durfte ich auch den Verstorbenen selber nicht mehr erwähnen. Er wurde richtiggehend totgeschwiegen.»

Marco blickte in die Runde. «Ich trauerte nie um ihn», sagte er. «Vielleicht hätte ich nach dem Schock, den ich als Zwölfjähriger erlebt hatte, irgendwann Trauer verspürt. Aber ich hätte sie niemals zeigen dürfen, meine Mutter hätte es nicht zugelassen – so jedenfalls legte ich als Kind ihr Verhalten aus. Und sonst war niemand da gewesen, dem ich meine Verzweiflung und meinen Schmerz hätte zeigen können. Ich hielt Trauer und Schmerz in meinem Innern unter Verschluss, bis ich sie selber nicht mehr spürte. Als Knabe wurde ich bei jeder passenden und unpassenden Gelegenheit nur immer wütend. Ich wurde ein übelnehmender, neidischer und zorniger Mensch», erklärte Marco. Er sah Rita, dann Monique und weitere Teilnehmer an. Er schien sich weder zu schämen, noch heischte er mit seinem Blick Verständnis. «Gestern», fuhr er fort und sah Zangger an, «sind Schmerz und Trauer aus mir herausgebrochen. Es war eine Erlösung. Ich fühle mich wie neu geboren.» Er hielt inne und schien sich zu sammeln.

«Ein Jahr später heiratete Mutter wieder. Es war wieder ein Geschäftsmann», nahm Marco den Faden seines Lebensberichts auf. «Sie bläute mir ein, das sei jetzt mein Vater. Ich müsse ihn Vater nennen, und ich dürfe niemandem sagen, dass es einmal einen anderen gegeben habe. Wir zogen in eine andere Stadt. Meine Eltern legten den grössten Wert darauf, als normale Familie aufzutreten. Mutter konnte aber nie bewirken, dass ich den Namen meines Stiefvaters bekam. Ich hiess stets Vetsch, wie mein toter Vater, meine Eltern trugen einen anderen Namen. Als Knabe hatten sie mich noch genötigt, mich als Marco Herrliger auszugeben. Doch seit ich volljährig bin, benütze ich meinen richtigen Namen.»

Herrliger!, ging Zangger ein Licht auf. So eine Schlange! Jetzt fiel ihm auf, dass er längere Zeit nichts mehr von dieser Dame gehört hatte. Freilich, die Familienfehde war beigelegt, seit Marco das Geldgeschenk seines Stiefvaters angenommen hatte. Ohne es zu wissen, hatte er sich Frau Herrligers Sorgen um ihren depressiven Mann angenommen.

Das Puzzle setzt sich zusammen, dachte Zangger.

Er riss sich von den Gedanken um dieses Rätsel los. Er hatte beobachtet, dass auch Ellen Marcos Bericht atemlos und nervös gelauscht hatte. Nun sah er, dass sich ihr Gesicht entspannte und dass sie sich zurücklehnte.

«Es kommt mir heute vor, als hätte ich die ganze Zeit in einer Atmosphäre von Falschheit und Lüge gelebt», sagte Marco bedrückt. «Alles war Schein und Trug. Und wenn ich meine Eltern heute besuche, so habe ich noch immer das dumpfe Gefühl, sie lügen mich an oder verheimlichen mir etwas.»

Zangger hörte zu, ohne zu fragen oder zu kommentieren. Er wollte nicht den Eindruck erwecken, es gehe darum, die Wahrheit zu finden. Es ging ihm einzig darum, zu hören, wie jeder Seminarteilnehmer sein Leben erlebt hatte und wie er heute darauf zurückblickte.

«Die Liebe und Dankbarkeit, die ich meinem Vater nicht hatte zeigen können, wollte ich dem Stiefvater erst recht nicht geben», erklärte Marco. «Ihr könnt euch vorstellen, wie ich gegen ihn rebellierte. Ich machte ihm das Leben schwer», sagte er und blickte erneut in die Runde der Zuhörer. «Er wusste sich schliesslich nicht mehr anders zu helfen, als mich mit zynischen Bemerkungen mundtot zu machen.»

Marco berichtete von seinen Schwierigkeiten in der Schule und im Studium, vom Versagen beim Zwischenexamen und von der Trödelei mit seiner Doktorarbeit. Er erzählte von seiner Ehe und kam noch einmal auf die Demütigung zu sprechen, die er seiner Frau zugemutet und die zur Scheidung geführt hatte. Er beschrieb die Beziehung zu seiner neuen Partnerin, und auch da schien er nichts zu beschönigen.

Zangger fiel es angenehm auf, dass Marco weder dick auftrug noch Dinge bagatellisierte, weder klagte noch haderte. Es machte ganz den Anschein, als erlaube er sich zum ersten Mal, sich zu zeigen, wie er wirklich war.

Zum Schluss kam Marco auf seine Beziehung zu Zangger zu reden: Dass er ihn, seinen Lehrer, zugleich gehasst und bewundert habe, dass er seine Aufmerksamkeit gewollt und um seine Anerkennung gebuhlt habe, dass er ihm nachspioniert und gehofft habe, etwas Peinliches über ihn herauszufinden. Er versuchte den Zuhörern begreiflich zu machen, wie sehr er sich von Zangger, dessen Heim und dessen Leben als Familienvater angezogen gefühlt habe und wie sehr er sich gewünscht habe, daran teilnehmen zu können.

Es rührte Zangger ans Herz. Er entsann sich, dass Seidenbast den Mann einen vaterlosen Gesellen genannt hatte. Jetzt wusste er, dass er damit Recht gehabt hatte. Aber er war entschlossen, seinem Schüler nach diesen Bekenntnissen nicht mehr Nähe anzubieten als den andern. Die Umarmung vom Vortag, die für beide ergreifende Erfahrung von Schmerz, Nähe und Trost, sollte nicht dadurch entwertet werden, dass er sie bei jeder Gelegenheit wiederholte.

Nicht nur Zangger war gerührt, alle waren es.

Und Ellen ganz besonders. Sie ging auf Marco zu, als er geendet hatte. Sie umarmte ihn innig. Es sah nicht aus, als würde sie ihn trösten, vielmehr, als heisse sie ihn willkommen.

Zangger sah es mit Verwirrung.

Abends sah er die beiden auf der Ofenbank sitzen und tuschelnd die Köpfe zusammenstecken. Marcos Arm lag auf Ellens Schulter, ihre Hand auf seinem Knie. Er fragte sich, ob die zwei ein Paar seien. Die Vorstellung befremdete und frustrierte ihn: Ellen und Marco?

Doch als er die beiden sitzen sah und ihre Gesichter betrachtete, ohne dass sie ihn bemerkten, stellte er etwas widerwillig fest, dass sie trotz ihrer unterschiedlichen Wesensart irgendwie zusammenpassten. Erfüllt von väterlichem Wohlwollen für Marco und mit einem Hauch von Eifersucht wandte er sich ab.

Er konnte sich die Frage nicht ganz verkneifen: Will der Junge sie mir streitig machen?

## 34

Zangger hatte Ellen schon die ganze Woche an einem Lebensbild arbeiten sehen. Er hatte bemerkt, dass sie ihre Präsentation Tag für Tag hinausschob. Das war ihm nur recht, denn so würde ihre Lebensgeschichte den Abschluss des Seminars bilden.

Noch war allerdings eine andere Teilnehmerin an der Reihe. Liliane, eine stille Frau, die allen als eine aufopferungsbereite Person bekannt war, hatte aus ihrem Leben berichtet, ohne ihren Vater mit einem einzigen Wort zu erwähnen. Sie hatte erzählt, sie sei als Einzelkind mit ihrer Mutter aufgewachsen.

«Wo war denn dein Vater?», wollte jemand wissen.

«Es gab keinen. Meine Mutter war ledig, und sie wollte nicht sagen, wer mich zeugte.»

«Und du hast nicht insistiert?»

«Lange Zeit nicht», antwortete Liliane. «Ich wollte sie nicht beschämen oder verletzten. Erst als erwachsene Frau ging ich auf die Suche nach meinem Vater.»

«Recht hattest du!», warf Zangger ein. «Es ist ein Menschenrecht, zu wissen, woher du stammst.»

«Ich habe ihn auch tatsächlich gefunden», fuhr Liliane fort. «Er war bereits ein alter, todkranker Mann. Ich bin glücklich, dass ich mit ihm noch ein langes, gutes Gespräch führen konnte.»

Nachdem Liliane ihren Lebensbericht beendet hatte, zitierte Zangger den Ausspruch eines grossen Psychotherapeuten, bei dem er einst studiert hatte: «Every person's life is worth a novel.» Tatsächlich war jedes Leben einmalig und einzigartig, das äusserlich wirre, aufregende, wie das scheinbar geordnete, ruhige. In jedem einzelnen war Dramatik zu spüren, wenn der Erzähler seinen inneren und äusseren Lebensweg vor den anderen ausbreitete.

Als Letzte trat Ellen vor die im Halbkreis sitzenden Teilnehmer. Sie fing im Stehen an zu sprechen, um gleichzeitig ihr Lebensbild zeigen zu können, das an einer Pinnwand hing. Es war eine grosse Collage: ein Gemälde, auf welchem sie den äusseren Lauf ihres Lebens und ihren inneren Werdegang abgebildet hatte. Ein Bild mit frohen und mit düsteren Farben, eine symbolische Darstellung eines Weges mit Höhen und Tiefen, mit bunten Passagen, aber auch Leerstellen und Brüchen, kunstvoll ausgeschmückt mit Zeichnungen einzelner Szenen aus ihrem Leben und ergänzt mit Fotografien.

«Ich wurde in Victoria geboren», begann sie. «Wir lebten auf Vancouver Island, bis Mutter mit mir in die Schweiz zurückkehrte. Mein Vater ist Kanadier. Als Ingenieur hatte er einige Jahre in der Schweiz gearbeitet. Hier hatte er meine Mutter kennen gelernt. Als sie mit mir schwanger geworden war, hatten sie geheiratet und sich in Vaters Heimat niedergelassen. Die ersten Jahre meiner Kindheit waren unbeschwert», erzählte Ellen mit verträumtem Ausdruck, «meine Eltern liebten mich über alles. Sie waren gut zu mir. Mein Vater war ein gutmütiger Bär – ich zeige euch nachher ein Bild von ihm – ein zärtlicher, liebevoller Mann, gross und stark.» Ihre Augen leuchteten. «Wir gingen täglich zusammen ans Meer – gleich vor der Haustüre. Wir wohnten in einem kleinen, viktorianischen Haus am Rande der Stadt. Es sah innen fast genauso aus wie dein Praxishaus», sagte sie und sah Zangger an.

«An den Wochenenden ging Vater mit mir in die Wälder», fuhr sie fort, «in die Berge oder an den See, an welchem er eine Blockhütte gebaut hatte. Er ging mit mir wandern oder rudern und fischen, er lehrte mich schwimmen und Feuer machen. Wir gingen zusammen auf die Pirsch, beobachteten Vögel, Elche und Bären, und im Herbst führte er mich zu den Wasserläufen, in denen sich die Lachsschwärme zu ihren Laichplätzen hinaufkämpften. Er freute sich, wenn ich in der Schule Erfolg hatte, und machte sich nichts draus, wenn er ausblieb. Er traute mir alles zu und lehrte mich, ohne je darüber zu reden, Vertrauen in mich selber zu haben. Ich liebte ihn innig und fühlte sich seiner sicher.» Ellen schwieg nachdenklich. «Doch das war eine Täuschung», sagte sie dann und blieb eine Weile still. Sie war offensichtlich unsicher, wie sie weiterfahren solle. «Ach ja», ergänzte sie beiläufig, «er spielte Klarinette. Er liebte den Jazz, und er hatte eine eigene Band. Er war ein grosses Talent.»

«Der Apfel fällt nicht weit vom Stamm», rief einer dazwischen. Ellen lächelte.

«Meine Mutter», fuhr sie fort, «nahm in Kanada ihren Beruf als Krankenschwester wieder auf. Sie war eine wunderschöne und im Grunde genommen eine frohe, ja eine lebenslustige Frau. Es war aber meist etwas Trauriges um sie. Sie spielte und tanzte mit mir, wenn sie bei guter Stimmung war, doch oft sass sie da und weinte. Ich wusste nicht, was sie plagte, und Mutter konnte es mir nie recht erklären. Vermutlich hatte es mit der Tatsache zu tun», mutmasste Ellen, «dass Vater früher schon einmal verheiratet gewesen war. Er hatte nämlich eine Familie mit drei Kindern verlassen und war daraufhin in die Schweiz gezogen. Diese Ehe war geschieden worden. Als Vater nach Kanada zurückkehrte, wo Mutter mich bald darauf gebar, hatte er zwei Familien. Seine Kinder aus der ersten Ehe wollten ihn wieder sehen, und er wollte es auch. Doch Mutter ertrug die Vorstellung nicht, dass seine anderen Kinder bei ihr ein und aus gingen. Ich hatte mir immer Geschwister gewünscht. Aber entweder wollten meine Eltern keine weiteren Kinder oder sie konnten keine mehr haben. Und meine Halbgeschwister bekam ich als Kind nie zu Gesicht. – Allmählich nahmen die Spannungen zwischen meinen Eltern zu. Sie stritten sich nicht offen oder laut, doch Vater wurde je länger je unzufriedener. Mutter war unglücklich und ich wurde es auch. Schliesslich verliess uns mein Vater. Mutter entschied, in die Schweiz zurückzukehren, weil sie sich hier mehr zu Hause fühle als in Kanada. – Sie hatte noch einen anderen Grund zurückzukehren», murmelte Ellen, «doch den erfuhr ich erst später.»

Sie schien zu überlegen, wo sie den Faden aufnehmen und weiterspinnen konnte und blickte auf ihre Collage. Sie wies auf eine Stelle ihres Lebensbildes. «Hier, in diesem Jahr trennten sich meine Eltern», erklärte sie. «Ich war damals neunjährig. Eigentlich war das zu früh», sagte sie sachlich, «zu früh für ein Kind, ohne den Vater zu leben.»

«Ja, das stimmt», meinte Zangger. «Das war schlimm für dich, nicht wahr?»

«Nun, gewiss, die Trennung tat weh», bestätigte Ellen, doch ihr Schmerz war nicht erkennbar.

«Es war auch rücksichtslos von ihm, zu gehen», behauptete Zangger. Er ahnte, dass in ihr eine alte Enttäuschung schlummerte, die sie als Kind nie richtig zu spüren, geschweige denn zu zeigen gewagt hatte.

«Ja, eigentlich war das gemein.» Ellens Stimme bebte.

«Sprich zu ihm. Stell dir vor, er sei hier», forderte Zangger Ellen auf. Wenn sie sich ihren Vater vorstellen könnte und zu ihm, anstatt bloss über ihn spräche, würden ihre wahren Gefühle geweckt werden, hoffte Zangger. Ellen liess sich ohne weiteres darauf ein, sie kannte das Vorgehen.

«Du hast uns einfach verlassen, Dad. Du liesst mich im Stich», sagte sie. Ihr Gesicht war das eines enttäuschten, verzweifelten Kindes.

«Ja», sagte Zangger. Er wusste, dass die Wut dem Schmerz im Wege stand. Die Enttäuschung und die Wut mussten hinaus, erst dann würden Schmerz und Trauer wirklich spürbar werden. Erst dann würde sie weinen, und erst mit dem Weinen würde eine alte Wunde verheilen.

«Du liesst mich einfach im Stich, Dad!», sagte sie wieder, und ihre Augen funkelten. Schliesslich schrie sie es mit der ganzen Wut, Enttäuschung und Verzweiflung des Kindes hinaus. Doch plötzlich kippte ihre Stimmung. Sie stand da, sah aus wie ein allein gelassenes Kind und schluchzte: «Dad, ich hätte dich doch noch gebraucht!»

Als Ellen weinend sagte: «Dad, ich hätte dich doch noch gebraucht», geschah mit Zangger etwas Unerwartetes. Es war genau wie mit Marco: Ellen weinte wie dieser, aus Schmerz, ohne jede Absicht, das spürte er genau. Und er fühlte sich auf die gleiche Weise angesprochen wie gestern – als Vater, an Vaters statt, als Therapeut, der halten und trösten musste. Er sah in ihr nur das Kind, das sie einst war. Er fühlte nichts anderes als väterliche Zuneigung.

Sie sagte wieder, in Tränen: «Warum bist du weggegangen, Dad? Warum hast du mich im Stich gelassen? Ich war noch ein Kind. Ich hätte dich doch noch gebraucht!»

Zangger ging auf sie zu. «Komm!», sagte er und öffnete die Arme. Sie warf sich ohne zu zögern hinein. Er umarmte sie, hielt sie fest, liess sie an seiner Schulter weinen. Als sie sich satt geweint hatte, meinte sie: «Das hat gut getan», sah ihm zerzaust und verweint ins Gesicht und sagte: «Ich danke dir, Lukas.»

Es blieb dabei: väterliche Zuneigung, kein anderes Gefühl. Zangger liess sie los, sie liess ihn los, und Zangger setzte sich wieder.

Erst jetzt dachte er an Seidenbast: Du alter Gaukler!

Dann lauschte er wieder Ellens Bericht.

35

«Ich verbrachte meine Jugend als Einzelkind. Mutter heiratete, zurück in der Schweiz, nicht wieder. Zwei-, dreimal reiste ich als Jugendliche nach Kanada, um mit Vater die Sommerferien zu verbringen, ein- oder zweimal kam er zu mir in die Schweiz. In der Schule hatte ich keine grossen Schwierigkeiten. Es gelang mir gut, mich in diesem Land einzuleben und Freundinnen und Freunde zu gewinnen.

Anstatt dem Vater übel zu nehmen, dass er mich verlassen hatte, lehnte ich mich fortan gegen Mutter auf, wie und wo ich nur konnte. Ich gab ihr so zu verstehen, dass *sie* in meinen Augen an der Trennung der Familie schuld war. Ich liess die Wut am falschen Ort aus, das wurde mir inzwischen klar», sagte Ellen. «Ich hatte meine Mutter im Innersten lieb, und oft hatten wir es trotz allem gut. Aber je älter ich wurde, desto mehr wehrte ich mich dagegen, dass sie mich so behütete und bemutterte. Ich spürte, dass sie mich davor schützen wollte, mich früh oder unglücklich zu binden. Erst viel später verstand ich, dass sie mich vor einem Ungemach bewahren wollte, das sie selber erlitten hatte. Natürlich erreichte Mutter das Gegenteil», sagte Ellen.

«Ich war nämlich kein braves Mädchen», erklärte sie mit einem verschmitzt-verlegenen Lächeln. «Ich war ein frühreifes Kind. Mit fünfzehn hatte ich den ersten Liebhaber, meinen zehn Jahre älteren Sportlehrer. Er sträubte sich zuerst, da ich noch zu jung sei. Mir gelang es doch, ihn zu verführen. Wir trafen uns heimlich, bis er in eine andere Stadt zog. Als Siebzehnjährige reiste ich einem Flamencotänzer nach, von Stadt zu Stadt, nach Basel, München, einmal gar nach Madrid. Ich schwänzte tage-, sogar wochenlang das Gymnasium, und beinahe wäre ich von der Schule geflogen. Er war doppelt so alt wie ich. Ich fühlte mich immer von älteren Männern angezogen, mit den gleichaltrigen konnte ich einfach nichts anfangen. – Tut mir leid, Boys! Aber vielleicht ändert sich das noch», sagte sie scherzend zu den Männern in der Runde.

«Nach dem Gymnasium ging ich auf Reisen. Ich verdingte mich unterwegs als Kellnerin und als Sängerin in Nachtclubs. Schon als Schülerin hatte ich zu singen angefangen und in einer Jazzschule Gesangsstunden genommen. Wieder in der Schweiz, ging ich auf die Universität. Um mir das Studium zu verdienen, arbeitete ich nebenbei in einem Labor der Psychiatrischen Universitätsklinik, und manchmal sang ich in Zürcher Jazzclubs. Ich angelte mir einen Zahnarzt aus der Jetset-Szene, später ein paar weitere Männer. Der Altersunterschied wurde grösser, nicht kleiner. In einige verliebte ich mich, mit anderen spielte ich nur. Bei den einen litt ich, bei den anderen fühlte ich mich erleichtert, wenn es vorbei war.»

Ellen schien über etwas nachzudenken. Sie blickte auf ihr Lebensbild, in welchem ihre Männerbeziehungen aufgezeichnet waren, und sagte: «Es kommt mir so vor, als hätte ich seit Kindsbeinen nach der heimlichen Überzeugung gehandelt, ein Mann, der mir wichtig werden und den ich lieb gewinnen könnte, werde mich früher oder später ohnehin verlassen. Ständig las ich mir welche aus, mit denen es tatsächlich so kommen musste – wenn nicht, liess ich die Beziehung selber platzen. Ich habe zwar gelernt, Vertrauen in mich selber zu haben, aber einem Mann wirklich zu vertrauen, das habe ich nicht gelernt. – Ich war in all den Jahren nicht etwa unglücklich. Ich hatte Freude am Leben. Aber mit fünfundzwanzig hatte ich genug von aufregenden Affären und sehnte mich nach einem Partner fürs Leben. Doch der, den ich fand, war wieder nicht zu haben. Bei meiner Arbeit lernte ich einen interessanten Mann kennen, einen leitenden Arzt und Dozenten. Aber er war verheiratet.»

Also doch: Professor Raymond Mayer, fand sich Zangger bestätigt, obschon sie keinen Namen genannt hatte. Vor einer halben Stunde hätte ihn die Erkenntnis eifersüchtig gestochen. Jetzt stellte er es einfach fest.

«Bestimmt suchte ich den Vater in ihm», überlegte Ellen laut, «wie in all den älteren Männern, die ich hatte.»

Zangger lächelte stumm.

«Einerlei. Es spielt ja keine Rolle, weshalb ich ihn wählte. Ich fühlte mich von ihm angezogen, so war es eben. Seit einem Jahr ist es aus, denn eins war mir klar geworden: Ein verheirateter Mann kommt nicht in Frage. Eine Dreiecksbeziehung tut mir nicht gut. – Wir sehen uns noch, denn ich arbeite auf einer seiner Abteilungen. Und ich brauche seine Hilfe in einer bestimmten Sache.»

Erneut hielt Ellen inne. Sie schien sich einen Stoss geben zu müssen: «Mutter starb vor kurzem an Krebs», hob sie an. «Sie war noch viel zu jung zum Sterben.»

Die Tränen kamen ihr wieder. Doch dies waren die Tränen einer erwachsenen Frau, nicht die eines Kindes. Zangger liess sie weinen.

«Es gibt in meinem Leben manche Parallelen zu dem meiner Mutter», fuhr Ellen weiter. «Wir teilen das Schicksal, ohne Vater aufgewachsen zu sein. Auch sie hatte ihren Vater früh verloren, allerdings für immer. Auch sie musste von dort, wo sie aufgewachsen war, wegziehen. Sie musste aus ihrer Heimat fliehen und alles, was ihr lieb war, zurücklassen.»

«Fliehen? Aus der Schweiz fliehen?», fragte jemand erstaunt.

«Oh, nein! Meine Mutter ist …, war keine Schweizerin. Sie war ein Flüchtling.»

Ein Flüchtling? Das Wort gab Zangger einen Stich.

«Mutter floh als junges Mädchen aus Bratislava, als die sowjetischen Panzer kamen. Ihren Vater hatte sie zwölf Jahre zuvor verloren, da war sie siebenjährig gewesen. Ungarischen Bluts, war er seinen Brüdern nach Budapest zu Hilfe geeilt und im Aufstand gegen die Russen gefallen. Mutter wuchs als Halbwaise auf. Zur Zeit des Prager Frühlings war sie neunzehn. Nach dem Einmarsch der Sowjets flüchtete sie mit ihrer Mutter nach Österreich. Grossmutter blieb in Wien, denn sie hatte dort Verwandte. Mutter aber entschied sich für die Schweiz. Sie lebte hier, bis sie ihren späteren Mann, meinen Vater, kennen lernte und mit ihm nach Kanada zog.»

Ellen wischte sich die feuchten Augen.

«Ich bin dabei, ihren Nachlass zu sichten. Ich fand Dinge, von denen ich nichts wusste. Die beschäftigen mich sehr», sagte sie. Dann verkündete sie mit unvermittelter Fröhlichkeit, als ob sie die Zuhörer aufheitern wollte: «Jetzt zeige ich euch ein paar Bilder.»

Einige Fotografien hatte sie in ihr Lebensbild eingefügt, Schnappschüsse aus Kanada, von Kindergeburtstagspartys und Ausflügen. Andere aus der Schweiz, von Schulfreundinnen, Hunden und Pferden, ein paar weitere von ihren Reisen. Daneben hatte sie auf einem Tisch Familienfotos ausgelegt. Die Zuhörer erhoben sich und traten näher, um sie zu betrachten. Marco stand zuvorderst. Lange hielt er eines der Bilder in der Hand – Ellen sagte, es sei ihr Lieblingsbild. Als alle genug geschaut hatten, trat auch Zangger hinzu und betrachtete das Bild: zwischen zwei erwachsenen Personen ein fröhliches Kind, die etwa sechsjährige Ellen. Man ahnte in dem Kindergesicht mit *freckles* die schöne Frau von heute. Das Kind sah strahlend zu seinem Vater auf, einem grossen, etwas bäurischen Mann mit karottenrotem Haar, einem breiten Sommersprossengesicht und kräftigen Armen. Er sah liebevoll zu seiner Tochter nieder und strich ihr mit seiner Pranke über das Haar. Auf der anderen Seite die Mutter, eine wunderschöne, feine Frau: ausdrucksvolle braune Augen, leicht gehobene, aber dennoch zarte Wangenknochen, im Nacken zusammengebundendes Haar. Sie zeigte auf den ersten Blick kaum Ähnlichkeiten mit Ellen. Sie sah vielmehr fast aus wie Tina.

Aber natürlich war es nicht Tina.

Es war Mara.

Zangger erkannte ihr Gesicht in diesem Augenblick trotz den langen, fast schwarzen Haaren. Es war ihm, er falle in ein tiefes Loch. Es wurde ihm schwarz vor Augen.

Er legte das Bild aus der Hand und musste sich setzen.

Ellen sah ihn bestürzt an.

## 36

Es war vor mehr als dreissig Jahren: Lukas Zangger war noch Medizinstudent, zwei Jahre vor dem Staatsexamen. Voller Begeisterung hatte er die Praktikumsstelle als Unterassistent an einem Ostschweizer Landspital angetreten: Patientenaufnahmen, Untersuchungen, Visiten, Assistenz im Operations- und im Gebärsaal, unter Anleitung bald auch Wundversorgungen und die ersten Blinddarmoperationen. Er übernahm lauter anspruchsvolle Aufgaben, wurde wohlwollend beaufsichtigt und hatte gleichzeitig die Narrenfreiheit des Lehrlings. In der ersten Arbeitswoche hatte er beim Morgenrapport den Namen der Nachtschwester gehört, Mara. Er hatte angenommen, es sei eine der älteren Frauen in klösterlicher Tracht, die im Spital arbeiteten.

Doch während seines ersten Nachtdienstes war ihm, als treffe ihn der Schlag! Sie kam auf dem langen, nur schwach beleuchteten Spitalkorridor auf ihn zu. Von weitem schon hatte er ihren graziösen und doch zielstrebigen Gang wahrgenommen. Dann stand sie vor ihm, rank und schlank, und strahlte ihn an.

«Oh, der neie Herr Doktor, Griss Gott!» Aufs Charmanteste reichte sie ihm die Hand – sie bot den ausgestreckten Arm fast so dar, als erwarte sie einen Handkuss, lehnte sich gleichzeitig ein wenig zurück und legte den Kopf auf anmutige Weise in den Nacken, damit sie dem Grossgewachsenen ins Gesicht sehen konnte – und hielt die seine etwas länger fest, als es sich eigentlich ziemte. Sie trug einen verwegenen Kurzhaarschnitt, frech blond gebleicht, und hatte auf jeder Wange ein entzückendes Grübchen. Und ihre Sprache! Samtweiches, nur leicht gebrochenes Deutsch.

Im Lauf der Nacht suchte er Schwester Mara auf den Krankenstationen auf, so oft er nur konnte. Er lief ihr richtiggehend hinterher. Es schien sie nicht zu stören. Er war hingerissen von der Geschmeidigkeit ihrer Bewegungen, wenn sie am Krankenbett behende etwas verrichtete. Wenn sie nichts zu tun hatten, plauderten sie im Stationszimmer. Mara hatte mittlerweile begriffen, dass er noch Student war. Sie fragte ihn nach seinem Vornamen. «Lukács?» (Lukasch, mit einem weichen sch), rief sie, und ein Ausdruck von Schmerz huschte über ihr Gesicht. «Wie mein Vater!» Er erfuhr, dass ihre Vorfahren aus Ungarn stammten und dass ihr Vater längst tot war. Sie selber war im vergangenen Sommer aus ihrer Heimat, der Tschechoslowakei, geflohen.

«Ich bin ein Flicht-lingh», lachte sie, als amüsiere sie das Wort. Es amüsierte sie auch tatsächlich, denn sie sprach genügend gut Deutsch: Sie kannte andere ling-Wörter, Schwächling etwa, und Feigling. Doch war sie nicht gekränkt, ein Flüchtling genannt zu werden. Sie war belustigt, denn es gab ja noch weitere solche Wörter: Säugling zum Beispiel. Und Liebling.

Lukas fing an, von sich zu erzählen. Lukas Zangger erzählte von sich! Einer ihm völlig unbekannten Person! Das war etwas Neues. Sie hörte ihm aufmerksam zu und stellte ihm Fragen. Wann immer er schwieg, betrachtete sie ihn und lachte ihn an, sobald er es bemerkte.

Es war ein Flirt, mehr nicht. Aber was für einer! Lukas fand es nur schon unwiderstehlich, wie sie ihre Augen leicht zusammenkniff, wenn sie kokettierte. Das war gerade das Gegenteil dessen, was hysterische Frauen taten – die rissen ihre Augen auf –, und denen ging er seit je aus dem Weg. Er spürte von allem Anfang an, dass er der Frau gefiel. Das stärkte ihn ungeheuer. Denn sein Selbstbewusstsein war zwar in manchen Bereichen gut, was jedoch Frauen anging, eher bescheiden ausgebildet.

Gewiss hatten auch schon andere Mädchen oder Frauen an ihm Gefallen gefunden. Es waren jedoch immer die falschen gewesen: Mauerblümchen oder exaltierte Personen oder solche, die ihn aus einem anderen Grund nervten. Michelle und ein, zwei andere hatten sich hingegen nicht für ihn interessiert – vielleicht aus dem einfachen Grund, weil er es nicht gewagt hatte, ihnen zu sagen, dass er sie mochte. So hatte Lukas die Überzeugung gewonnen, dass Frauen, die ihm wirklich gefielen, grundsätzlich nicht zu haben waren.

Und nun gefiel er dieser Frau!

«Die!», sagte er sich, als er sich am frühen Morgen nach dem Nachtdienst für den Arbeitstag frisch machte. «Die ist es, keine andere! Die muss ich haben. Das wird meine Frau.»

Die Sache hatte nur einen Haken: Sie war schon vergeben. Sie hatte ihm während der Nacht erzählt, dass sie bald heiraten werde. Trotzdem war er entschlossen, diese junge Frau zu erobern, koste es, was es wolle. Er machte ihr den Hof, wie und wann er nur konnte: Wenn sie Frühdienst hatte, begleitete er sie morgens ins Spital, wenn sie vom Spätdienst kam, brachte er sie vor die Haustüre. Hatte sie Nachtdienst, so blieb er die halbe Nacht im Spital, um mit ihr zu schäkern. Er steckte ihr Zettel mit Liebesgrüssen in die Schürze, warf ihr während der Arbeit verwegene Blicke zu, machte charmante Komplimente, schrieb feurige Briefe. Sie spielte anfangs bloss flirtend mit, zierte sich – «Du weisst doch, ich bin verlobt; das geht doch nicht, Lukács», – aber sie genoss die ungewohnte Aufmerksamkeit. Und irgendwann fing sie Feuer.

Die Affäre musste geheim bleiben. Ihr Verlobter, ein Landsmann, war äusserst eifersüchtig. Mara fürchtete um ihr Leben, falls er etwas merkte. Er arbeitete auf Montage, sie war nie sicher, wie lange er wegblieb und wann er plötzlich zu Hause auftauchte. Ausserdem teilten Mara und ihr Verlobter die Wohnung mit ihrem zukünftigen Schwager. Dieser passte offensichtlich auf Mara auf.

Maras Mitschwestern rochen als Erste Lunte und versuchten, ihre Beziehung zu hintertreiben. «Was glaubt die Zigeunerin eigentlich, sie hat doch schon einen!», sagten die einen. «Wieso kümmert sich der eitle Jungarzt um den Flüchtling, sind wir ihm nicht schön genug?», schimpften die andern.

Bald kannten Mara und er alle Orte inner- und ausserhalb des Spitals, an denen man sich heimlich treffen konnte. Sie küssten sich rasch, wenn sie gleichzeitig ins Spitallabor gingen, umarmten sich hinter dem Personalhaus, spazierten an nebligen Tagen am Fluss, gingen abends Hand in Hand durch den Wald bis vors Städtchen und arrangierten konspirativ-öffentliche Begegnungen im Einkaufszentrum. Da standen sie dann wie zufällig nebeneinander vor einem Regal mit Konservendosen, einander zuflüsternd, wann und wo sie sich treffen könnten.

Nicht selten raunte ihm Mara zu, es gehe heute nicht und morgen und übermorgen ebenso wenig, wahrscheinlich die ganze Woche nicht. Das stürzte Lukas in tiefste Verzweiflung. Er ass tagelang nichts und fand keinen Schlaf. Er hörte nächtelang Musik – romantische, slawische und ungarische Weisen: Chopin und Liszt, Brahms und Rachmaninow – und sehnte sich dabei nach Mara, unsicher, ob er sie je wieder sehe.

Wochen vergingen, die heimliche Liebe, die jeder wahrnahm, der sie nicht übersehen wollte, nahm ihren Lauf. Bald war Mara ähnlich liebeskrank wie Lukas. Doch sie wagte es nicht, sich von ihrem Verlobten zu trennen. Lukas wusste nicht, ob sie diesem je etwas sagte oder ob er etwas gemerkt hatte. Er fragte sie nie, ob sie ihren Zukünftigen eigentlich liebe. Nicht aus Unsicherheit, nein aus Sicherheit: Sie liebte ja ihn. Dennoch, die Hochzeit stand fest. Mara sagte, das lasse sich nicht ändern. Aber Lukas gab sich der Hoffnung hin, ihre Hochzeitspläne würden sich zerschlagen und er redete sich ein, es werde sich alles irgendwie zum Guten wenden.

Im Spital waren sie, natürlich nur halblaut, in aller Munde. Schwesternhilfen und Hebammen verstummten, wenn Lukas hinzutrat. Mara wurde geschnitten, Lukas geneckt. Es flogen eifersüchtige und böse Blicke, es fielen schnippische oder zotige Bemerkungen, in der Kantine, im Operations- und erst recht im Gebärsaal.

Eines Tages wurde Lukas zum Chefarzt zitiert. Die Oberschwester sass neben ihm. Mit einem freundlich gemeinten, aber unpassend-schelmischen Schmunzeln sagte sie: «Sie sind mir einer! Aber, aber – verdrehen Sie der Mara doch nicht derart den Kopf!» Der gutmütige, ihm wohlgesinnte Chefarzt fragte nur: «Wie stellen Sie sich das denn vor, Herr Zangger?» Lukas brachte nur heraus: «Ich liebe sie», er wollte nichts mehr verbergen. Als der alte Doktor ihn etwas hilflos fragte: «Aber was sagt ihr Verlobter dazu?», da entgegnete Lukas geradeheraus: «Das ist mir egal.» Er war entschlossen, sich nicht um Sitten und fremde Wertvorstellungen zu kümmern. Es war ihm Wurst, was andere von ihm dachten. Er kam sich dabei unerhört stark vor – und moralisch ganz und gar im Recht, denn er liebte Mara.

Kein Tag, ja keine wache Minute verging, an der Lukas nicht an Mara dachte. Er konnte nichts anderes denken und wünschen und hoffen als Mara. Das Sehnen nach ihr verzehrte ihn schier.

Die Sehnsucht wurde durch den Umstand geschürt, dass sie kaum je ungestört beisammen waren. Ständig waren sie auf der Hut, fühlten sich beobachtet und gehetzt. Eine Liebesnacht, die den Namen verdient hätte, erlebten sie nie.

Einmal, als ihr Verlobter ein paar Tage weg war, verbrachte Mara die Nacht in seiner Wohnung, in seinem Bett. Doch da versagte er als Liebhaber vor Aufregung und unerwartetem Glück. Er lag da, gelähmt vor Verlegenheit und Scham.

«Ich bin glicklich, Lukács», sagte sie, als sie in seinen Armen lag. «Mit dir bin ich glicklich.» Sie betrachtete ihn ruhig, umfing ihn zärtlich und fragte besorgt: «Und du, Liblingh? Bist du unglicklich?»

Sie nannte ihn Liebling! Liebling, nicht Schwächling.

«Nein», sagte er, «jetzt bin ich glücklich.» Er hatte ja vor lauter Glück versagt. Glücklich und unglücklich zugleich war Lukas. Sehr glicklich. Nur ein wenig unglicklich – mehr eine Vorahnung.

«Mara», sagte er, «ich liebe dich.»

Er konnte es sagen! Er brachte es heraus! Eben hatte er es gesagt – und sie hatte ihn verstanden!

«Ich libe dich auch, Lukács», sagte sie.

Eines späten Abends läutete es an seiner Wohnungstüre. Er öffnete, ein unbekannter Mann stürmte herein. Er war ein Hüne. Er stiess Lukas beiseite und schrie: «Wo ist sie?» Ohne auf eine Antwort zu warten, riss er Schranktüren auf, blickte ins Bad, unter das Bett. «Warte nur!», drohte er, als er niemanden fand, und rannte aus der Wohnung.

Zwei Wochen später war er wieder da. Mara war in der Mittagspause auf einen Sprung vorbeigekommen. Sie küsste Lukas zum Abschied und schickte sich an, die Wohnung zu verlassen. Wutentbrannt drang der Mann ein, als Lukas die Türe aufschloss. Er stiess Mara weg und schlug ohne ein Wort zu sagen auf Lukas ein.

Der bringt mich um!, erkannte Lukas, als er in seine Augen blickte. Sein Kopf blieb kristallklar, und im Bruchteil einer Sekunde entschied er, trotz dem Schreck, der ihm in den Knochen sass, sich gegen den Übermächtigen zu wehren. Einen Kinnhaken!, dachte er. Ein Stoss vor die Brust oder ein Hieb in den Bauch würde bei dem Kerl nichts ausrichten. Er holte aus, schlug mit aller Kraft zu und traf ihn – hart zwar, aber daneben. Der dunkle, fürchterlich grosse Mann taumelte trotzdem. Er blickte ihn stupid an und sank zu Boden. An seiner Schläfe rann Blut.

Platzwunde, stellte der Unterassistent fest. Gehirnerschütterung. Für einen Augenblick empfand er, bebend vor Schreck, den Davidsstolz des Siegers.

Mara hatte eben noch geschrien: «So hert doch auf, ihr zwei!» Jetzt kümmerte sie sich um den verletzten Schwager. «Ich gehe jetzt besser», sagte sie und nahm den Benommenen beim Arm. Sie drehte sich um, schüttelte den Kopf und schaute Lukas verzweifelt an. «Wenn das bloss nicht schif geht!», sagte sie. Lukas' Siegesrausch war verflogen.

Wenig später war sein Praktikum zu Ende. Lukas war untröstlich, ja am Verzweifeln. In Zürich zurück, telefonierte er Mara täglich ins Spital, bis es dem Verwalter zu bunt wurde und er der Telefonistin untersagte, weitere Anrufe zu verbinden. In seiner Not rief Lukas Mara zu Hause an. Mal sprach sie flüsternd mit ihm, mal sagte sie nur: «Falsch verbunden», als sie seinen Anruf entgegennahm. Einmal antwortete eine männliche Stimme. Lukas legte auf, ohne sich zu melden. Er fühlte sich zerrissen von Ohnmacht und Schmerz. Er schrieb Mara Briefe, aber nur wenige wurden beantwortet: Sie schrieb ihm in rührenden Worten von ihrer Libe und ihrem vergangenen Glick. Einige Male fuhr er mit dem Zug hin, in der Hoffnung, sie an einem ihrer Treffpunkte zu sehen. Er traf sie zweimal: Das eine Mal trat sie in Begleitung eines Mannes aus ihrem Haus und schaute erschreckt weg. Das andere Mal stand sie wie früher im Einkaufsladen. Eine Welt brach zusammen, als sie,

Panik in den Augen, zu ihm sagte: «Lukács, es geht nicht mehr. Wir missen aufheren! Es ist etwas passirt – ein Unglick.»

Was mochte geschehen sein? Was für ein Unglück?

Wochen später, als er es wagte, wieder im Spital anzurufen, liess man ihn wissen: «Schwester Mara arbeitet nicht mehr hier.» Er fuhr sofort hin: Es war wirklich so – sie war fort. Er ging zu ihrer Wohnung – sie war verlassen.

Von Mara keine Spur.

Er sah sie nie wieder.

## 37

Herbstnebel lagen morgens über der Stadt. Die Abende waren windig und kühl. Es wurde früh dunkel. Zangger ging mit gesenktem Kopf, den Filzhut in die Stirne gedrückt, die Hände in den Manteltaschen vergraben, durch die Strassen des Götterquartiers, froh, dass sein Freund heute Abend Zeit für ihn hatte.

«Du hast alles richtig gesehen», sagte er, als sie in Seidenbasts Wohnung beisammen sassen. Es fiel ihm nicht schwer, dem Freund im Nachhinein Recht zu geben: «Ellen wollte gar nichts von mir. Das hatte ich mir nur eingebildet. Es war wirklich reine Projektion.»

«Ach wo!», antwortete Seidenbast. «Du hast bloss deine Wünsche in sie hineinfantasiert.»

«Sagte ich doch», meinte Zangger, «alles Projektion.»

«Erwischt!», lachte Seidenbast, denn für einmal hatte Zangger Fachwörter gebraucht. Dann fragte er: «Dann bist du also von deinem Liebeswahn geheilt?»

«Allerdings», bestätigte Zangger.

Er erzählte Seidenbast die ganze Geschichte seiner unglücklichen Liebe zu Mara. «Ich hatte sie während Jahrzehnten aus meiner Erinnerung verbannt», schloss er. «Unsere Geschichte kam erst im Seminar wieder hoch. Und doch war sie die ganze Zeit da gewesen, seit ich Ellen zum ersten Mal gesehen hatte. Im Versteckten war sie da gewesen: All mein Sehnen, mein Heimweh und Fernweh – es hatte Mara gegolten!»

Er sah schweigend zum Fenster hinaus. Dann sah er Seidenbast an und sagte schmunzelnd: «Auch damit hattest du also Recht: Ich sah in Ellen tatsächlich die Mutter.»

«Nu!», machte Seidenbast, zuckte die Schultern und drehte in einer entschuldigenden Geste die Handflächen nach oben.

«Marius», gestand Zangger nach einer Weile, «ich trage eine Schuld. Ich weiss nur nicht genau, worin sie besteht.» Das Schuldgefühl, das er auf Guardaval verspürt hatte, war nicht mehr gewichen. Es hatte sich in der Zwischenzeit aber gewandelt, es bezog sich nicht mehr auf Ellen und seine Verführungsgedanken. Er spürte: Er stand in Maras Schuld. – Wie war es eigentlich gewesen: Hatte er sie sitzen lassen oder sie ihn? Er hatte sie eine Zeitlang gesucht, doch nach dem Staatsexamen hatte es ihn fortgezogen. Er hatte weite Reisen unternommen, um sie zu vergessen. Hatte er nun Schuldgefühle, weil sie unglücklich wurde, er aber glücklich? Weil sie tot war, er aber lebte?

Er sinnierte vor sich hin.

Dann schaute er seinem Freund ins Gesicht. «Übrigens war die Umarmung die richtige Kur. Für mich, meine ich. Die bleibende Wandlung geschah mit mir, als ich Ellens Familienbild in den Händen hielt. Doch die Umarmung, als ich in ihr das Kind von früher erkannte, brachte die Wende.»

Seidenbast blickte ihn ruhig an.

«Du hast mir zu einer väterlichen Handlung geraten», stellte Zangger fest. «Heilung durch die Tat, nicht wahr?» Er schüttelte den Kopf. Es war nicht klar, ob er sich über Seidenbast oder über sich selber wunderte. «Ich kann nur sagen, ich bin wie verwandelt», bekannte er. «Aber ein klein wenig vermisse ich auch etwas: So qualvoll es manchmal war – ein bisschen fehlt mir das Sehnen und Wünschen und Träumen.»

«Du hast ja Tina», meinte Seidenbast. Sogleich musterte er seinen Freund besorgt, als ob er etwas Doppelbödiges gesagt hätte.

«Ja», bestätigte Zangger, «ich habe Tina.» Er nickte, und Seidenbast schien ein Stein vom Herzen zu fallen.

«Aber sag mal, Lukas», nahm Seidenbast den Faden wieder auf, «wie hat sie denn eigentlich die ganze Geschichte aufgenommen?»

«Tina?»

Sie weiss von nichts, dachte Zangger. Müsste sie denn? Müsste sie alles wissen? Auch, dass sie Mara ähnelt? Nein! Es war mir ja selber nicht bewusst.

«Nein, Ellen», sagte Seidenbast. «Wie hat sie es aufgenommen, dass du der Geliebte ihrer Mutter warst?»

«Aufgenommen?», fragte Zangger erstaunt. «Das habe ich ihr doch nicht gesagt.»

«Was?», rief Seidenbast. «Du hast ihr nichts davon gesagt?»

«Nein. Weshalb sollte ich? *Ich* muss damit fertig werden, nicht sie.»

«Wie du meinst, Lukas», sagte sein Freund und wiegte besorgt den Kopf. «Aber mir schwant, dass da noch etwas auf dich zukommt.»

Zangger fand, es sei jetzt Zeit, seinem Freund über Marcos weitere Entwicklung zu berichten. Er fasste die Ereignisse zusammen, so wie er sie für sich geordnet hatte: Marcos übermächtigen Wunsch, ihm, Zangger, zu gefallen; die Enttäuschung, als dies nicht gelang; den Drang, ihm zu schaden; das Verlangen, in sein Haus und in seine Praxis einzudringen; die seltsame Faszination und dann die Gefügigkeit, nachdem er ihn gedemütigt hatte; die Anziehung, die Marco spürte, als er ihn als Familienvater gesehen hatte; dann den Wunsch, mit ihm auf der Finnenbahn einen Wettkampf auszutragen; das Eingehen Marcos auf all seine therapeutischen Interventionen und Anweisungen.

«Tja», kommentierte Seidenbast. «Erfolgreiche Nacherziehung. Gratuliere!»

Unsicher, wie viel Ironie da mitschwang, erwiderte Zangger: «Vielleicht stimmt das, vielleicht sollte ich mir darüber gar keine Sorgen machen. Vielleicht ist gute Psychotherapie und richtige Erziehung im Grunde genommen tatsächlich das Gleiche. Jedenfalls sollten sie die gleichen Ziele haben, nicht wahr? Aber die Wege, die Mittel – wo sind es die gleichen, wo müssen es andere sein? Die Frage wird mich noch eine Weile beschäftigen.»

Er erzählte Seidenbast, dass er Marco einige seiner Patienten anvertraut habe, als er selber im Spital lag. Er habe dem jungen Kollegen die Kranken geschickt, mit denen er selber nicht mehr vom Fleck gekommen war.

«Du mieser Kerl», tadelte ihn Seidenbast. «Wem wolltest du damit eins auswischen? Ihm oder den Patienten?»

«Nein», rechtfertigte sich Zangger. «So war es nicht gemeint. Ich alter Hase habe den Neulingen zwar einiges an Wissen, Können und Erfahrung voraus; aber sie haben mir auch etwas voraus – den Enthusiasmus, verstehst du? Und das hält sich oft die Waage. Manchmal zählt das Engagement sogar mehr als das Können. Ich war mit diesen drei Patienten an einem toten Punkt, sie nervten mich nur noch. Das war *mein* Ungenügen, nicht ihres. Bei ihm scheint die Therapie wieder in Gang gekommen zu sein. Alle drei zogen es vor, bei ihm zu bleiben, und nicht zu mir zurückzukommen. Natürlich ist er in hohem Mass motiviert, es gut zu machen. Und er hat Erfolg. Ich anerkenne das neidlos, es freut mich sogar.»

«Na ja», meinte Seidenbast, «schliesslich hat er das, was er kann, bei dir gelernt.»

Zangger setzte seinem Freund auseinander, dass in seinen Augen die Begegnung mit Marco auf Guardaval der vorläufige Höhepunkt seiner Entwicklung gewesen sei. Dort habe er endgültig sein Herz geöffnet, als er sich ihm an die Brust warf und heulte, als er sich halten und trösten liess.

«Die Suche eines vaterlosen Gesellen nach dem Vater», fasste Seidenbast zusammen. «Das ahnte ich doch. Es scheint, dass er ihn in dir gefunden hat, nicht wahr? Aber ich werde mich hüten, von Übertragung zu reden», lachte er.

Zangger lachte auch.

Er erhob sich, bereit zu gehen. Seidenbast hielt ihn am Arm zurück und fragte: «Bist du mit deinem Kandidaten im Reinen?»

«Gewiss», antwortete Zangger überrascht. Er war der Meinung, das sei aus seiner Schilderung deutlich genug hervorgegangen. «Wieso fragst du?»

«Nur so», wich Seidenbast aus.

Aber Zangger kannte seinen Freund: Er wollte ihm etwas sagen. Wollte er ihn warnen? Dieser intuitive Mensch hatte manchmal Ahnungen, die musste man ernst nehmen.

«Nun sag schon!»

«Ich weiss nicht», wand sich Seidenbast, «ich habe einfach das Gefühl, es komme noch etwas auf dich zu.»

«Das sagtest du schon», sagte Zangger ungeduldig. «Du meinst mit Ellen.»

«Nicht nur mit Ellen – mit beiden.»

Schon möglich, dachte Zangger. Die Ausbildung ging ja weiter, und mit den beiden würde nichts mehr so sein, wie es gewesen war. Mit Ellen jedenfalls würde alles anders werden, das war ihm längst klar.

«Noch etwas, Lukas: Deine Paranoia, die Verfolgungsideen – bist du auch davon kuriert?»

«Die sind vorbei. Es klärte sich ja alles auf. Der Finnenbahnmörder ist gefasst, das stand in der Zeitung.» Nach einer Sekunde fügte er mit einem Lächeln hinzu: «Vor Mayer brauche ich auch keine Angst mehr zu haben. – Überhaupt lag ich mit all meinen Vermutungen und Schlüssen weit daneben!»

«Das kann man wohl sagen», bestätigte Seidenbast.

«Der reinste Wahn!», sagte Zangger, «ein Albtraum!»

«Wars nicht eher ein Wunschtraum?», schmunzelte Seidenbast. «Du hast manchmal einfach zu viel Fantasie. Aber was solls, Gedanken sind schliesslich frei», lachte er. «Nur schliesst das nicht aus, dass sie einen bisweilen quälen, stimmts?»

Zangger fühlte sich irgendwie ertappt.

«Du hast ja sonst ein gutes Gespür für Zusammenhänge», attestierte ihm Seidenbast. «Aber offensichtlich funktioniert es nur, wenn es um andere geht. Wenn eine Geschichte dich selber betrifft – oder sagen wir es so: Wenn es um deine eigenen Interessen geht –, dann scheint dein Riecher zu versagen.»

Zangger nickte.

«Und die Panikattacken?», wollte Seidenbast wissen.

«Keine mehr seit den Tagen auf Guardaval. Touch wood!», sagte Zangger und fasste sich an den Kopf.

«Gut. Du bist also wieder der Alte.»

«Das kann man wohl sagen», gab Zangger zwiespältig zur Antwort.

Der Alte?, dachte er, als er auf die Strasse trat. Nun denn, bin ich eben der Alte.

## 38

Wochen später hatten heftige Winde die letzten Blätter von den Bäumen geweht, es war kalt und der Himmel war wolkenverhangen. Es roch, als fiele bald der erste Schnee. Zangger war im Götterquartier unterwegs. Seine Sprechstunde war vorüber, er hatte noch ein paar Einkäufe gemacht. Das Wochenende stand bevor.

Es war schon dunkel. In der Nähe des Gymnasiums sah er Eltern und Grosseltern mit Kindern an der Hand zur Aula strömen. Ob bereits das weihnachtliche Kindertheater aufgeführt wurde? Mit leiser Wehmut sah er den Knirpsen nach, die voller Vorfreude an den Armen ihrer Begleiter zerrten, ungeduldig und mit leuchtenden Gesichtern, trotz oder wegen der Kälte. Er dachte zurück an die Zeit, als seine Kinder im gleichen Alter waren. Er hätte gern wieder ein kleines, sich an ihn kuschelndes Geschöpf in den Armen gehalten. Er hätte liebend gern zwei Buben an sich hochklettern lassen oder mit zwei kleinen Mädchen und dem Hund im Wald Verstecken gespielt. Er vermisste das alles – aber nicht immer. Er dachte mit guten Gefühlen zurück, und gleichzeitig war er froh, dass die Zeit vorbei war. Er war voller Bewunderung für Tina. Wie sie all die Aufgaben bewältigt hatte: die Kinder, den Haushalt, ihr spätes Studium, den neuen Beruf. Er nahm sich vor, ihr das zu sagen. Auch, dass er sie liebe.

Er begab sich nochmals in seine Praxis. Er war entschlossen, das Gespräch mit Ellen rasch hinter sich zu bringen. Er war etwas verärgert, dass er sich hatte überreden lassen, unter vier Augen mit ihr zu sprechen.

«Nein, lieber nicht», hatte er zuerst gesagt, als sie ihn am Morgen telefonisch um einen Gesprächstermin gebeten hatte. «Du weisst doch, ich führe keine persönlichen Aussprachen mit Kandidatinnen, das hemmt den Prozess in der Gruppe.» Aber schliesslich hatte er nicht mehr auf dem Prinzip beharrt und darauf vertraut, dass sie einen triftigen Grund habe.

Doch die Sache liess ihm keine Ruhe. Es überkam ihn ein seltsames Bangen. Ob Seidenbast Recht hatte mit seiner Prophezeiung, es werde noch etwas auf ihn zukommen? Wusste Ellen etwas über ihn und Mara, und wollte sie jetzt mehr erfahren? Hatte sie am Ende seine Begierde gespürt und seine heimlichen Absichten durchschaut, und wollte sie ihn deswegen stellen?

Ach Quatsch, nun mach dich doch nicht schon wieder verrückt!, vermochte sich Zangger schliesslich aus seiner Grübelei zu reissen. Er beschloss, die Sache auf sich zukommen zu lassen.

Am Anrufbeantworter blinkte ein Lämpchen. Zangger drückte die Taste.

«Herr Doktor Zangger», hörte er eine bekannte Stimme lamentieren, «jetzt müssen Sie mir helfen. Es ist nicht mehr auszuhalten. Erst schneidet er einen jahrelang, und jetzt wird er derart aufsässig. Und diese Frau Megràh oder Magròh oder wie sie heisst, also wissen Sie …»

Zangger drückte die Taste erneut, das wollte er sich nicht anhören. Unruhig ging er in seinem Sprechzimmer auf und ab. Dann stieg er ins Obergeschoss hinauf und trat auf den Balkon gegen die Strasse, um etwas Luft zu schöpfen.

Da sah er sie kommen.

Ellen kam auf der Strasse daher, Arm in Arm mit Marco.

Die beiden sind also wirklich ein Paar, stellte Zangger fest. Kommen sie deswegen zu mir? Offenbar haben sie auf Guardaval ihre Beziehung enger geknüpft, und vielleicht wollen sie mir das beichten, bevor sie es im Seminar bekannt geben. Aber was gibt es zu beichten? Sie können doch tun oder lassen, was sie wollen. Wenn Marco seine bisherige Partnerin verlässt, ist das seine Entscheidung, dafür braucht er gewiss nicht meine Zustimmung oder Absolution.

Zangger liess sie eintreten. Er lud sie ein, in seinem Sprechzimmer Platz zu nehmen. Erleichtert stellte er fest, dass sie auf den beiden Sesseln Platz nahmen. Er hatte schon befürchtet, sie würden sich zusammen auf das Zweiersofa setzen. Er liess sich selber auf dem Sofa nieder, so sassen sie sich im Dreieck gegenüber.

«Nun?», fragte er und gab sich alle Mühe, offen und unvoreingenommen zu sein. Es wunderte ihn nicht, und doch dünkte es ihn unpassend, dass Ellen und nicht Marco das Wort ergriff.

«Lukas», sagte sie, «Marco und ich haben etwas mit dir zu besprechen.»

«Ja?»

Marco sass stumm in seinem Sessel.

«Eigentlich ist es etwas Erfeuliches, weisst du», sprach sie vorsichtig weiter, und Zangger fand es befremdlich, dass sie so weit ausholte.

Zur Sache!, dachte er.

«Nämlich, ehm... dass wir uns gefunden haben, Marco und ich», fuhr sie fort, ungewohnt gestelzt.

«Das freut mich für euch», sagte er und nötigte sich ein Lächeln ab. «Herzlichen Glückwunsch. Ihr seid ein schönes Paar, das darf ich ehrlich sagen.» Ein Adonis war Marco zwar nicht, aber seit seiner Wandlung, seit das Frustrierte, Neidische und Rebellische von ihm abgefallen war, hatte er eine ausgesprochen angenehme, ja anziehende männliche Ausstrahlung. Allerdings wirkte er im Moment völlig zerknittert, schien übernächtigt und verkatert.

«Paar?», lachte Ellen. Sie sah zu Marco hinüber. Der lächelte gequält. «Nein, Lukas, wir sind kein Paar. Marco ist mein Bruder», erklärte Ellen. «Mein Halbbruder.»

Zangger verstand zuerst nichts. Doch gleich fing es in seinem Kopf zu arbeiten an. Er setzte in Sekundenschnelle zusammen, was er über Ellen wusste: Sie hatte Halbgeschwister, und die hatte sie als Kind nie zu Gesicht bekommen, weil Mara, ihre Mutter, die Kinder aus der früheren Ehe ihres Mannes nicht hatte sehen wollen. Aber Marco konnte doch unmöglich eines dieser kanadischen Halbgeschwister sein! Frau Herrliger, seine Mutter, musste mit dem Ingenieur McGraw liiert gewesen sein, als er in der Schweiz gelebt hatte. Das musste vor McGraws Ehe mit Mara gewesen sein, denn Marco war etwa drei Jahre älter als Ellen. Einerlei – jedenfalls war der verstorbene Vetsch gar nicht sein Vater! Zangger sah Marco an.

«Dann war der Mann, der sich später umbrachte, gar nicht dein Vater?», fragte er.

«Nein», sagte Marco, «aber ob dus glaubst oder nicht, ich wusste es nicht! Selbst im Seminar auf Guardaval wusste ich noch nichts davon. Ich hielt ihn stets für meinen Vater. Meine Mutter hatte mich auch mit ihm belogen. Sie muss ihn gedrängt haben, sich als meinen Vater auszugeben. Das ist alles furchtbar, und es ist mir erst seit wenigen Tagen klar.»

«Wie bist du darauf gekommen?», fragte Zangger.

«Ellen hat mich aufgeklärt. Sie wusste, dass ich ihr Bruder bin. Warum, wird sie dir selber erzählen. Das hat mich durcheinander gebracht. Aber ein Satz, den ich auf Guardaval von dir gehört hatte, hat mir in diesen Tagen geholfen. Du sagtest ihn zu Liliane, erinnerst du dich? ‹Es ist ein Menschenrecht, zu wissen, woher du stammst›, sagtest du.»

Marco erzählte, dass er seiner Mutter die entscheidenden Fragen gestellt habe. Ellen habe nämlich gewusst, dass er nicht das Kind des unglücklichen Herrn Vetsch war – mehr noch, sie habe gewusst, dass er auch nicht das Kind von Frau Herrliger war. Frau Herrliger, verwitwete Vetsch, hatte ihn nicht zur Welt gebracht, sie hatte ihn zusammen mit ihrem ersten Ehemann Vetsch adoptiert.

«Du bist ein Adoptivkind?», rief Zangger aus. «Und man hat es dir nie gesagt? Das ist ja nicht zu fassen! Das gibt es doch nicht, heutzutage!»

«Jawohl, man hat es mir nie gesagt», entrüstete sich Marco. Auf einmal entfuhr es ihm: «Stell dir das vor: Niemand hat es mir je gesagt!» Er brüllte es fast heraus, sodass Zangger schon befürchtete, er erleide wieder einen Zusammenbruch wie auf Guardaval.

Zangger war in diesem Augenblick nicht darauf vorbereitet, Therapeut zu sein. Er wäre dazu nicht in der Lage gewesen – weshalb wusste er nicht. Doch Marco beruhigte sich, und so konnte Zangger ihn fragen: «Wie habt ihr das erfahren? Und hat sie es bestätigt?»

«Gewiss hat sie es bestätigt», antwortete Marco bitter. «Sie musste wohl oder übel, denn Ellen kannte die Fakten.»

«Hat Ellen», er wandte sich an sie, «hast du mit ihr gesprochen?»

«Wir haben gestern beide mit ihr gesprochen. Sie musste es zugeben. Die Frau tat mir richtig leid.» Ellen sah abwechselnd zu Zangger und Marco. «Versteht doch, sie tat es aus innerer Not: Sie *musste* deine Mutter sein, weil sie es sich so sehr gewünscht hatte, Mutter zu werden. Sie war todunglücklich, als sich herausstellte, dass sie kein Kind bekommen konnte. Gewiss machte sie daraufhin ihrem ersten Mann die Hölle heiss. Sie war überzeugt, es sei seine Schuld, dass sie nicht schwanger wurde. Jedenfalls spielte er schliesslich mit und gab vor, der Vater des adoptierten Knaben zu sein.»

Zangger bemühte sich, zu ordnen, was er erfahren hatte: Marco war ein Adoptivkind, Frau Herrliger, verwitwete Vetsch, war nicht seine Mutter, der Geschäftsmann Vetsch nicht sein Vater. Der leibliche Vater musste der Ingenieur McGraw aus Kanada sein, denn Marco war Ellens Halbbruder. Aber was war mit der leiblichen Mutter? War sie vielleicht bei der Geburt gestorben, und der unglückliche McGraw, unfähig, allein für das Kind zu sorgen, hatte es zur Adoption freigeben müssen? – Allmählich schwirrte ihm der Kopf. Es hatte keinen Sinn, weiter zu fantasieren.

«Woher wisst ihr das alles?», fragte er schroff. «Wie konntest du das wissen, Ellen? Und seit wann weisst du es?» Es schwang ein Vorwurf in seiner Frage mit, als ob sie ihm ungehörigerweise etwas vorenthalten hätten.

«Ich will dir alles erklären, Lukas», sagte sie ruhig. Es klang, als rede sie mit einem begriffsstutzigen Kind, das man schonen musste. Zangger fand sich auf einmal nicht mehr zurecht.

«Zuerst muss ich dir aber sagen, dass ich Bescheid weiss über Mutter und dich», sagte Ellen, abrupt das Thema wechselnd.

Zangger fuhr es heiss und kalt den Rücken hinunter.

«Seit wann?», fragte er leise.

Und plötzlich ging es ihm auf: Sie hat es immer gewusst! Sie suchte mich, sie war mir die ganze Zeit auf der Spur!

«Sag es mir ehrlich: Wusstest dus immer? Warst du mir auf der Spur? – Suchtest du mich?»

«Nein», lächelte Ellen. «Nein, Lukas, ich suchte nicht dich, ich war nicht dir auf der Spur.» Sie sah ihn fast entschuldigend an. «Offen gestanden interessiertest du mich nicht besonders – nicht, bis vor kurzem.»

Zangger versuchte, nicht beleidigt dreinzublicken.

«Ich suchte *ihn*, meinen Bruder. Ich war *ihm* auf der Spur. Um ihn zu finden, trat ich in deine Ausbildung ein – nur deswegen.»

Zangger erfasste die ernüchternde Aussage halbwegs, aber eigentlich tappte er noch immer im Dunkeln.

«Das war gewiss etwas unfair. Entschuldige! Aber es war der einzige Weg, meinen Bruder zu finden.»

«Das kapiere ich nicht», murmelte Zangger.

Doch sogleich zuckte eine Erinnerung in ihm auf: «Um ehrlich zu sein – ich suche einen Mann», hatte sie gesagt. Sie hatte es ihm offen gesagt! Er hatte sie bloss falsch verstanden.

«Du kannst es nicht verstehen, Lukas, wie solltest du auch? Ich will es dir erzählen», sagte Ellen.

## 39

Nachdem Ellen erfahren hatte, dass es diesen Halbbruder gab – gleich würde sie ihm erklären, versicherte sie Zangger, wie sie zu diesem Wissen gekommen war –, und nachdem sie den Namen der Adoptivmutter ausfindig gemacht hatte, rief sie, im Frühjahr war es gewesen, die Frau an.

«Herrliger», sagte die Stimme am Telefon.

«Hier spricht Ellen McGraw. Ich suche Herrn Herrliger junior. Können Sie mir sagen, wo ich ihn finde? Würden Sie mir seine Telefonnummer geben?»

«Es gibt keinen Herrliger junior», sagte die Stimme brüsk. «Wer ist dort, bitte? Wer sind Sie?»

Ellen nannte noch einmal ihren Namen.

«Megràh? Magròh?», fragte die Frau irritiert. «Was wollen Sie von meinem Sohn? Wer sind Sie, woher rufen Sie an?»

«Entschuldigen Sie, dass ich mich nicht ausführlicher vorgestellt habe. Ich bin wissenschaftliche Mitarbeiterin an der psychiatrischen …»

«Ach soo», sagte die Stimme, plötzlich sehr freundlich, «von der Schule! Sie sind von der psychiatrischen Schule. Mein Sohn hält viel davon. Er spricht ständig von Zanggers Seminar. Sie telefonieren gewiss im Auftrag von Doktor Zangger? Das trifft sich gut, ich wollte ihn nämlich selber auch schon anrufen. Sind Sie seine Sekretärin?»

«Nein, ich …»

«Oh, eine Dozentin? Sehr erfreut, Frau …?»

«McGraw. Nein, ich bin nicht Dozentin, ich …»

«Ach so, Sie studieren an der Schule. Sie besuchen selber Zanggers Seminar. Dann studieren Sie also mit meinem Sohn?»

Als sie verneinte, wurde die Frau wieder abweisend, und Ellen gab auf. Aber jetzt wusste sie genug, um eine Spur aufzunehmen: Mit ihren Nachforschungen hatte sie herausgefunden, dass ihr Halbbruder nicht der Adoptivsohn des Ehepaars Herrliger war, sondern das Adoptivkind von Frau Herrliger, die früher einmal anders geheissen hatte. Ihr Sohn hiess nicht Herrliger, er trug einen anderen Namen. Nur wusste Ellen nicht welchen, und aus Frau Herrliger war nichts mehr herauszukriegen. Weder im Telefonbuch noch sonstwo war der frühere Name der Adoptivmutter verzeichnet. Aber jetzt hatte Ellen erfahren, dass ihr Bruder in Zürich Doktor Zanggers Seminar besuchte. Mit Hilfe von Raymond Mayer war es ein Leichtes, diese Schule zu finden. Ellen informierte sich über den Lehrgang und die Zulassungsbedingungen, und da Mayer seiner Mitarbeiterin und ehemaligen Geliebten ohnehin ans Herz gelegt hatte, eine solche Ausbildung zu absolvieren, packte sie die Gelegenheit beim Schopf und meldete sich als Teilnehmerin.

«Verstehst du jetzt, Lukas?», fuhr Ellen fort. «Ich wusste um meinen Bruder – ich wusste, dass es ihn gab – doch ich kannte seinen Namen nicht. Nun hatte ich erfahren, dass er dein Schüler war oder werden wollte. Ich konnte mir also sicher sein, dass ich ihn bei dir treffen würde. Und wo sonst als in einem Psychotherapieseminar, das Selbsterfahrung einschliesst, erzählen die Leute früher oder später alles über sich und ihr Leben? Ich wusste, dass ich bloss einige Wochen zu warten brauchte, bis ich ihn erkennen würde. Die Ausbildung nahm ich gerne in Kauf.»

Sie lächelte ihn an.

Deshalb knüpfte sie so eifrig Kontakt mit allen Männern, ging es Zangger auf. Deshalb wollte sie die Ausbildungsgruppe wechseln. Und deshalb hatte ich stets den Eindruck, sie sei zwar interessiert, aber habe keine persönlichen Anliegen.

«In der Anfängergruppe war er nicht, das war mir bald einmal klar. Ich hatte ihn auch gar nicht dort erwartet. Nachdem ich die Gruppe gewechselt hatte, ahnte ich nach einigen Seminaren, dass nur Marco in Frage kommen konnte. Ich sah ja auch seine Augen.» Sie schaute Marco ins Gesicht. Doch Zangger folgte ihrem Blick nicht, er hing an ihren Lippen. Er war allzu gespannt auf das, was noch folgen musste. «Doch erst als ich seine Lebensgeschichte gehört hatte, konnte ich sicher sein. Du erinnerst dich: Er nannte den Namen Herrliger, er sprach von der Atmosphäre von Lüge und Schein, er ahnte, dass man ihm etwas verheimlicht hatte. Aber bedenke: Er wusste von nichts! Nur ich wusste es. Ich musste mir Zeit nehmen, um ihn Stück für Stück mit der Wahrheit bekannt zu machen. Auch so war der Schock schlimm genug, nicht wahr, Marco?»

Marco nickte stumm.

«Ich schulde dir noch eine Antwort, Lukas. Du wolltest hören, seit wann ich um Mutter und dich weiss», nahm Ellen seine Frage auf, und Zangger realisierte kaum, dass sie das Thema schon wieder wechselte. «Nun, das klingt vielleicht unglaublich, aber davon wusste ich lange Zeit nichts. Ich hatte keine Ahnung. Denn ich war ja einzig auf der Suche nach ihm, meinem Bruder.»

«Aber», wollte Zangger einwenden.

«Warte. Ich erkläre alles», fuhr Ellen fort und machte deutlich, dass sie das Gespräch führe. «Ich erwähnte in meiner Lebensgeschichte, dass ich daran bin, den Nachlass meiner Mutter zu sichten. Sie hinterliess mir ihre Tagebücher. Da sie sich das Deutsche aneignen wollte, schrieb sie ihre

Tagebücher auf Deutsch, sobald sie in der Schweiz war. Sie konnte es ohnehin recht gut, denn als Kind hatte sie öfters Ferien bei Verwandten der Mutter in Wien gemacht. Nun, in den Tagebüchern fand ich, mehr als dreissig Jahre zurück, also Jahre vor meiner Geburt, Eintragungen über eine unglückliche Liebesgeschichte. Aber Mutter nannte in ihren Tagebüchern nie Namen, sie brauchte stets nur Initialen. Der Geliebte hiess L., und er war ein angehender Arzt. Erst als ich im Seminar auf Guardaval dein Gesicht sah – du betrachtetest das Familienbild mit Vater, Mutter und mir – wurde mir klar, dass du dieser L. warst.»

Zangger bemühte sich, alles zusammenzufügen. Einfach war das nicht, bei all den Dingen, die er zu hören bekam.

«Bis zu diesem Zeitpunkt wusste ich nicht, dass du Mutters Geliebter gewesen warst», fuhr Ellen fort. «Nur einmal, während der Kaffeepause eines Seminars, ging mir die Frage durch den Kopf, ob du L. sein könntest. Wir sahen uns an – du wirst dich kaum daran erinnern, aber wir fassten uns gegenseitig ins Auge. Ich versuchte mir vorzustellen, ob Mutter sich von dir hätte angezogen fühlen können. Ich versuchte mir auszumalen, wie du ausgesehen hattest, als du jung warst.»

Der Conchitablick!, dachte Zangger, aber er sagte kein Wort.

«Ich verwarf den Gedanken als Hirngespinst, denn ich war mir sicher, dass L. ein Chirurg sein müsse. Mutter hatte ihn ja an einem chirurgischen Spital kennen gelernt.»

Allmählich verstand Zangger die Zusammenhänge. Eine unglaubliche Fügung, fand er, denn das waren zwei völlig unabhängige, ineinander verschlungene Geschichten: Da ging eine junge Frau, die von der Existenz eines Halbbruders wusste – woher sie das wusste, würde sie ihm gleich erzählen –, da ging also diese junge Frau mit unglaublichem Spürsinn einer Fährte nach. Sie trat als Kandidatin in eine Psychotherapieausbildung ein, aus dem einzigen Grund, dass sie vermutete, nein wusste, dass sie in den Seminaren ihren unbekannten Bruder treffen würde, von welchem sie nicht einmal den Namen kannte. Kaltblütig verfolgte sie die Spur, nahm sämtliche männlichen Kandidaten unter die Lupe. Sie schied einen nach dem andern aus, bis schliesslich einer übrig blieb, der es sein konnte, nein sein musste. Sie konnte ihn aber nicht fragen, ob er ihr Bruder sei. Der Mann kannte offensichtlich seine wahre Herkunft nicht. Erst als er vorbereitet und sozusagen aufgeweicht war durch das, was er im Seminar über Lebenswege erlebt hatte, machte sie ihn sachte und geduldig mit den Tatsachen vertraut. Und seit gestern wusste es der junge Mann auch: Er war ihr Bruder, sie hatten den gleichen Vater. Und unabhängig davon war die Frau, welch ein Zufall, in der Person ihres Seminarleiters dem früheren Geliebten ihrer Mutter begegnet.

Jetzt hatte er alles zusammengesetzt.

Gerührt betrachtete er die beiden. «Du weisst also über Mara und mich Bescheid», sagte er, halb beschämt, halb erleichtert. «Überdies hast du deinen Bruder gefunden. Das ist wunderbar! Denn wenn zwei vom gleichen Vater stammen, dann …»

«Nein, Lukas», unterbrach ihn Ellen. «Wir sind Halbgeschwister, ja. Aber wir haben nicht den gleichen Vater. Wir haben die gleiche Mutter.»

Zangger war verwirrt. «Die gleiche Mutter?», fragte er. «Ja aber, wer …?» Er stockte.

«Marco ist das erste Kind meiner Mutter», erklärte Ellen geduldig. «Ich bin seine jüngere Halbschwester.»

Zangger schwanden beinahe die Sinne. Wie? Mara hatte einen Sohn?

«Ich las es in ihren Tagebüchern: Mutter hatte vor ihrer Heirat mit meinem Vater einen anderen Mann gehabt. Nicht den Geliebten L. meine ich, nicht dich, Lukas, sondern den Mann, den sie hätte heiraten sollen. Doch der verstiess sie, denn sie war schwanger geworden von einem andern. Weil sie Marco erwartete, wollte ihr Verlobter sie nicht mehr. Die Unglückliche wusste nicht, was tun. Sie war allein, der Mann, dem sie sich zugehörig gefühlt hatte, weil er aus ihrem Land war – wie sie ein Flüchtling –, wollte nichts mehr von ihr wissen. In ihrer Not floh sie, heimlich und auf Schleichwegen, zu ihrer Mutter nach Wien. Sie hätte die Schweiz gar nicht verlassen dürfen; für die Geburt kehrte sie zurück, um ihren Status als Flüchtling nicht zu verlieren. Sie gebar das Kind im Spital des Nachbarbezirks. Dort, wo sie gearbeitet hatte, wäre es ihr nicht geheuer gewesen. Dann gab sie den Knaben – ihr Frauenarzt hatte ihr dazu geraten – zur Adoption. Sie durfte ihm nicht einmal einen Namen geben, das würden die Adoptiveltern besorgen. Bald danach machte sie sich die schwersten Vorwürfe, und bis ans Ende ihrer Tage war sie unglücklich über ihren Entscheid. Sie heiratete den ersten, der sie wollte, meinen Vater, und war froh, mit ihm weit wegziehen zu können. In Kanada begann die Wunde in ihrer Seele zu verheilen, nachdem sie mich geboren hatte. Doch als Vater ankündigte, er wolle die Kinder aus seiner ersten Ehe wieder sehen, wurde sie wieder aufgerissen. Das Gewissen plagte sie von Neuem.»

Ellen schwieg, und in Zangger ging alles drunter und drüber. Wann war Mara schwanger geworden? Kurz vor ihrer bevorstehenden Heirat, hatte Ellen gesagt. Aber von wem?

«Wer war…, wer ist Marcos Vater?», fragte Zangger Ellen verwirrt. «Wer ist dein Vater, Marco?», fragte er ihn.

«Nun», sagte Ellen. Sie zögerte. Sie sah ihn an. Es war etwas in ihrem Blick. War es Schmerz? Trauer? Vorwurf?

Himmel!, dachte Zangger, wäre es möglich…?

Er griff sich an die Stirn.

Unmöglich!, sagte er sich. Praktisch ausgeschlossen. – Aber dennoch, wir lagen zusammen im Bett! Als Arzt wusste er von den unwahrscheinlichsten Empfängnissen.

Er blickte in Ellens Augen. Sie wusste etwas!

Und dann geschah alles aufs Mal. Alle Erinnerungen stürzten auf ihn ein. Alles bekam eine neue Bedeutung: Ein vaterloser Geselle auf der Suche nach dem Vater, hatte Seidenbast gesagt! Marcos Hass und seine heimliche Liebe zu ihm, seinem Lehrtherapeuten. Sein Wunsch, ihm, Zangger, etwas heimzuzahlen. Sein Drang, ihn als Familienvater zu beobachten. Sein selbstverständlicher Anspruch, in sein Haus zu gehen. Sein Bedürfnis, sich mit ihm auf der Finnenbahn zu messen. Sein Ausruf auf Guardaval: «Warum hast du das getan, Vater?» – an *ihn* gerichtet! Sein Schluchzen an seiner Schulter, die Nähe, der Trost, die Umarmung, sein ‹Endlich!› – hiess alles etwas anderes?

Er hatte Marco *erzogen*, anstatt ihn wie einen Patienten zu behandeln. Und Seidenbast mit seinen Ahnungen hatte ihm diese Erziehungsarbeit suggeriert! Er, Lukas, hatte Marco gedemütigt, wie ein Vater manchmal seinen Sohn demütigt, im Glauben, das stärke ihn und bringe ihn weiter. Und jene Szene in der Stadt: Hatte er nicht gefunden, Marco benehme sich wie der ältere Bruder von Tom und Fabian?

Bin ich Marcos Vater?, schoss es durch Zanggers Kopf. Er begann zu zittern. Der Vater von Ellens Bruder? Der Vater von Maras Kind?

Fügte sich das Puzzle endgültig zusammen? War er selber das letzte fehlende Stück?

Wieder wurde ihm schwarz vor Augen. Wieder drohte die Angst aufzusteigen. Wieder sah Ellen ihn an.

Marco schaute auf und fasste ihn stumm ins Auge.

Ich werde mit Tina reden müssen, konnte Zangger nur noch denken.

## 40

«Nun», setzte Ellen erneut an und blickte besorgt auf Zangger, «das ist eine schlimme Geschichte.»

«Bin ich …?», stotterte Zangger.

«Du ahnst es, nicht wahr?», bestätigte sie. «Du bist irgendwie mitschuldig.»

Zangger stutzte. «Mitschuldig?»

Ellen holte tief Luft, tat einen Seufzer. «Der Kerl glaubte plötzlich, ein Recht auf sie zu haben.»

«Wer?», fragte Zangger verwirrt. «Welcher Kerl?»

«Der Bruder ihres Verlobten», sagte Ellen. «Wusstest du denn nichts davon?», fragte sie erstaunt.

Zangger schüttelte benommen den Kopf.

«Dass unsere Mutter auf der Flucht einen Landsmann kennen gelernt hatte, dass die beiden beabsichtigt hatten zu heiraten, dass sie sich verlobt hatten, sobald sie in der Schweiz waren – das wusstest du doch, oder?»

Zangger nickte.

«Nun, da ihr Verlobter beruflich oft fort war, hatte sich sein Bruder als Aufpasser aufgedrängt.»

«Ich weiss», murmelte Zangger, ein flaues Gefühl in der Magengrube.

«Auf einmal fing er an, sie eine Hure zu nennen. Er fand, er dürfe sich ihrer bedienen.»

Weil er von unserer Liebesbeziehung wusste!, dachte Zangger. Weil er vermutete, sie gehe mit jedem.

«Verführte er sie?», fragte er.

«Er vergewaltigte sie», sagte Ellen.

«Um Gottes Willen!» Zangger erbleichte. «Wann war das?»

«Irgendetwas Schlimmes sei vorgefallen, hatte Mutter geschrieben. War da nicht eine Auseinandersetzung zwischen dir und dem Kerl gewesen? – Bald darauf verging er sich an ihr.»

Der Feigling! Er rächte sich an Mara für die erlittene Schmach.

«Sie wurde schwanger. Ihr Verlobter wollte sie nicht mehr. Er jagte sie davon oder vielleicht floh sie, weil sie sich bedroht fühlte.»

«Ist das – sicher?», fragte Zangger verzagt.

«Die Vaterschaft, meinst du?», fragte Ellen zurück. «Da verlasse ich mich auf Mutters Tagebücher: Sie scheint sich sicher gewesen zu sein, dass ihr Zukünftiger nicht als Vater in Frage kam.»

«Und …?», setzte er an.

«Und du auch nicht», kam sie ihm zuvor. «Entschuldige, aber wenn ich die Tagebücher richtig auslege, dann war zwischen euch …, nun, dann kam es gar nie …», sie hielt verlegen inne. «Offenbar wart ihr gar nie ein Paar, nicht wahr? Nicht wirklich. Jedenfalls nannte sie dich nie als möglichen Vater.»

Mitschuldig!, dachte Zangger und warf einen Blick auf Marco. Ich bin irgendwie mitschuldig.

«Sie muss dich trotzdem sehr geliebt haben», sagte Ellen.

Zangger kamen die Tränen.

Es blieb lange still.

«Was ist mit Marcos Vater?», wollte Zangger wissen, als er sich wieder gefasst hatte.

«Das weiss man nicht», sagte Ellen. «Er ist verschollen. Sein Bruder, der Verlobte unserer Mutter, wurde verdächtigt, ihn erschlagen zu haben. Man konnte es ihm jedoch nie beweisen. Er hatte behauptet, der Verschwundene sei in seine alte Heimat zurückgekehrt.»

Marco atmete schwer. Er erhob sich, ging zu seiner Schwester hinüber und setzte sich vor ihr auf den Teppich. Sie legte ihm die Hand auf die Schulter, er lehnte sich an ihre Knie. Sie kraulte ihm behutsam das Haar.

«Und Mara?», fragte Zangger. «Suchte sie mich?»

«Nein, Lukas», sagte Ellen, «das glaube ich nicht. Sie schämte sich viel zu sehr. Stell dir das vor: Mutter schämte sich, als ob *sie* etwas Unrechtes getan hätte. Sie schämte sich für das, was ihr angetan worden war! Sie wagte es nicht, dir unter die Augen zu treten. – Suchtest du sie?»

Zangger schwieg beschämt. Dachte ich am Ende immer nur an mich?, fragte er sich.

«Auf jeden Fall fandet ihr euch nicht», fuhr Ellen fort. «Als sie aus Kanada zurückkam, warst du verheiratet. Du hattest deine Familie. Vielleicht dachte sie an dich, ich weiss es nicht. Aber sie suchte dich nicht. Sie hätte dich ja ohne weiteres finden können, nicht wahr? Nein, sie suchte ihren Sohn. Zwar versuchte sie nie, ihn zurückzubekommen, sie wusste, dass das nicht möglich war. Aber sie wollte wissen, wo er war und wie es ihm ging. Sie fragte die Vormundschaftsbehörden, aber man gab ihr keine Auskunft. Als wir hierher kamen, gab es die Familie Vetsch schon nicht mehr, das erschwerte die Suche.»

Sie sah Zangger an.

«Diesen Punkt hatte ich auf Guardaval verschwiegen: Ich wusste von Mutters Suche. Aber ich fand, es gehe mich nichts an. Erst als sie tot war, begriff ich, was das alles für sie bedeutet haben muss: Sie verliess Kanada, obschon sie mittlerweile kanadische Bürgerin geworden war. Sie reiste in die Schweiz zurück, wo sie nur kurze Zeit gelebt hatte und nie heimisch gewesen war. Einzig, um den verlorenen Sohn zu suchen. Sie hatte Zweifel in ihrem Herzen getragen, ob sie das Kind, das Kind ihres Vergewaltigers, je hätte lieben können. So stand es in ihren Tagebüchern. Doch je länger, je deutlicher erkannte sie, dass sie *ihr* Kind weggegeben hatte. – Ja, er ist ihr Sohn und er ist mein Bruder. Deshalb wurde er mir wichtig. Ich setzte die Suche für sie – und für mich – fort.» Sie sah auf Marco, der zu ihren Füssen sass, und streichelte seinen Kopf. «Ich musste ihn finden.»

Nach einer Weile erklärte sie: «Ich fand genügend Hinweise in Mutters Tagebüchern und Dokumenten, um mit Hilfe von Raymond die Herrligers aufzustöbern. Du weisst, er hat als Gutachter viel mit Gerichten und Ämtern zu tun. Frag mich bitte nicht, wie er es herausfand – ganz legal war es wohl nicht –, aber er fand für mich heraus, wer die Adoptivmutter ist. Nur übersah er offenbar, dass sie früher einen anderen Namen getragen hatte, und ein weiteres Mal durfte er nicht nachforschen.»

Ellen schwieg nachdenklich.

«Ich glaube, Mutter ist an der endlosen Suche zerbrochen», schloss sie.

Lange sagte niemand ein Wort.

«Diese Fügungen», murmelte Zangger schliesslich vor sich hin. «Diese Zufälle.»

«Zufälle? Ich glaube, da täuschst du dich, Lukas», meinte

Ellen. «Ich traf ja nicht zufällig auf Marco, ich suchte ihn ganz gezielt. Dass wir uns bei dir trafen, war auch kein Zufall, es ergab sich zwingend aus meinen Nachforschungen. Es gibt nur einen einzigen Zufall in der ganzen Geschichte: Wir trafen uns bei einem Mann, der – und das ist der Zufall – einst der Geliebte unserer Mutter gewesen war. Du warst unser Treffpunkt.»

«Ich war bloss der Treffpunkt», nickte Zangger. «So kann man es sehen.»

Mitternacht war vorbei, als Zangger nach Hause kam. Sein Kreuz schmerzte, er ging gebeugt. Tina war noch auf, sie hatte besorgt gewartet. Das tat sie sonst nicht. Sie erschrak, als er eintrat.

«Du meine Güte, Luc, wie siehst du aus! Was ist mit dir?» Sie forschte in seinem Gesicht. Sie sagte: «Nimms mir nicht übel, aber ich sag es dir wieder: Du brauchst eine längere Pause.»

«Ja», sagte Zangger.

Er wollte ihre Hand nehmen, doch er wagte es nicht. Er setzte sich zu ihr und sah sie lange an.

«Tina», sagte er endlich, «ich muss mit dir reden.»